译文纪实

最好朝南
关于女性的 12 个问题和 12 种境况

三明治

三明治 著

最好朝南
关于女性的 12 个问题和 12 种境况

上海译文出版社

序

1928 年，46 岁的伍尔夫曾在剑桥大学做过两场关于女性和写作的分享，讲稿经过修改和拓展在 1929 年正式出版，名为《一间自己的房间》。书中伍尔夫开门见山地提出："一个女人如果要写小说，那么她必须拥有两样东西，一样是金钱，另一样是一间自己的房间。"

女性写作与一间属于自己的房间，因为伍尔夫而建立了近百年的紧密关联。这本书的命名灵感亦源于此，但多了些"中国语境"。顺着伍尔夫的话往下说，我们希望女性不仅能拥有一间独立房间用于写作，而且这个房间还最好朝南（似乎只有中国人特别在意房子是否朝南），有能够让充足阳光倾泻入室内的窗户。它温暖、洁净、安静、舒适，提供书写和表达的空间，亦为独处和向内的探索提供保护。这是《最好朝南》名字的由来。

《最好朝南》是一本由 22 位中国女性共同写下的、关于她们某一段生命历程的非虚构作品合集，你将看到 22 位女性亲笔写下的 24 个真实的生命片段。

该如何认知和描述这些不同的女性个体和她们的生命经验？贴标签是容易的。照"常规"，可以按情感状况进行分类，单身、已婚、离异、单亲，单身还可能划出"大龄单身"的子项；也可以按照不同生命经验所涉及的话题进行分类，比如婚姻、生育、职场。连续的生命经验可以被切割成一个个独立的模块，以便他者的指认和带入。

但我们不希望用标签化的方式，来对这些鲜活个体以及她们的经历进行再度审视。任何一位作者以及她们写下的经历，都不应该被简单归类。我们所在的环境中已经有太多过分快速的粗暴归类，缺乏对这个世界复杂性的共情和理解。标签无法让我们真正认识一个个体和她所处的境况，只能让贴标签的人获得一种达成理解的假象，一种对外在世界虚幻的掌控感。

于是我们试图回到每一位女性书写这些作品时的状态。

我们试图这样理解：当她们写作时，这些文字或是对自身经历的反思、提问和梳理，或是对一种生存处境现象学式的还原描述。12个女性提出的问题，12个她们所处的境况。它们看起来是非常私人的个体遭遇，但每一则讲述背后是更多隐形于"主流"视野的女性群体，她们难以得到应答的"提问"，即便同属女性的其他个体也未必了解的"处境"——

女性在生育之前，知晓身体可能受到的伤害吗？养育了3个孩子的22年婚姻，要因为惯性而延续吗？长期遭受家庭暴力，靠自己能离得成婚吗？随先生搬到陌生城市，事业停滞，顺势成为"家庭主妇"是应该的吗？一个母亲说不爱自己的孩子，是被允许的吗？做试管婴儿是因为想要一个孩子，还是不愿意接受自己是"生殖无能"？作为一名女性，不想来月经，可以吗？送给妈妈一个跳蛋作礼物，会怎么样？

书中的12个问题和12种境况，远远不能穷尽让女性感到困惑和挣扎的议题，或女性正在经历（事实上不少已持续了很长时间）的状况。但发出声音和尝试描述本身，意味着对"正视"的鼓励。任何讨论和改善，首先基于敢于直面的勇气。

当下中国女性的生命书写

《最好朝南》中收录的 24 篇女性主题的非虚构作品，大部分作者都不是"职业写作者"，也就是说，并不以写作为生。她们的身份背景多元，有自由职业者、品牌策划、银行职员、公益从业者、老师、医生等。她们所在的城市或国家也各异，济南、恩施、广州、上海、北京、合肥、美国、澳大利亚等。

大部分作品完成的方式，是在 14 天里由一位来自非虚构写作平台"三明治"的编辑和她们一对一地工作。写作者最初可能只有一个模糊的想写下点什么的冲动和念头，编辑和作者沟通具体方向、确定写作选题，之后作者每天或每几天写下几百字，编辑再根据作者写的内容给予反馈和建议，比如如何寻找合适的开头和结尾、如何搭建作品结构、如何找到自己的语言风格，直至作品最终修改完成。在"三明治"中，这个项目叫做"短故事学院"，发起于 2017 年，有超过 1000 位写作者在"短故事学院"写下了自己的生命故事，这本合集收录了部分女性写作者的作品。

因此从一开始，这些作品就不是奔着什么功利性目标去的，也和"流量""爆款"无关。每位写作者想要书写和讲述的冲动是一个开始，在写作的过程中，她们对自己的生命本身进行提问、整理，落成文字。

每一篇文章都凝结了作者在完成这篇作品那一刻的生命状态，

像一颗琥珀。

在书写中，这些女性写作者可以暂时脱离某个单一的既定身份或标签，暂时跳出"你是一个妈妈/女儿/老板/员工，你就应该……"的逻辑范式，抽离出来，去回望自我。她们通过书写，仿佛在平行时空中为自己搭建了一个悬浮的房间，可以在里面舒展筋骨，写些"离经叛道"的话——她们真正想说的话。

鲨鲨是一位广州的"新手妈妈"，她写自己有一个不敢告诉孩子的秘密——她觉得自己"不爱"自己的孩子，与之形成对照的是完全让渡和牺牲自我的"理想母亲"。然而一个母亲一定要无条件地爱自己的孩子，并且以一种约定俗成的方式去爱吗？

毕业后不久回到家乡工作的阿离，匆匆恋爱结婚，生下一个儿子。婚后阿离才发现先生有诸多不太对劲的地方，比如不停攻击贬低她的相貌和身材、信用卡花呗每月的欠债无法偿还、常有大大小小的暴力行为比如拧青胳膊和扇耳光……一次意外冲突中，阿离被先生掐住脖子几近窒息，终于下决心离婚。她写下遭受家庭暴力后，自己是如何在没有家人支持的情况下，保护自己并与有暴力倾向的先生成功离婚的经过。

目前 45 岁仍然未婚未育的淑伶，上一段感情结束于 11 年前。因为年龄的关系，她反而逐渐从一定要走进婚姻的想法中解放出来，在不排除任何可能性的情况下，心理上逐渐预备好"一个人到老"。她在关于自我的书写中描述 45 岁未婚未育的生活，以及一直独居的可能性。文字为我们提供了想象另一种女性生命状态的路径。

她们所描述的这些生命经验中，有的是隐没于水面之下的巨大冰川，是对她们个人而言有重大意义的生命片段，在日常生活中不会轻易对别人提起，有的经历甚至连最亲密的家人朋友也从不知晓。对于书写内容与暴力、伤害有关的作者而言，这个过程尤为艰难。这些经历也许长久地在她们身体中不断回荡，碰撞出让人无法忽略的感受，疼痛、怅然、焦虑、困惑，让她们难以回避、遗忘和掩藏，不得不去探索、思考和尝试应答：作为女性，"我"究竟经历了什么？为什么"我"会经历这些？经历这些对"我"意味着什么？它们如何构成了"我"的一部分？该如何与之相处？

写作的过程，就是一次次回溯这些过往生命经验的过程。去打开记忆深处的匣子，坐在时间的暗处，被涌动于意识深处的感受和情绪再一次全然裹挟。这需要极大的决心和勇气。借由写作，她们得以去明晰当时身处漩涡之中的自己无法看清的一部分真相，关于自我，也关于一个性别群体。

在这个过程中，编辑和写作者既是因为一个项目结成的"工作关系"，也是两个个体的相互照见。参与所收录作品编辑工作的编辑有万千、旁立、童言、恕行、二维酱，以及我。作为编辑，我们常常被这些女性写作者的勇敢和坦诚所震撼，也时刻提醒自己，编辑的工作是平等地支持和引导，而不是扮演高高在上的权威。作为编辑首先要将这些女性视作一个独立的、立体的人，一个"人"，不用某种媒体范式或者绝对的好坏标准去衡量、评判她们的写作。

每一个个体都有其独特的生命质地，可以经由文字自然地流淌出来。真实自有万钧之力。

写作中的女性图景：私人的亦是公共的

一个"普通人"的向内探索和对外表达，是有价值的吗？许多作者在讲述和书写个体故事的最初，会有这样的顾虑和疑问。这些经历和情绪，会不会太"家长里短"，太"鸡毛蒜皮"，太不值一提了？真的有讲出来、写下来、让更多人看到的必要吗？会不会不够宏大和重要，没有公共性？作为编辑我们总是一遍遍地鼓励这些作者，你的感受和讲述都很重要，首先允许自己讲出来、写下去。

至于私人经历与公共性之间的关系，某种程度上说，私人的也是公共的。每个个体的生命经验都不是独立存在的，每个个体如何自我认知，如何建立和维系与他人的关系，如何承接历史和社会文化的影响，每一件小事都可以说是有"公共性"的。每一个讲述出自己经历的女性，不仅仅是在讲述自己的"鸡毛蒜皮"，而是描绘出当下女性生存状态图景的一块小小拼图。任何宏大的议题，终归要落于具体的个体身上，而微观的私人生活总是毫无遮掩地显现着更巨大、更不可见的外在社会结构。

没有价值，没有意义，不够重要。女性写作者这种习惯性的自我低估和被抑制，由来已久。

美国作家乔安娜·拉斯在《如何抑止女性写作》中梳理了过去一个多世纪对于女性写作的抑止和打击，方式包括剥夺作者身份、诋毁作者、内容的双重标准、成就个别化等。93年前伍尔夫也在《一间自己的房间》中写到文学评论家对不同小说主题的双重标准:"女人的价值观经常不同于男人的价值观,这是很自然的事,但占上风的是男性的价值观。简单来说,足球和运动'非常重要',追求时尚和买衣服则'琐屑无聊'。这些价值观不可避免地从生活转移到小说。评论家会这样假设,嗯,这是本重要的书,因为这是关于战争的书;哦,至于这本书,无关紧要,因为写的是女人在起居室里的情感。战争场景比商店里的场景更重要。"

但什么是重要的?重要和不重要之间的标准由谁来界定?

在这本书的开头,你会读到一个关于"阴道哑铃"的故事。故事发生在上海一家医院妇科的盆底肌门诊,作者沈平林站在诊室门口,听到医生和患者的谈话,有因为子宫脱垂需要切除的,也有子宫颈掉出体外急需手术的,有一大笑就会漏尿且持续了两三年的。她写道:

> 女人们站在门口排队,一个接一个,出来一个,进去一个。排队的人们并不交谈,在叫号机机械的声音里,个个面无表情地直立着,似乎无悲无喜。
>
> 轮到我了,我走了进去。

沈平林是两个孩子的母亲,她在生完两个孩子后不久,发现自己在陪孩子大笑、奔跑时突然因为漏尿,裤子湿透了,她意识到自己需要去医院。沈平林被确诊为盆底肌障碍,开始接受系统治疗,但医生也没把握能够恢复到什么程度。在医生的建议下,沈平林除了定期去医院看病,还去药店买了一盒可以在家进行辅助治疗的阴道哑铃。

作者写完这篇文章之后说，她全程是带着愤怒和希冀写下这段经历的，写的时候感觉故事已经冒到嗓子眼儿了，如鲠在喉，不得不写。她发现，市面上有无数种书教人们从受孕怀胎开始如何生养一个健康聪明的孩子，但几乎没有人告诉妈妈们，生产过程究竟会对女性的身体造成哪些损伤，又应该如何尽可能地减轻这些损伤。她的两个孩子都是女儿。她希望她们长大以后，不是被推着向前稀里糊涂地做了母亲，而是在充分了解所有风险后，理性决定是否要做母亲。

这是属于作者沈平林的私人经验，但生育给女性身体带来的损伤以及长久以来对这种损伤的漠视，是真实发生在很多女性，甚至不同代际女性身上的共同经验。我们得以通过一段被揭开面纱的私人经验，去看见更多有过相似经历的女性，去讨论被遮蔽的遭遇和感受，去思考为何如此、未来能够如何。

如果这样的私人讲述没有公共性，那么什么才是真正的公共性，才有讲述的必要和价值？

女性写出自己的故事，就是为了明白自己的处境

在《最好朝南》中，还有几篇不太常见的描绘女性友谊的作品。

曾在湖北安陆一个菜市场度过童年的大满，写下她的母亲和菜市场里几位女性长辈之间的情谊。她们原本有各自的买卖，卖干货、卖水果、卖早餐，经历丈夫意外去世、生意失败等变故后，一起开了一家饭店，取名姐妹家常菜馆。大满写道："可能比起孤军奋战,她们更需要的是共鸣,不靠知识,靠古老的经验。比如说,一起开家菜馆,再为它上个招牌。"

哪怕过了 20 年,意阑仍然记得第一次见到向月的场景。她们相识于正式进入初一前的暑假军训,后来两人熟起来,一起午饭、一起去图书馆借书,相互分享看过的小说,一起放学回家。两个女孩之间的关系变得模糊,是青春期的非正式"浪漫情感",还是进入异性恋前的"同性依恋"?分不清楚,似乎也没有厘清的必要。意阑写道:"因为人生中爱过一个女性,我得以有力量去抵抗自己生命里的黑暗,慢慢地接受自己作为女性的存在。"

在美国开了一家诊所的 W 医生,写下自己和小徐、花姐延续 20 多年的友谊。她们在国内一家医院工作时是同事,而后 W 医生因为结婚前往美国,开设了自己的诊所,小徐和花姐分别因为 W 医生的牵线搭桥来到美国成家,安定下来。她们在人生中的许多重要时刻彼此支持,她们的关系是同事、姐妹,亦是家人。

在过去几年中"三明治"所编辑的女性议题作品中,关于女性友谊的作品并不多见。我们有时会疑惑,为什么女性友谊没有成为常见的书写主题?女性是如何感受和认知自己与其他同性个体的关系的?过往对女性关系的认知饱含偏见——女性之间似乎只有"宫斗",无论是职场中的同性竞争、家庭中的婆媳之争,在男性凝视中,紧张的女性关系背后是对"被垂青"的争夺。女性的主体性在这种凝视和扭曲中被消解了。

在这个议题之上,女性能不能重新拿回话语权,去思考和讲述属于自己性别群体的故事?作为女性写作议题的一个重要部分,我们奢侈地为女性友谊这个主题保留了三位写作者的讲述。

谈到女性友谊主题，不得不提意大利作家埃莱娜·费兰特的"那不勒斯四部曲"。埃莱娜·费兰特写下莉拉和埃莱娜从少女时代到晚年延续半个世纪的友谊。巧合的是，"那不勒斯四部曲"的主人公之一埃莱娜也是一位作家。2015年，费兰特在接受《巴黎评论》的作家访谈时，谈到了在小说中让女性角色写作的设定："在我们女人身上经常会发生这样的事情，面对危机时，我们会试图写作，让自己平静下来。这种私人的写作可以让我们的痛苦得到控制，让我们写出信件、日记。我总是从这个出发点开始，那些女人写出自己的故事，就是为了明白自己的处境。"

当被追问为什么要强调这一点时，费兰特回复说："我想到笔下的那些女性，她们会通过书面方式表达自己，这会让我觉得，她们的写作能揭示真相……在语言、用词、句子的结构、语体的转换中找到女性的我，展示出笃定的目光、真诚的思考和感受，同时保留了一些很不稳定的思想、行动和情感。"她说："一个写作的女性，她唯一应该考虑的事情是把自己所了解的、体会的东西讲述出来，无论美丑，无论有没有矛盾，不用去遵照任何准则，甚至不用遵从同一个阵线的女性。写作需要极大的野心，需要摆脱各种偏见，也需要一个有计划的反抗。"

费兰特谈得真好。当女性有机会拿起笔去书写自己的经历时，她所要考虑的首件事情，就是尽可能真诚朴实地面对自己的经验和情感，勇敢而深刻地理解并呈现作为一个女性亦是一个人类个体的立体性、复杂性。

当我们通过书写抵达更深处的真实自我，确认并寻回自己的存在经验与感受，在写作和阅读的往复中，无数种隐秘的女性私人情感将连接成为更宽广的共同整体。每一位女性无论是否选择写下自己的故事，在这个广阔的共同整体之中，都有无数女性与她同在。

三明治编辑　李依蔓

2022 年 8 月 22 日

目　录

12 个问题

一个问题 01
女性在生育之前，知晓身体可能受到的伤害吗？/ 3

一个问题 02
我是女性，我不来月经，可以吗？/ 13

一个问题 03
究竟什么是"处女情结"，什么是"处女枷锁"？/ 26

一个问题 04
送给妈妈一个跳蛋作礼物，会怎么样？/ 46

一个问题 05
一位遭遇性侵谋杀案的女性，如何死里逃生？/ 57

一个问题 06
养育了三个孩子的二十二年婚姻，要因为惯性而延续吗？/ 82

一个问题 07

长期遭遇家庭暴力，靠自己能离得成婚吗？/ 105

一个问题 08

随先生搬到陌生城市，顺势成为"家庭主妇"，是应该的吗？/ 125

一个问题 09

在婚姻之中，还有可能回到"单身"状态吗？/ 139

一个问题 10

一个母亲说不爱自己的孩子，是被允许的吗？/ 149

一个问题 11

做试管婴儿是因为想要一个孩子，还是不愿意接受自己是"生殖无能"？/ 165

一个问题 12

该如何让伴侣理解，我不想生养孩子？/ 180

12 种境况

一种境况 01

父母沉迷麻将，我曾经是"麻将留守儿童"/ 193

一种境况 02

从留守女童到乡村教师，我经历过的那些梦魇 / 207

一种境况 03
　　菜市场里的姐妹家常菜馆,和进进出出的女人们 / 217

一种境况 04
　　走入无边人海里 / 230

一种境况 05
　　一间诊所和三段跨国婚姻,我们是同事、姐妹和家人 / 251

一种境况 06
　　对相亲对象的要求,家人只有四个字:男的,活的 / 274

一种境况 07
　　36 岁,我在大厂 996,和先生养育"互联网孤儿" / 283

一种境况 08
　　离婚是因为一个妈妈想活着,想活得更自由 / 291

一种境况 09
　　一位女性在银行工作十一年的抗争史 / 303

一种境况 10
　　35 岁未婚女性跳槽,新公司可能会视之为"不稳定因素" / 315

一种境况 11
　　45 岁未婚未育,我愿意一直独居 / 326

一种境况 12
　　女人一定要有一间自己的房间,最好朝南 / 337

12 个问题

一个问题 01

女性在生育之前,知晓身体可能受到的伤害吗?

作者 | 沈平林

虽说还在疫情期间,盆底肌门诊前已排得挤挤挨挨。站得累了,我靠在门框上,听里面的医生说话。

"你这都这么一大坨掉出来了,必须做手术了!"医生从隔断后走出来,一边走一边说。

隔断后窸窸窣窣,女人大概正在穿裤子。

"而且必须先切掉一部分子宫,再把韧带提上去。子宫太大了,不切掉一部分提不上去的。"年轻的女医生一边说一边在电脑里输入。她声音呱嗒爽脆,头发齐齐整整地包在帽子里,脸被护目镜和口罩遮严实了。

女人出来了,一身黑,看起来不过四五十岁。她向下抻抻黑色的腈纶毛衣,抿抿嘴问:"那还能干活吗?"

医生看她一眼:"不能干重活的,很容易复发。复发了就只能再做手术。你这个年纪,韧带都老化了,就像橡皮筋,用久了就越来越松,越来越松,靠保守治疗很难了。"

黑衣女人弯腰小声说了些什么,医生往后一仰,大声说:"不行的!得了这个病,你就理解为得了个富贵病,不能再干重活!

最好朝南　3

就算子宫全切了,还可能掉出别的东西来。这里面还有别的东西的,你明白吧?"医生又看了她一眼,"也不是不干重活就一定不会复发了,做两三次手术的大有人在。我们倒是可以再给你做手术,但你受罪啊。"

黑衣女人向医生点点头,拿着病历和发票朝外走。她面无表情,似乎子宫要被切除的不是她,有可能从体内掉出点别的什么的也不是她。

接下来的是一个子宫颈掉出体外三厘米,同样急需手术的三十多岁的女人。

再接下来是一个一大笑就会漏尿,已经这样两三年了的年轻女人。

女人们站在门口排队,一个接一个,出来一个,进去一个。排队的人们并不交谈,在叫号机机械的声音里,个个面无表情地直立着,似乎无悲无喜。

轮到我了,我走了进去。

我第一次听说盆底肌是在七年前。当时我怀着大女儿 Sissi,正孜孜不倦地阅读着各类孕产书籍。在一本美国人写的六百多页的《怀孕圣经》里,有一页插入了一个小专栏,简单介绍了凯格尔运动。我半害羞半惊叹地看完,当作"奇文共赏"念给我妈妈听。她半天不作声,然后笑着说:"原来还有这样的运动。我就有点漏尿。"她把书捧过去细读起来。那一年我弟弟 25 岁,她也漏尿二十五年了。这二十五年,没有人告诉过妈妈这是一种疾病,是可以治疗的。

Sissi 出生一年后，我终于有闲暇照看一下自己。我想起那一页书，虽然自我感觉没什么明显的症状，但还是决定去医院检查一下求个安心。论坛上有一两个帖子影影绰绰地谈论着这个话题，似乎十几公里之外的一家医院有此类业务。换乘两次，一个多小时后我抵达了医院，但却被告知该项业务是院外的某合作机构开设的。机构的工作人员听了我的情况，摇摇头说："你这都生完一年了，没必要检查了。"很久以后我才知道，盆底肌康复存在产后六个月的"黄金治疗期"一说。但整个孕产期，无人向我提起。

　　又过了几年，我再次怀孕。这次我提醒自己，产后一定要早做检查。Sissi 的妹妹出生在疫情暴发前夜，那之后一切都停摆了。直到有一天，春光大好，我和 Sissi 下楼玩儿，我们在翠绿的草地上大笑着奔跑，玩"怪兽妈妈抓小孩"的游戏。突然，我停下来，笑不出来了，因为我的内裤全湿了。必须尽快去医院，我想。

　　我按照门诊医生的吩咐来到检查室。

　　检查室明亮而凌乱。靠墙的一排铁灰色柜子上零散地放着消毒湿巾、抽纸、文件，墙上贴着大大的粉色科普招贴画。柜子旁边是一只白色的抽水马桶，但是马桶下方并未连接下水管，而是搁着一只半透明的塑料大杯子。我半躺在马桶旁的黑色检查床上，张开两腿，被一根细细的透明软管连在脚边高大的机器上。机器一闪一闪，我隐约感到凉凉的水灌入体内。这就是尿动力检查了。

　　背对着我的护士正朝电脑里输入数据。她全身藏在蓝色的防护服里，看不出年纪。

　　"把你手机给我，我给你拍张照。"她突然转过身来说。

　　她拍的是我下体的照片。

"喏，你看看，这就是膨出的阴道壁。"

"怎么会这样?!"我吓了一跳。

"如果是在我们院生的话，怀孕的时候就开始科普了。产后四十二天检查有问题的话，马上就来治疗了。你来得太晚了，现在只能说恢复到生完第一个的状态我们还有点把握，恢复到一个没生的时候基本不可能了。"

"我根本不知道……"

她突然抬起头，从眼镜上方看住我："你根本没有好好保护它。"

咚、咚、咚、咚，我在无人的楼梯转角处上下跳跃。

原地蹲跳、上下楼梯、原地跑步、快走、咳嗽，把这些都完成一轮后，回到检查室揭下卫生巾称一称，就知道尿漏了多少，然后，坐在检查室的马桶上一泄如注，让膀胱里饱胀的尿液排进马桶下方的塑料杯里。至此，尿动力检查就算完成了。

检查室的蓝衣护士告诉我，漏尿和膨出只是初期症状，但如果不治疗，随着年龄的增大，尤其是绝经期的激素变化，有相当大的脏器脱垂风险。

"通常70%的损伤都是生第一个孩子造成的，"蓝衣护士说，"很多人生完第一个没有感觉，但其实损伤已经发生了。"

我将两页纸的报告交给门诊医生，得到了一个充满不确定性的治疗方案。

"人体就是如此神奇，"医生藏在护目镜后的眼睛有一对大而深的双眼皮，"产后六个月，激素让身体有恢复的意愿，如果能配合适当的治疗,就有可能有好的结果。越早开始越好。"

"我还能恢复到以前吗?我是不是以后再也不能跑步了?"我问出最想问的问题。

"我很难给你一个承诺。预后和很多因素有关,年龄、基因、生活方式、身体状态、是否足够自律等。相同的治疗方案每个人的结果都可能不同,我只能说,你还在时间内。"这是我第一次听说"六个月黄金期"。

告别医生,我摩拳擦掌地来到检查室预约第一次治疗,却被告知要排队三到五周。五周之后,我的"六个月黄金期"就快告罄了,我苦苦哀求,然而并没有什么用,排在我之前的一百多个女人个个心急火燎。

为什么没有人早点告诉我们这些?

丈夫说,哪有这么夸张,以前那些生了八九个的怎么办。我想起离开医院前遇见的那个老太太。她穿着病号服,头发全白了,一小步一小步地挪到检查室门口,才发现弄错了地方。她预约了当天手术,切掉全掉出来了的子宫。我给她让座,她连番道谢,坐下来等护士把她领回去。

检查室墙上的招贴画写到,平均每三个女人中就有一个会遭遇盆底肌障碍。然而即使是在上海这样的一线城市,盆底肌康复也算是一个新鲜事。"以前那些生了八九个的",并不是没有遭遇痛苦,而是她们的痛苦并不为人所知。

为什么她们不说?为什么她们不被看见,不被听见?

蓝衣护士曾告诉我,这个病不危及生命,甚至,被切掉的那些子宫本身通常是健康的。但是这个病非常影响生活质量——漏

最好朝南　　7

尿、脏器脱垂、性交疼痛。

它并不影响她们的生育功能，它只是影响她们的快乐。

"收、放、收、放、收、放"，手机里的 APP 传来规律的声音。

"妈妈你在干什么？"6 岁的 Sissi 推门进来。

我想了想，说："妈妈正在锻炼尿尿的地方那一带的肌肉。生宝宝会对这些肌肉造成损伤，有些妈妈会在咳嗽、打喷嚏、跑步或者跳绳的时候漏尿，所以需要治疗。"

她眼珠子一转："所以你不能和我比赛跑步，对吗？"

"是啊。"

此时，距离我第一次听说盆底肌已经七年了，应用商店开始有帮助人们练习凯格尔运动的 APP，网络上开始有人公开谈论盆底肌障碍带来的不便，越来越多医院开设了盆底肌门诊。我想，于我而言，就从没有丝毫耻感地和我的女儿谈论这件事开始吧。

我在药店买了一盒阴道哑铃。

手掌大小的盒子，紫盖白底，打开来，里面齐齐整整偎着五只粉红色纺锤形小球。掂起一只，表面软弹，内里坚硬，有点分量。小球的顶端，浮雕了一个小小的"1"。这是 1 号球。球的末端拖着十来厘米的小尾巴，像一只小蝌蚪。

我躺下，深呼吸，将消毒完毕的 1 号小蝌蚪缓缓塞入阴道。完全塞进去之后，稍一用力，小蝌蚪倏地一下被吸进去了。真是有趣。

我慢慢并拢双腿，慢慢起身下床。这时，突然有人敲门，我一僵，小蝌蚪倏地掉了出来……三言两语打发走家人，我将小蝌蚪塞回去，决定再接再厉。根据说明书，第一次使用时，含住最轻的1号球尽量站立十五分钟。然而在最初的两分钟里，小蝌蚪就掉出来了三次。

在塞回去—吸住—掉出来—塞回去的过程当中，那块被我忽略多年的肌肉，终于彻底苏醒了。一吸一放，像是正和小蝌蚪玩耍的活物。"她"是活的，只是时常不听我大脑的指挥。我兴趣盎然，总算从这一路"产后康复"的事件中感到了一些趣味。

"你好啊，盆底肌。很抱歉之前没有好好照顾你。请让我们重新认识一下吧。"

阴道哑铃学名"盆底肌肉康复器"，属医疗器械，它远比单纯的凯格尔运动更能帮助女性找到盆底肌肉发力的感觉，是锻炼盆底肌肉极好的帮手。然而我的女性朋友们告诉我她们"下不去手"。正如卫生巾主要在东亚流行，欧美女性更爱用塞进去的卫生棉条，在此地，把某样东西塞入阴道似乎有一种心理上的障碍、文化上的禁忌。

阴道和盆底也许是我们身上最强大的器官，"她们"可以让一个婴儿通过，但"她们"常常也是最被我们忽视和遗忘的身体部分。

"你到底是怎么把这个小球塞进去的?"洗手间里，Sissi 兴致盎然地上下打量我。

我向上翻了个白眼。"你真的对这个很好奇，对吗? 但是抱歉，这个部位是我身体的隐私部位，所以我不能给你看。"

我简单解释了一下阴道哑铃的作用原理，并且强调因为这是我的隐私，所以希望她不要跟她的好朋友们分享这则趣闻。1号哑铃站立位可以保持后，依次训练爬楼梯、提重物、咳嗽、跑跳，都可以保持后，依相同顺序训练2号哑铃，直至5号哑铃训练完毕。建议每半年训练一个周期。说明书上如是说。

我在小区里散步，和我的哑铃一起。Sissi骑着滑板车在我身旁倏忽来去，金灿灿的阳光被浓绿的树荫筛过，在我俩的身上落下斑驳的光影。绕行小区一周，盆底肌终于累了，哑铃缓缓滑出，今天的训练结束了。

"所以，3号球感觉怎么样？"健身教练笑问。

"还不错，每天都能感觉到自己的进步。"我笑答。

教练短发、爱笑，我俩认识已经两三年了。最近她才跟我提起，很多年前生完孩子后，她练习倒立，下体会传来噗噗的"放屁声"。做过检查之后她才知道，原来剖腹产也可能有盆底肌损伤，这种学名"阴吹"的现象正是受损的表现。我将阴道哑铃推荐给她，也推荐给我生完二胎的朋友，推荐给我的妈妈。

我希望我有结实饱满的臀肌，有紧实漂亮的腹肌，我也希望我有收放自如的盆底肌。我希望我是健康的、强壮的，白天在阳光下自由奔跑，夜晚享受着性的愉悦。我希望我对自己的欲望坦诚直接，对自己的权益理直气壮。我希望每一个女性都能如此。

治疗室里，一幅幅浅粉色布帘从天花板垂落到地板，每一幅都掩着一张粉色小床和一台电脑。我半躺在其中一张上，听着窗外的闷雷声。上海正是梅雨季，任何东西都湿得能拧出水来，但治疗室里空调开得正正好，凉悠悠的。蓝衣护士拍拍我，提醒我电刺激结束，该锻炼了。我努力把精神集中到屏幕，用盆底肌控制屏幕上的小海豚上下游动，游得好的话，不仅有个好分数，还有电刺激奖励……

不知不觉一个疗程结束了，是时候去找大眼医生复查了。

盆底肌门诊的门口依旧挤挤挨挨，但疫情已进入"常态防控"，大眼医生不再戴护目镜和手术帽，只戴了口罩。绑得整整齐齐的头发，细看却是一头咖啡色的羊毛卷。她起身的时候，露出白大褂下黑底紫花的长裙和一对银灰色中跟玛丽珍鞋。

"切掉吧！"隔断后转出来一个波波头。波波头穿着虾子红连帽衫，水洗蓝的破洞牛仔裤，背着一个牛皮双肩包。看到她脚上的玻璃丝短袜和头上花白的头发，我这才意识到她有些年纪了。

"什么时候可以切？"她追问医生。医生解释了一番，她又说："卵巢也切掉吧！"

"卵巢不能随便切的哈。"大眼睛医生忍不住笑了，"你怎么这么想得开的啦？"

波波头一愣，然后笑着耸肩："我么，任务完成了呀。"

门口立着的女人们都笑了。

回到家已经是傍晚了。吃过饭洗完澡，我靠着床头，给 Sissi 读她最喜欢的书。灯光昏黄，她依偎着我，我以为她已经睡着了。这时，她突然说："我不知道要不要生宝宝。我很怕疼，可是又很

最好朝南　11

喜欢像你这样给宝宝读书的感觉。"

要不要生宝宝啊,这个问题的确很重要。阴道、子宫、卵巢,每个拥有这一套器官的人类都需要思考这个问题。我没办法直接给 Sissi 一个答案,但是安慰她说,她还有很多年可以考虑这个问题,在知晓全部风险的前提下。

一个问题 02

我是女性，我不来月经，可以吗？

作者｜饶梦溪

我的月经自由是从不来月经开始的。

由于神经性厌食症导致的体脂下降，我从大二开始三年都没能自主来月经。当时厌食症还没有确诊，中医和西医的内分泌科反复去了许多次，药吃了许多种。除了激素以外，没有别的药能让我的身体按时正常流血。母亲觉得长期吃激素不好，所以我吃了两个月就停药了。

那三年里，因为没有月经，我总觉得自己有病。然而与此同时，不需要担心例假忽然造访弄脏衣裤，超市打折的时候也不需要操心囤积降价卫生巾，我又觉得自己非常潇洒，生活中少了一大烦恼。这两种矛盾的心情相碰撞，常变成一种悲壮感，像之前一个号称神医的台湾中医跟我说的："你这样不爱惜身体，不按时睡觉，不好好吃饭，趁年轻还可以撑得住，那你到了35岁以后，就要走下坡路了。"

去美国念研究生的第一年秋天，我23岁，去校医院打HPV疫苗。妇科医生是一个意大利裔的大码中年女士，有两道威严的浓眉。她关上门，做出一副慈祥的表情，笑眯眯地问坐在手术床上等待检查的我:"现在,告诉我,你为什么想打这个疫苗?"

我紧张得不行,磕磕巴巴地说英文:"我……我妈让我来的。"

医生瞅着我,忍着笑继续问:"那你有性生活吗?"

我更紧张了,摇头:"没有。而且我连月经都没有。我估计,我也不能怀孕,没法生小孩。"

医生噗嗤一声笑了。"生小孩……"她接着问,"那你知道这个HPV疫苗是干什么的吗?"

那时我只知道HPV疫苗似乎可以预防宫颈癌,而且在中国尚未普及,就照实说了。医生赞许地点了点头。她在我身前坐下来,语气温柔给我详细讲解了一下该疫苗相关的知识:什么是HPV病毒,如何传播,这个疫苗应该什么年龄段打,适合什么样的人,打几次,等等。她的语速非常缓慢,像VOA慢速英语。并且她一直看着我的眼睛,观察我是否能跟上她的节奏。最后,她问:"听过了这些以后,你还想打这个疫苗吗?"

"是的,谢谢。"我说。

"好。"她低头在记事板上划了几笔,"我们再来说一说你不来月经的这件事吧。年轻女性月经失调是很正常的。我们的生活压力、高强度的学习,很容易会影响我们的月经周期。人瘦,体脂过低也会导致月经紊乱,很多运动员和舞者都有这个问题。包括我自己,在医学院的时候也没有月经,压力太大了。这都是很正常的。"

正常。她这样说着的时候,我有点惊讶,感觉很微妙。这些年我一直觉得自己有毛病,从来没有医生对我说这是一件正常的事。医生似乎看见了我的表情变化,重复:"是的,不来月经没有什么害处。你没有什么器质性的毛病。不过,如果你想来月经的话,我们可以试试短效避孕药。通过吃短效避孕药来制造荷尔蒙,调节你的生理周期。"

"我……想来月经的话?"我有点懵,"什么意思?不是应该来月经吗?"

"意思就是,你这样不处理你不来月经的问题也没有什么坏处。但是如果你喜欢每个月都来月经的话,我可以给你处方,你试试看短效避孕药。短效避孕药很安全,很多女孩子不管有没有避孕需求都在吃。有人吃纯粹是为了少长青春痘,或者调解心情。等你想备孕的时候,停药两三个月,就可以正常怀孕。我以前在医学院没有来月经,也是靠吃短效避孕药来调节。后来我有了男朋友,结了婚,想生孩子。"医生甜蜜地一笑,"我现在有三个孩子。"

一直以来我都认为女孩子就应该来月经,老天给的这个身子,谈不上喜欢或者不喜欢,按月流血,受着就是了。忽然要我选"想要它来"或者"不想它来",我一时间头脑有点转不过弯。但总之那天从校医院离开的时候,我包里有三盒短效避孕药,每盒二十八片药。从那时起,一天一片,到现在已经六年了。

记得出国以前看各种留学生行李打包宝典,见到过关于"美国人是不是都只用棉条,是不是买得到卫生巾"的讨论。第一次去超市买卫生巾的时候还颇为不安了一会儿,结果看到货架上卫生巾、护垫和棉条三样都有,还有自己熟悉的牌子,就放心了。记得大学的时候,一个室友开始使用棉条,跟我们分享心得:"太舒服了！简直是飞一般的感觉。"我看着货架上包装精美的一盒盒棉条，思考了一下要不要尝试，最终还是抓起一包熟悉牌子的卫生巾攥在手里。转身去结账的时候，心里有小小的哀嚎："棉条要怎么放到身体里啊！放进去的时候会不会碰到血？"

相比尝试新的东西，大多数人还是惧怕风险，习惯停留在自己熟悉的领域。我小时候，记得母亲喜欢的卫生巾是那种最为朴实无华的棉感厚卫生巾，不要干爽网面，不要零触感超薄。她说，太薄的承不住经血。因为厚，所以觉得安全。

我试过几次棉感厚卫生巾，坐下和走路的时候硌极了，夏天又很闷，非常难受，于是改用所谓"技术创新"的超薄款，从三毫米买到一毫米。我家的卫生巾储备，一般是母亲一种，我一种，不混用。母亲见我使用薄款卫生巾，开始还颇有微辞，后来也就采取了放任的态度。只是每次我让她试试的时候，她会斩钉截铁地摇头拒绝："不要。"反思起来，我对棉条的抵触感和不信任可能也是这样。

2018年夏天，刚刚研究生毕业的我搬家到纽约，决心挑战一下自己的舒适区，尝试一种新的生理卫生用品：月经碟。这种一次性的月经碟置入身体里需要一直推到宫颈口附近，弹开会有手掌大小，据说可以在高位截住下落的血液，使下身和内裤保持干爽，而且完全没有异物感，一天只需要换一次。官网说会有一个学习曲线，建议初学者在非经期使用第一个权当练习。我照做了，在家里戴着月经碟走来走去一个下午，自觉还可以。

于是当月月经期间，我就戴着月经碟出门了。当时我在实习，通勤地铁上要站四十分钟，从地铁站走到公司要二十分钟。在最后二十分钟的走路期间,我忽然感觉到月经碟滑脱了,一柱血液顺着大腿倏地开始向下流。我尴尬极了,而身处居民区,没有公用卫生间可以解决突发情况。我环顾四周,看见前方有一个发廊,一个西班牙裔女士正在打开安全门准备当天的营业。我赶快走过去,问她可不可以借用一下店里的洗手间。这位女士听不太明白我说的话,也不太会讲英文,我们俩只好互相比划,我一遍一遍地强调"我有一点紧急情况,正在流血"。她忽然明白了,一副恍然大悟的样子,放下手里的拖把带我去了里面的员工洗手间。我谢过她,锁上门,洗了手,恨恨地把月经碟取出来丢在垃圾桶里,擦干净满手的血,换上包里备用的卫生巾,对自己说:好端端的,干什么要冒这个险啊!这次自以为作为先锋女性的实验就此告终。

我并不是特别抵触手上沾血,我抵触的是碰触自己的身体。从小我就不喜欢自己身体的气味,也不喜欢分泌物滑溜溜的感觉,总觉得洗不干净,又害怕手脏,怕碰到自己的身体会造成细菌或者真菌感染。这次对月经碟的尝试,需要用整个手指把挤压后的碟片推到宫颈口,尽管做了充分的心理准备,我还是感觉非常不适。再说,宫颈口在哪里,长什么样,在我身体里是什么样的构造或者呈现方式,我统统没有概念。会掉出来,可能就是因为放错了地方吧。

夏天结束以后,我搬家到华盛顿哥伦比亚特区,作为驻地艺术家开始做一个关于性别平权的独立项目。在思索性别概念和偏见是如何形成的时候,我接触到很多关于青少年性教育方面的内容。一个宾夕法尼亚大学毕业、目前在宾州一个小镇的基督贵阁会（Quaker）中学教书的性教育学专家，分享了一个他常在课上讲给学生的故事，叫做"生殖器失物招领所"。

同学们，想象一下，有一天早上你醒来，发现自己的生殖器不见了。你非常地着急，于是打电话给学校，说你的生殖器丢了，不知道怎么办。学校说，哦，这没什么新鲜的。我们有一个生殖器失物招领所，所有丢失的生殖器都会被送到那边。于是你去了这个失物招领所，发现在前台坐着的是一个面目慈祥的银发老人。老人看到你，说，来啦？生殖器都在后面的架子上。你自己去看看有没有你的。是你的，你就带走。你感谢了老人，走到她身后的房间，看到一排一排的架子，上面有无数的生殖器。

性教育专家说，每次他在中学课堂里讲这个故事，讲到这里时他就会问学生们："你有没有信心找到自己的生殖器带走？"男生们都会哈哈大笑，有的人迷之自信："我相信只要我叫一声，我的老二就会穿过无数的架子乖乖飞到我手中。"而女生们则局促不安，有的坦言："我不确定。我不知道自己的生殖器长什么样。我没有和它互动过。"这个答案揭示了很多女性与她们身体的关系，体现了文化对男女性意识的社会建构。

听过这个故事以后我常常想：我爱我的身体吗？关注它吗？正视过它吗？了解它吗？面对它和它的需求，我感到坦然吗？我为什么选择了让自己的身体来月经？我对我的身体，足够负责任吗？回想起自己和月经碟的故事，我看得到我是多么缺乏与自己身体互动的经验，多么缺乏兴趣，多么容易就放弃了。我身上有许多不明所以的在继承文化中养成的习惯。我想更加了解自己的身体，更加了解来月经这件事。

2019年4月，我参加了一个"月经派对"。派对的着装主题是红色，每个人到场后，要站在一面用无数片染了假血的卫生巾铺成的背景墙前拍照。那时我专注做着关于平权的项目，所有跟女性权益相关的活动，有时间都会去参加一下。报名时见网站上写着宣传"月经平权法案"以及派对组织者未来的国会山游说计划，我心想：月经平权是什么意思？难道是说所有人都有来月经的权利吗？"来月经"是一种什么样的权利呢？

"来月经"是一种生理现象。"月经平权法案"所倡导的"平权"，指的是认识到这种生理现象的不可抗性，从政策和经济角度创造积极的社会条件，让所有来月经的人都能有月经自由的体验。这个法案由纽约市的华裔女议员孟绍文牵头提出，被称为美国历史上在保障月经权利方面最全面最详细的法案，针对的是当下作为社会现实的"月经不自由"。

月经派对的当晚，五六位月经平权方面的活动家和公益组织领导纷纷发言，举了很多例子。例如，生理卫生用品在监狱里目前不是免费供应品，服刑人士在经期不但没办法保持身体清洁，还会受到他人的欺辱。例如，著名的"粉红税"——生理卫生用品被作为奢侈品征税，与此同时伟哥则被列为"药品"。再例如，很多穷人和无家可归的流浪者没有能力负担生理卫生用品的开销，然而划拨给社会福利机构的公共卫生资金不被允许用于购买和发放生理卫生用品,因此依靠福利机构救济的人常常只能领取免费的卫生棉球来自制生理卫生用品,并且一个棉球还要重复使用。没有棉球的人,就只好用袜子、破布、硬纸板的芯。一个露宿街头的女人曾在接受采访时说:"如果连这些都没有,我就尽量坐着不动,这样血流得慢一些。"

我自 13 岁初潮,从小到大没有经历过所谓的月经贫困,也几乎没有过严重的生理痛。这些在我看来我习以为常的月经体验,在另一些人眼中可算奢侈。当晚发言的蜜蜜是一家创业公司的负责人,她做的产品是纯天然的内服生理痛舒缓精华,创业的动力是她自己严重的生理痛,以及市场上缺乏好的产品。很多学生和成年人饱受生理痛的困扰,在经期会因为需要卧床而缺课、请假翘班。他们的工作效率因为生理现象受到影响,而工作单位却缺乏最基本的理解和包容,医生也经常不相信女性对自己疼痛的表述,尤其是检测不出器质疾病的时候。某市的一次调查发现,在学校、写字楼女厕随处可见的投币生理卫生用品贩卖机,有百分之八十都是坏的或者空的,意味着如果一个人在学习和工作场所意外来了月经而没有带卫生巾,极有可能没有办法在紧急情况下找到备用的。

此外,有一个议题是我从未想到过的:不应该将月经性别化。生理卫生用品不应该被叫做女性用品,因为一些身体表征呈现为男性的女转男跨性别者也会来月经。随之而来的讨论就是,那么,是否应该在男性公用卫生间和无性别公用卫生间里,都设有能够提供生理卫生用品的保健盒?

派对结束以后,我感触很多,于是报名参加一周以后的国会山游说，想为这些议题在社会上获得更多关注出一份力。所谓游说，就是拿着孟绍文的"月经平权法案"要点，去国会山的众议员和参议院办公室，跟尽可能多的议员普及这方面的相关知识，争取他们对法案的签名支持，从而使法案获得投票通过。

我们要普及的知识，很多在女性们看来都属于常识。譬如，一个人在一个月经周期要使用多少片卫生巾，多少根卫生棉条？在目前的监狱政策下，有的监狱只允许在一个生理周期内，为每位有需求的服刑人士提供一根棉条。有新闻报道，狱警打开牢室的门，将一把棉条扔在地上，然后笑嘻嘻地看着一群服刑人士扑过去匍匐在地上，为这些散落的棉条争得头破血流。然而，1983年美国航天宇航局在送第一个女宇航员 Sally Ride 入太空的时候，却为她为期一周的旅行准备了一百根棉条"以防万一"。一根或者一百根，究竟是什么样的人，通过什么样的决策过程得到了需要多少棉条的结论呢？得出这样的结论之前，是否有人咨询过真正有来月经体验的"内行人"呢？

掌权决策者对月经的认识，可能比我们想象中要稍微更不够有常识一点。在培训的时候，游说活动的组织者詹妮弗给我们看了一张历史照片，标题叫"国会议员讨论女性公共健康政策"。照片里，围着椭圆会议桌坐着的十几个人，都是西装革履的白人男性。当年的这些男性，是基于怎样的对于女性生理健康的了解而做出了现在我们看到的种种谜之不合理的决定？而几十年后的今天，我们将要面对的这些掌握权力的人们，对于月经和来月经的权利这件事，又是怎么看待的？

游说当天，我起了个大早，找出自己最像西服套装的衣服换上，到国会山安检处与当日的其他队员会合。安检并不严格，甚至连身份证件也不需要出示，就可以进入办公大楼。我们一起仔细研究每个议员从政历史上曾经支持过的法案、关注的社会议题，重新复习要强调的论点，包括：要求将生理卫生用品列为医疗用品，要求在监狱为服刑人员按合理的需求免费提供生理卫生用品，要求所有联邦和地方政府的办公楼、员工数量在五百人以上的企业，在所有卫生间里免费提供生理卫生用品，要求将生理卫生用品去性别化。我很紧张。詹妮弗安慰我："不要怕，这些议员和他们的工作人员也是人，他们跟我们一样，有些人没准也来月经呢。"

每个议员办公室每天都要接待很多游说者。每个会议大都在半个小时以内。出乎我意料的是，被分配来接待我们的工作人员大多是女性，对我们所说的内容也颇有同感。其中一个人听到我们的论点，噗嗤一声笑了："怎么，难道你们说的这些目前还不是法律内容吗？"我们也笑："是啊，我们也觉得奇怪呢。"我参与游说的唯一一个白人男性来自费城议员图米的办公室。他一脸严肃地听着我们的介绍，抿着双唇，埋头在笔记本上记了又记。最后告别的时候，他满脸写着尴尬，跟我们一一握手："谢谢你们啊，我学到了很多。"包括他在内，我后来收到了三个议员办公室发来的邮件，确认他们收到了我们的反馈，感谢我们的时间。

在派对上，我第一次接触到月经的环保问题：一次性生理卫生用品产生的塑料垃圾。每一片卫生巾里百分之九十以上的材料都属于一次性塑料，相当于四个塑料袋，在环境中很难自然分解。

卫生巾的塑料薄膜背纸尤其容易在处理过程中转化成微型塑料颗粒，进入水体，在水生物和鱼类体内富集。

一个来月经者，在一生中可能会丢弃12000—15000张卫生巾或棉条，造成差不多120公斤的塑料污染。我本人拒绝使用一次性塑料袋，尽力减少在生活中使用一次性塑料制品已经有很多年了，忽然意识到每月扔掉的卫生巾原来也被归在这一类，有点生气也有点沮丧。要怎么样才能减少月经这一生理现象的环境影响，来"绿色月经"呢？

市面上可重复使用的月经产品包括硅胶月经杯和可水洗的月经内裤、布制月经垫。我研究了一圈，倾向于选择月经杯作为替代方案。毕竟是硅胶制品，好清洗，也不容易坏，一个可以用十年。有过之前尝试内置型月经产品的失败经历，我很担心在初学适应期会有意外发生，于是也购入了三条月经内裤作为转换期的安全底线。

与之前使用月经碟时相比，那时我对"与自己身体互动"这件事产生了很大的兴趣和使命感。学习如何成功地将月经杯放入身体这一任务，同时也像一个仪式，要求我了解自己阴道的位置，习惯将手指放入身体里，感受宫颈的长度和弧度。杯子在放入时需要折叠，之后要调整杯子到最佳位置，通过挤压使折叠的部分展开。收缩盆底肌的时候，我的手指能感觉得到，好像是和身体里之前从来没有意识到其存在的肌肉群打了个照面，握了手，交了朋友。把杯子取出清洗的时候，需要伸入两个手指，摸到杯底的突起用力捏住向外拉。每次做这个动作，我的精神都会高度集中，会情不自禁地发出运动员举铁发力时候、使出吃奶劲儿的声音。可能是我这种殷切的、想要与身体和解的态度起了作用，月经杯和我的身体一开始就配合得不错，没有出过任何过分的漏血事故。

我的月经自由，是我每天吃短效避孕药选择了要月经来，并且清楚地知道它什么时候会来，同意它对我生活造成的所有"不便"都在自己的预料和掌控范围之内。我的生理周期是稳定的二十八天，月经会在第四周的周一夜里造访。通常，我会在晚饭后烧水，给月经杯消毒，待它自然风干，在睡前塞到身体里。一觉睡醒，把杯子取出来冲洗，里面会有褐红的血液。

杯子满了，取出清洗，再放回去，这一过程要比更换卫生巾慢一些。好在更换不需要像卫生巾那样频繁。男朋友知道我开始用月经杯以后，有时候会在我从洗手间出来的时候揶揄我："你是不是又在洗手间和你的杯子约会了？"我大笑，告诉他："是啊！我还蛮享受和杯子的二人世界的。"

每次经期，在我工作、学习、吃饭、睡觉、走路、运动的时候，月经杯都在我身体里默默地收集着血液，让我能够自如活动，保持身体干净清爽，穿想穿的衣服。倾倒血液的时候，看着几十毫升从自己身体里流出的深红血液咚地一声落入水中，缓缓散开，如果我说我对这个月经杯心存感激，觉得它像可靠的同伴，会显得很奇怪吗？

改用月经杯到现在已经十五个月了。掐指一算，少用了二百多片卫生巾，非常有成就感，觉得自己作为消费者对地球做了一点力所能及的好事。一个月经杯，好好保养的话可以用十年。所谓"保养"，指的是正常的清洁、沸水消毒、阳光暴晒和自然风干。稍微有一点麻烦的是月经杯靠近上缘的几个小气孔会积累污垢；上网一查，有很多姐妹们在各种论坛和博客里分享经验：去药店买那种口腔专用的牙缝间清洁软刷，对清理月经杯气孔有奇效。我于是赶紧去花五美元买了一盒，十支小小的刷子，可以用很久。另外，月经杯像茶杯一样，日积月累表面容易出现污垢。网上也有支招：稀释柠檬水或者白醋浸泡即刻去除；实在遇到顽固污渍，用浓度百分之三的双氧水浸泡过夜。在 Youtube 上有挺多分享经验的视频，其中一个标题叫"为什么我敢大胆晒出用了四年的月经杯"。视频里，一个金发女郎开心地举着她被双氧水浸泡后颜色靓丽如新的嫩绿色限量版月经杯，激动地说："看，多干净啊，看这漂亮的绿色！"

我现在用的月经杯是像喜马拉雅粉盐那样半透明的岩粉色。当时买的时候不确定自己的尺寸，所以买了一大一小的套装。官网建议是 35 岁以下、未曾自然生产小孩的人使用小号粉色，反之使用大号蓝色。两个月经杯容积相差十毫升，套在一起像俄罗斯套娃。当时我想，买两个就买两个吧，多的那个留着，反正人总是会过 35 岁。想到自己未来二十年的生理卫生用品都有了着落，心里觉得很踏实。

一个问题 03

究竟什么是"处女情结",什么是"处女枷锁"?

作者 | 小小

"我是处女,已婚多年的处女。"我颤抖着,用仅剩的一点力气狠狠敲下回车键。

这是我患有性交障碍症十年来,第一次对外人说出口的秘密。此前为了隐瞒这个病,我说过无数次谎,在父母面前,在朋友面前,在医生面前。我无数次在心中尖叫:不是的!我不想再骗你们了!没有怀孕甚至没有办法完成妇科检查,都只是因为一个原因——我无法做爱。

而在此刻,我却把今生最大的秘密,和盘托出给聊天软件上那个比小指甲盖还小的头像。这个橄榄色皮肤、深棕色双眼的头像,属于一个名叫费萨乐的男人——他不是我的丈夫,不是妇科名医,甚至不是婚姻咨询师。费萨乐每天早上六点起床,开车四十分钟到郊区的海边练习冲浪;费萨乐每周五下午到前妻家接女儿去上游泳课;费萨乐的存款不多,对于年过40岁的男人而言更是略显窘迫;费萨乐有一张长长的欧洲独立乐队歌单,每一首歌都诞生在我出生之前。我们在网上相识,系统显示他距离我七千公里,位于黎巴嫩首都贝鲁特。在通过他的好友申请后,我们已经远程聊了数百个小时。

七个小时后,费萨乐终于再次上线。"我想了一天,有个方式可以帮你发生第一次性行为。"跟在他这条信息后面的,是一条维基百科链接,"在你知情且同意的前提下,我会捆绑你的四肢,让你无法挣扎;我会封住你的嘴巴,让你无法哭喊;你唯一要做的就是相信我,其他事情,交给我。"

我心中长久的尖叫声骤然暂停,世界变得很安静,我的面前显示着刚刚加载好的网页内容:

BDSM,全称包含绑缚与调教(bondage & discipline,即 B/D),支配与臣服(dominance & submission,即 D/S),施虐与受虐(sadism & masochism,即 S/M),成年人在彼此知情同意、共担风险的前提下,通过突破常规禁忌,获取更刺激的性愉悦。

我第一次正式谈恋爱,是在 19 岁。

当男友提出希望 12 月 31 日的夜晚可以"相拥着一起跨年"时,我没有多想就一口答应,等回过神体会到背后寓意,离约定见面的时间只剩几个小时。

我迅速从宿舍抽屉翻出两层厚厚的连裤袜,再套上一条最宽松的黑色连衣裙,镜子里的自己像个虔诚的修女。平日在学校里,我特别看不惯男生打压女生的现象,即便是在讲荤段子这件事上,如果有男生对我开黄腔了,我也敢当面回赠一个新的。但那个时候我和闺蜜说:"别看我平时满嘴荤段子,其实一点实战经验都没有,也完全没有托付身体的思想准备!"

闺蜜嘴角勾出一个坏笑,估计是想起了我和她第一次下载爱情动作片的场景——我们把播放窗口缩到最小,手动静音,倍速快进,战战兢兢地鉴赏了日本知名演员苍井空的表演。看完后我们还略感失望,如此单调重复的活塞动作,就是广大男性魂牵梦绕的东西?

"总之,你可不能让我被人欺负了啊,今晚11点,请务必给我打电话确认平安,如果电话没有接或者被挂掉,一定要立刻帮我报警!"我抓紧闺蜜的手,一脸悲壮。

走进快捷酒店房间的一刻,我的脸已经通红。踱步到酒店床边,我又偷瞄了一眼男友。他的脸部看不出情绪,而脖子和耳朵根早已红得通透。这个与我同岁的大男孩,单纯善良,性格温和,在我们热恋的一百天里,从未有过冒犯举动。我移步到他跟前,一字一顿地说:"你如果真心爱我,今晚绝对不能碰我。否则,派出所见!"

次日,当新年的阳光缓缓照进酒店房间,我睁开眼睛确认——两双连裤袜完整无缺,裙摆也在它应在的高度,一个少年安静地睡在身边。我爱他。我在心里默念。但是我们才上大二,谁知道他是否最终能成为我的丈夫呢?他怎么能为我们的婚前性行为负责呢?

纯洁的男友用"坐怀不乱"证明了自己的真心。经过这甜蜜而安全的一夜,我不禁心花怒放。我们开房的次数很快呈几何级数增长,当然,每一夜都甜蜜而安全。在温暖的被窝里,脱衣,接吻,爱抚,荷尔蒙的气息在空气中蔓延,我们开始发生边缘性行为,偷偷享受着朦胧的性快感。但男友总能够在擦枪走火之前强忍住欲望,而我则从他的"壮举"之中反复确认真爱的坚不可摧。

"如果你足够爱我,你就应该充分尊重我的身体和权利,把破处留到新婚之夜。"这是我躺在酒店温暖的大床上,最常对他说的一句话,也是我对"尊重女性"最原始朴素的解读——尊重女性,就是尊重她们使用身体的自由意志。当女性觉得社会环境不利于她享受性爱,她有权暂时保留身体,等到社会环境让她有足够安全感时,再开放身体。

20岁那年的夏天格外炎热,偏偏宿舍楼遇上施工期,连电风扇都经常停摆。受不了酷暑的男友决定到校外租房住,并向我发出同居邀请。马上就要升入大四,毕业以后如果两人分道扬镳,男友就不会成为我的丈夫。尽管我绝不会嫁给一个有处女情结的男士,但是,非处女的身份会否让我在未来的婚恋市场天然处于劣势地位?我犹豫不决,再次找闺蜜商量。

闺蜜得知我约会一年仍是处女之身,气得直瞪双眼:"他尊重你了,可你尊重他吗?你是想害死他吧?开房睡过那么多次,你还不知道男人强忍欲望会得病?"

被狠狠教育一顿后,我抱着满腹内疚,拖着行李箱,住进了男友的出租房。

昏黄的床头灯,隐隐映照着男友满头大汗的脸。我颤抖着张开双腿,明显感觉到血液从腿间迅速窜逃到上肢,下肢变得如冻肉般僵硬。与其说,这是一对热恋男女"初尝禁果"的现场,不如说这是一场宗教祭奠仪式更为准确:之前是男友为我的贞洁

最好朝南　　29

"守身",现在轮到我为男友的健康"献身"了。

当男友略显笨拙地压向我的腿间,陌生的触感让我忍不住喊出声来——

"你在干什么?"

"啊?我还什么都没干啊!"

"我好难受……"

冻肉般的下体似乎被厨师狠捅了一刀,一种难以名状的委屈感袭上心头,泪水像涌泉一样冲在言语之前。床单是洁白的,我的脸色是灰白的。

"你是不是怕我们以后不能结婚,你未来的丈夫会怪你?"我的哭声破灭了男友的欲火,他停下动作,低声问我。而我仍在抽泣,不置可否。

所以,我到底在害怕什么呢?怕男友以后不会娶我、怕父母知道我"失身"后失望、怕沦为校内网上被耻笑的"黑木耳"、怕长相并不出众的自己连唯一与男权社会讨价还价的身体筹码也没有了?我真是个虚伪的女权主义者。

男友见我不说话,沮丧地套上了衣物,翻身睡去。两个20岁年轻人的初夜以失败告终。

我依然与男友维持着同居的关系。白天,我们是亲密无间的情侣,一起上课下课,一起食堂打饭。深夜,我会用双腿紧紧夹住被子,然后伸出手指缓缓在内裤外侧按摩。一丝淡淡的性快感在心尖划过——幼儿园大班时,我曾在午休时间见过一个漂亮的小女孩这么做过,随后的二十多年,这就是我唯一的自慰方式。什么是阴唇、阴蒂、阴道?我没有兴趣知道。唯一可以确定的是,这是一个不会得病也不会捅破处女膜、世界上最安全的自慰方式。

但是，当男友在现实中把双腿伸过来，这个安全感泡泡立刻就被戳破了，我的下体会在几秒内失去体温、失去触觉、失去控制。理智上，我知道自己有充分的处置自己身体的权利；情感上，我希望男友能够从我的身体获得温存。但在某个梦魇深处，一副铁枷锁却把我的双脚牢牢锁住了——保持现状，难道不是最好的吗？做个处女，难道不是最优的生存策略吗？

每当男友尝试进入我的身体，我和他之间的隐形铁枷锁就会先于他的性器官，深深嵌入我的阴道口——疼痛，眼泪，哀求，退缩。随后几年，这个场景一次次在不同的卧室里重演。

"你身体的每一块肌肉都在拒绝我。这简直是在强奸你……还是算了吧。"男友再次宣布放弃。后来男友解释，与无法做爱相比，更令他痛苦的是"万一以后分手，我对他破处行为的事后控诉"，尽管这种万一尚未发生。

"对不起！也许，结婚后我就可以了……"

然而，事实证明，九元一张的民政局证书并非神丹妙药。从20岁同居，到毕业多年后领证，奇迹并没有在新婚之夜发生。疼痛，眼泪，哀求，退缩。

我陷入了双倍的困惑：处女这个身份对我已经完全没有意义了，我却从担心破处的后果演变成害怕破处本身。

从初次开房之后，到初为人妻之前，多年来，我在医院见过很多位妇科医生。

"说吧，怎么了。"不同的医生，相同的问题。口罩背后的脸，看不出任何情绪。

"我……我有 PCOS（多囊卵巢综合征），这个月例假没来。"

"例假没来？你结婚了吗？"医生的双手在键盘上悬空了几秒。

"未婚。"

"排除怀孕。常规 B 超，先去缴费，然后憋尿。"医生的双手开始快速敲击键盘，诊断单、化验单、收费单，滴滴答答的打印声如同送客的吆喝，我仍在犹豫不决，但下一位患者已经推门而入。

从诊室走向收费处的路上，我又一遍回味这段十分经典的对话。结婚了吗？未婚。我没有撒谎。但是医生真的关心我是否结婚了吗？未婚就是没有性行为吗？医生为什么不直接问，有没有性行为？如果，医生还能再问一句，为什么没有性行为？那该多好！但我从未遇到过这样的医生。

婚检，曾经是最接近真相的一次。我躺在椅子上，假装不经意地问："我的阴道器官发育……都是正常的吧？"大学时看过一部香港三级片，女主角是一个在青楼长大的"石女"，即阴道发育不完整的女人，在影片里饱受非人折磨，我在很多年里都隐隐担心自己是"石女"。

体检医生哪里知道我内心的恐惧与纠结，笑着说："长得很好，很漂亮！"这句无心的打趣，带给我难得的安慰。

可惜，这个发育正常甚至"漂亮"的阴道，依然没能接纳丈夫。每到深夜，莫名的恐惧感又控制了我，僵硬的下肢总能找到一个角度死死卡住丈夫。丈夫的进攻，很快也从士气低落转为偃旗息鼓。哭泣，叹息，时间无情地继续往前，蜜月期，一周年，两周年,时间继续前移……我 29 岁了。

很多女性在 29 岁时会遇到一个情绪危机,从"二十几"转向"奔四",仿佛意味着少女时代的无情落幕。我的情绪危机也来了,难道要做一个奔四的处女吗?我感到恐惧,因此先后两次挂了北京协和医院国际部九百元的专家号。

第一次,妇科诊室里坐着一位中年男医生,身旁还有一位医学生模样的女生。我缓缓说出事先编好的小剧本:"和丈夫新婚 3 个月了,他总是出差。目前我们偶尔尝试了几次,他都进不来,不知道为什么……"

男医生让我躺到椅子上,然后,要我伸出自己的一根食指。他拖动着我的手臂,慢慢探向我的双腿间。一瞬间,下肢感受到了来自食指的冰冷,我的眼泪唰地一下流了满面。"你记住了,要从这个地方进去。平时自己也可以用手指感受下。"我听见男医生的声音停顿了一下,大概是没有预料到我会哭成泪人,"性是很美好的东西,你应该学会享受它。"

也许是因为医生的性别,也许是因为现场还有个一脸茫然的医学生,我的勇气消耗殆尽,无法再进一步阐释我的问题,擦干眼泪后推门离开。

第二次,妇科诊室里坐着一位年纪非常大的医生助理。"陈医生还在病房,你先说一下你的情况吧,我提前登记好。"我重新优化了小剧本:"我和丈夫新婚半年,但是每次做爱时,只要碰到阴道口我就开始感到疼痛,痛到无法忍受他的进入。我想问问医生该怎么办。"然而医生助理没有动笔,她反而直勾勾地看着我,说:"你仔细想想,是什么原因,让你这么害怕性交?你小时

最好朝南　33

候……是不是遇到过什么?"

这个反问句,让我出离愤怒了!她难道是在暗示我小时候被人性侵过,现在 PTSD 才无法正常性交吗?我还什么检查都没有做,她凭什么给我下这样的判断?眼前这个女人到底是协和医生还是居委会大妈?

两次求诊,败兴而归,我不愿意再到医院接受刺激。但是,协和男医生旁边坐着的医学生突然给了我一个新的灵感:查医学书。

Dyspareunia
性交疼痛

尽管我完全不会发音,但它被收录在美国精神医学学会出版的权威著作《精神疾病诊断与统计手册(第四版)》,是一种常见女性性交障碍病症,具体表现为每次性交时外阴和阴道的强烈收缩,导致阴茎无法进入,病因通常包含心理和生理原因。而在美国西奈医学中心与加州大学洛杉矶分校于 2017 年出版的临床医学生教材 The Textbook of Clinical Sexual Medicine 第 20 章,我又找到了另一个相似的临床病症,Genito-Pelvic Pain/Penetration Disorder(盆骨腔疼痛与插入式性交障碍)。翻到第 21 章,是针对该病症的十余种建议治疗方法。

有正式的名字,有大量的病例,有科学的疗法——我有救了!

至此,从 19 岁到 29 岁,我终于找到一个准确的名词来定义这段深藏十年的痛苦:女性交障碍症患者。

在中文互联网的语境里，它通常被称为：阴道痉挛。患有阴道痉挛的女性，很多时候会在做爱过程感到生理疼痛，因而性欲较低。但是，几乎没有来自处女患者的中文自述，去记录连阴道都未曾到达的情况。

我仔细阅读着美国临床医学教材里的章节，用电子词典一遍遍输入繁复陌生的医学词汇。在第21章的治疗建议里，大多数情况需要女患者在医院进行物理及药物疗法。而涉及伴侣陪同的心理干预，也往往会预设"伴侣是有性经验及性能力的行为人"。我的喜悦感慢慢消退：一方面，我当然不愿意把自己的初夜交给妇科诊室里冰冷的金属扩阴器；另一方面，丈夫受我连累多年，几乎不可能以自然方式与我做爱——我萌生了一个新的解决办法，婚外性。

和丈夫的谈话进行得很艰难。起初，他总是翻身背对着我，不愿意多说一个字，期望一觉醒来就是次日。我含着泪，回忆起彼此十年来在爱情上的甜蜜，在性事上的失败。"时至今日，再为彼此守护身体的意义是什么呢？真正需要守护的，应该是我们的婚姻和爱情才对吧？过去都是我的错，把性与婚姻捆绑得太紧。或许，只有把性与婚姻分开，我的病才能治好。"

"好吧……我们各自找个有经验的人试一试吧。"丈夫最终妥协了。

这一夜，我们从最保守的婚姻关系，变成了最前卫的开放关系。

打开word文档，我尝试整理自己到底要找一个怎样的男人：

最好朝南

1. 不能有处女情结！最好完全无所谓女性是否贞洁。
2. 性经验丰富，能够帮助我克服肌肉收缩导致的痛苦。
3. 离我的现实生活越远越好，不能干扰到家庭和工作。
4. 是个有魅力的人，但不能动感情。只要性，不要爱。
5. 不能太难看，要在审美范围内。

列表写到这里，我已经泄气了。再顶尖的算法恐怕也找不到那样的人呀！我把文档连同烦恼一起暂时关闭，生活很快又回归到日常：羽毛球、遛狗、冲咖啡、逛书店，轻松无痛的生活。一晃半年过去，丈夫已经找了一个经验丰富的性工作者，结束了处男身份。只剩下我了。

一日，朋友给我推荐了一个国外的宠物交流 APP。"可以和世界各地的狗狗主人，互相投喂萌宠照片哦。"在注册半小时后，我收到第一条好友申请：一条生活在黎巴嫩首都贝鲁特的德牧 Chuky，和它的主人费萨乐。德牧长得很帅，不过，一个中年离异的中东男人？我按下确认键，用英语发出一句恶作剧性质的问候："遥远的阿拉伯朋友，你好，逾越节快乐！"三月份的逾越节是以色列犹太人的传统宗教节日，黎巴嫩与邻居以色列在外交上是敌对国家，这句节日祝福充满冒犯性，甚至带有一丝火药味。

"当然了！阿拉伯兄弟和共产主义者都要快乐地过逾越节，让犹太佬生闷气去吧。"费萨乐读懂了我的黑色幽默，还用一个笑脸把火药味浇灭。我和他几乎没有交流养狗心得，我们聊宗教与规训，聊中东与苏联，聊他 2006 年当兵时参战以色列与黎巴嫩的边境冲突，聊我曾经在挂着犹太名人马克思和列宁头像的教室完成了义务教育。

"像你这样,在宗教上并不信奉伊斯兰教的阿拉伯单身男女,是怎么约会和交友的呢?"我主动开启了一个新的话题。

"有性的爱,无性的爱,性爱合一……无论哪种情况,都可以遇到合适的人。阿拉伯文化里有自己的交友软件,阿拉伯女人也不像有刻板印象的英文媒体写的那样。而且,我是和化学反应在谈恋爱,不是和种族或者宗教在谈恋爱。"

费萨乐分享了几段他在法国巴黎留学时期的性经历,在他的文字描述中,没有一点猎奇或色情,相反,我读到了他前任女伴们的性格、爱好,以及性需求上的差异。他视女伴们为平等的人,而不是需要掠夺、占领或炫耀的性资源。费萨乐不知道自己有没有和处女发生过性行为,因为"从没有女伴强调过这件毫不重要的事"。

我故作淡定地回复:"谢谢你的分享,但是此时此刻,我没有什么好说的。"闭上眼睛,我想象自己躺在地中海千年古城贝鲁特的星夜下,与这位身材修长、技术娴熟的阿拉伯男士度过安全无痛的一夜。天亮以后,男士会带着我的处女膜一起消失,我独自成为一个完整的女人。这感觉不错,就是他了。

自从费萨乐把 BDSM 的维基词条发过来,我已经盯着这个页面近半个月时间了。我无意接触任何与 BDSM 相关的禁忌游戏,但是,摆脱处女身份的强烈愿望,明显战胜了我对无知禁忌的恐惧。更重要的是,我相信费萨乐绝不会伤害我——捆绑只是手段,破处才是目的。

最好朝南

"既然人生注定充满戏剧性，干脆就让我得一个托尼奖（美国话剧最高荣誉）吧。"我回复费萨乐的语气故作轻松，却做出了此生最疯狂的决定。

经历七千公里的飞行，我的双脚首次踏上了黎巴嫩的土地。斋月刚刚结束，返乡探亲的人们尚未踏上回程，那时首都贝鲁特的马路比国内三线城市还要再冷清一点。地中海西岸的微风，轻轻拂过我宽松的卡其色棉麻长裤。黎巴嫩是较为世俗化的泛阿拉伯国家，基督教、东正教和伊斯兰教徒混居生活，不强制要求女性蒙面或遮发，只需遮住四肢皮肤，就能混入人群。

我走进了贝鲁特最年轻时尚的马尔·米哈埃尔街区，开始大胆观察着身边每一个女性，并为她们编造离奇的身世：这位也许是个基督徒，父亲在内战时被巴勒斯坦军人打伤了腿；那位是个虔诚的穆斯林，但不同意丈夫再娶新的妻子；饭店门口的女士看不出特征……看不出特征才最可疑，或许是隔壁以色列潜伏过来的摩萨德女特工？生活在中东地区的女人们，怎么解决自己的爱欲与情欲？她们手机上也装约会软件吗？……很快，我又发现每一个人都在警惕地盯着我——整条街上唯一的东亚女性。

一个熟悉的笑容出现在眼前，及时平复了我的慌张。费萨乐几乎是从手机屏幕里走出来的：橄榄色的皮肤，深棕色的眼瞳。身高一米八八的他张开修长的双臂，就像《玩具总动员》里的胡迪，熟悉而亲切。费萨乐轻声问候："你还好吗？"我回答："再好不过了。"

我们步行回到费萨乐的单身公寓里。他用手机打开了一个协同写作文档——里面是我们在不久前共同完成的十四条《BDSM

协议与规则》。费萨乐耸耸肩说:"一起宣读一遍吧,毕竟,莎士比亚也写不出这么浪漫的十四行诗。"

根据《BDSM 协议与规则》,我们将在知情、同意、安全、理性的前提下发生性行为。我授权费萨乐捆绑和进入我的身体,包括允许发生的体位和进入的时间。费萨乐则确保我不受到任何伤害。

"全程不得录音或摄影摄像。"最后一条,是我加的。

费萨乐从抽屉取出一捆崭新的尼龙绳,开始在我的身上进行编织。鲜红色的绳索逐渐延伸至我的四肢,与床架的四角互成联结。我脸部向下朝着枕头,看不到费萨乐。在极度紧张的情绪下,我的四肢迅速变得冰冷,身躯也在不断降温,只有头脑在持续发热,费萨乐不得不给我盖上一条厚厚的毛毯。

我像一个冷热交加的高烧病人,迷迷糊糊地担心着各种杂事:我的胸部是不是太平了?我的小肚子怎么藏起来?我不会紧张到放屁吧?然后,我又想起了遥远家乡的妈妈……妈妈,你会对我失望吗?我保护了自己整整十年,现在要把身体交给一个不是丈夫的男人了。

费萨乐打开了一个性玩具的开关,嗡嗡的震动声在我的身下响起。我又从一个高烧不退的病人,变成一个在外科手术中途醒来的半麻病人。我很清楚,身后这个男人正在尽力拯救我,他变换着不同的工具在我身上进行测试,试图唤起我的性欲。但我体内的麻醉剂计量太大,既感受不到愉悦,又感受不到刺痛,只希望手术如期推进。"嘶——"是安全套拆封的声音,我无助的眼泪再次夺眶而出,若不是费萨乐揠前封住了我的嘴巴,他将听到

最好朝南

世界上最凄凉的哀鸣。

很快，往常熟悉的下肢挤压感消失了，一股前所未有的撕裂感从我的身体深处绽开。坚实如冷库冻肉一般的肌肉，突然被另一块炽热的肌肉果断地撑开，一同被撑开的还有那副带血的枷锁。四肢被绑，嘴巴被封，跪在床上的我什么也没有做，什么也不能做，什么也无需做。但我知道自己踏上了一条崭新的道路——从此以后，我可以自由地决定，何时、何人、何物才能够进入我的身体了。此刻的我没有移动身体的自由，精神上却彻底拥有了身体的支配权。妈妈，我是自愿与这个男人做爱的，我没有吃亏的呀。

"总耗时，一小时三十六分。"刚下手术台的外科医生费萨乐精准地报时，然后开始松绑我身上的绳结。我的脸终于离开了被泪水湿透了的枕头，转身揭开毛毯，床单上布满血迹，手术成功了。费萨乐轻轻擦拭我眼角的泪痕，温柔一笑："困扰你十年的烦恼，结束了。明天开始，你可以为别的事情而烦恼了。"

我看着他小鹿斑比一样的圆眼睛，意识到自己已经有了新的烦恼：只要性，不要爱，这种十分理想的心态，我做不到。

在黎巴嫩短暂停留一周后，费萨乐开车把我送到了机场。按照最初的约定，我打开手机清空了彼此的聊天记录，回国重新面对婚姻和生活。眼前这个男人，在我们相识的第一天就有多重意义：他是我漫长生命的过客，但也是最重要的一位；他带我踏入一个新的世界，然后挥挥手让我自己继续前行；他转身以后，两个生命轨迹再不相交。我们注定要分开。

当我以女人的身份正式回到国内，才明白生活并不存在"船到桥头自然直"的捷径。

首先是生理层面。尽管处女膜已破，我依然存在严重的阴道痉挛。常年习惯性的肌肉收缩与阵痛现象，导致我一时很难感受到器官层面的性愉悦。为了尽快能够接纳丈夫的身体，我回国后立刻购买了三个不同尺寸的自慰棒，每周三次独自在家中反复练习，满头大汗地寻找快感的开关。数不清的深夜，当我沮丧地发现自己的下肢仍在排斥"异物入侵"时，我总幻想自己能穿越回到贝鲁特，被费萨乐再次紧紧捆绑，由他来控制局面。

比阴道痉挛更令人煎熬的是道德困境。它就像一头巨大的亚洲象，塞满了我卧室的空间。

在不需要练习插入的时候，我就贴着墙边，和大象对视：我做错了吗？我出轨了吗？我应该感到羞愧吗？我是一个贪婪的女人吗？我开始想念费萨乐怎么办？我的婚姻破裂了吗？我和丈夫万一还不成功怎么办？我以后还有权利追求性愉悦吗？问题太多，而我身心疲惫。我在墙角找了个空隙蹲下睡了一觉，次日睁眼，大象还在那里。

我陷入了焦虑、暴躁、厌食、情绪性进食，无意识地反复折磨自己的身体。我无法阅读爱情故事，无法观看爱情电影，甚至美发店里随机播放的俗气情歌都能让我崩溃——我以为费萨乐帮我卸下了身体的枷锁，结果自己又背上了道德的枷锁——或者说，至始至终，都是同一副来自社会规训的枷锁。我不但没有找到性愉悦，如今连爱情也无处安放了。怎么办？一个月，一个季度，一年，我和我的大象陷在这个死循环里。

最好朝南 41

与大象独处了一年零三个月后，新冠病毒在 2020 年的春节暴发。天翻地覆，全国戒备，一切停摆。我终于在情绪崩溃前，第一次拨通了心理医生的电话。

出乎意料，医生不仅没有指责我耽误了整整十年的病症治疗，甚至也没有批评我独自远赴中东破处的疯狂冒险。她语气平淡地问："你对 BDSM 怎么看？整个过程，你有享受到性愉悦吗？"

在我与费萨乐短暂的探索之中，我明确发现，自己能够接受与道具相关的捆绑与调教，但难以忍受与语言相关的凌辱和虐待。大概是和从小成长的环境有关——来自父母、老师的体罚（打手心、打屁股、站墙角），即便会造成皮肉之苦，我仍能感受到长辈严厉而强烈的"我是为你好"的关爱之情。而来自同辈、高年级学生的欺凌（说坏话、传谣言、冷暴力），却是真真切切的恶意和诋毁、是不分黑白是非的人格攻击。

因此，即使接受了捆绑与调教的对待方式，我的初衷依然是获得性愉悦，且从未放弃心智和自尊上的平等。即使患有性交障碍十年之久，我也从未觉得自己是一个有缺陷、待修复的人。"以前，我是一个人格完整的少女，带着处女膜做了所有想做的事。出于爱和信任，我授权费萨乐暂时托管了我的身体。现在，我是一个人格完整的女人。"我尝试回答医生的问题，"我感谢他，但很遗憾，我没有在与他发生的 BDSM 中感受到性愉悦。"

"如果你不享受，那么这份授权，是可以收回的。"心理医生提醒我。

我对性别差异的敏感，是从小学开始出现的。在我还不到 12

岁时，身高已经超过一米六八，第二性征也开始发育，整体外型都不太像一个还在戴红领巾的六年级小学生。由于当时父母没有及时意识到要为我购置文胸，我在上学、放学的路上，有时会遇到成年男性不怀好意的目光。从那时起，保护身体就成为一个需要提高警觉的自我提醒，我也有了一种朦胧的意识：少女是男性"狩猎"的对象，而一旦猎物到手，就难以被珍惜。

18岁成年的暑假，在我收到大学录取通知书的晚上，妈妈走到我的房间，把门反锁上。她脸色凝重，又带有一点难为情。"别人家的女儿都是不愿意离开潮汕的，你倒好，第一志愿就填了外省，以后很多事情，父母就鞭长莫及了，一切只能靠你自己。但是，在感情问题上，女孩子一定要爱惜自己，保护自己！不是不能发生婚前性行为，而是一定要有把握对方是结婚对象，才能发生性行为。如果对方不能结婚，吃亏的必然是女孩子！"

儿童时期朦胧的意识，就此变成了一道"丛林法则"。在父权制的社会体系里，女性是被凝视、被规训、被利用、被物化的对象。女性在所有不对等的处境里，相对最安全的就是少女时期，而男性插入式的性交如同一种"夺权"。只有留住贞操，才能有和男性在权利上讨价还价的余地；一旦失贞，焦点立刻变成荡妇羞辱。

长久以来，我以少女的身份自由地选择穿衣打扮的风格，自由地选择与怎样的男生谈恋爱，自由地在网上发表"女性的身体应该由女性自己做主"的言论。至于偶尔燃起的欲望，只需用指尖沿着内裤外侧按摩就可以安全地满足。面对并不公平的丛林法则，我无意识找到了一种极其消极抵抗的方式——做一个人生体验足够丰富的少女，而无需冒险成为一个女人。既然女人向来较难通过插入式性行为获得阴道高潮，而我又没有迫切的生育需求，何必主动放弃少女身份，去承受身为女人的责任与可能遇到的责难？

这种潜意识的影响过于强烈，直到结婚以后，我依然无法与心爱的丈夫同房。另一方面，由于多年不能与丈夫同房而心生愧疚，甚至让我觉得自己不配拥有性愉悦和性高潮。

重新回到关于 BDSM 的体验，心理医生对我说的那句"你的这份授权，是可以收回的"其实点明了 BDSM 中最重点的前提，即臣服者（S=submission）才是左右着这段性关系是否成立的一方。因此当我大胆地决定成为一名臣服者时，我只是授权他人通过捆绑的方式暂时进入我的身体，即便最终没有获得性愉悦，也并不等于我的身体被"夺权"了、"吃亏"了，我应该意识到自己始终是身体的主宰者。

说到底，夺权、守贞、处女、初夜、荡妇、黑木耳……我们的社会是从什么时候开始发明并使用这些词语的呢？为什么我早在 19 岁就能够与男友发生所有非插入式的性行为，却唯独要保留插入式成为禁忌呢？是谁在告诉我插入式的动作意味着羞耻和不洁？

也许，当性行为不再是一个动词，而成为身体政治的一部分时，它所附加的文化寓意才会成为扣紧我的枷锁。这副血淋淋的枷锁不仅伤害了我，也伤害了爱我的人。然而 BDSM 或者费萨乐并不能解开它，真正能解开它的钥匙是我直视自己的勇气。

如果我有机会成为一名时间旅行者，我多希望能遇见 19 岁的自己,告诉她:请拿一面镜子,好好看一看你的身体到底长什么样子;伸出手指,这次要放进内裤里,你触摸到的并不是禁地,它是你为自己制造快乐的地方。

作者后记:

与反映时代变迁的宏大叙事相比,我时常觉得个人的烦恼与困惑不值得多大关注。写作帮我从一场个人长达十年的身体马拉松里,找到了更多的公共性。当我鼓起勇气分享这段略带荒诞的经历后,陆续收到了一些女性读者向我反馈:"原来我不是世界上唯一一个人,你也有一模一样的困扰啊!"无须再详细展开叙述,我已经能够深切感受到来自共情者的安慰。我也希望通过自己的讲述,帮助更多患有性交障碍症的女性找到同伴,找到与自己身体和解的方式。

一个问题 04

送给妈妈一个跳蛋作礼物，会怎么样？

文 | 球球

拉开背包拉链，伸手进去，触碰到一个方形物品的尖角，硬壳外塑了一层薄膜，十分烫手。我心里一颤，赶紧移开，换了个方向，终于摸到了许久没用的房门钥匙，抖了抖附在表面的灰尘，战战兢兢地对准房门钥匙孔。

开门时我有些迟疑。

大学毕业后，两个月回家一次已是极限，每次回家前我都会在三个人的群里确认。一家三口见面，更像商务会谈，严谨克制，时间就像金钱。但这一次，我没有透露自己的计划，因为今天是母亲节。

深深吸了一口气，把笑容提回嘴角，转动钥匙，推开厚重的房门。

"爸爸妈妈，你们在吗？"

阳台、厨房、书房和卧室，无人回应。

悬在嗓子眼的心被咽下去。想了一路的话术已无用武之地，鼓起的勇气也可以消失。我可以把给妈妈的礼物藏好，完美避开当面赠送时的尴尬，还有可能的争吵。

拿出包里的"烫手山芋",揣在怀里,走进他们的卧室。思忖了一会,得把它放在妈妈能知道,但爸爸不会碰到的地方。打开卧室左边的床头柜,里面放满了妈妈储备的卫生巾,这也是我第一次来初潮时,妈妈扔给我的一抽屉秘密。

把礼物小心翼翼地放进秘密抽屉里,用卫生巾作掩护。妈妈看到的时候会骂我吗?会说我不知羞吗?

毕竟,今年送给47岁母亲的礼物,是手机控制的跳蛋。

送妈妈跳蛋作为母亲节礼物,22岁之前,我不敢想象。

记忆里,母亲从未和我沟通过"性"的话题,即便我身体有了变化,她也不情愿了解。

第一次认知到母亲冷淡的态度,是在12岁燥热的夏天。洗澡时我发现内裤上有黑红的痕迹,一股腥甜的味道扑鼻,我想起好朋友彼此之间传阅的秘密,便将内裤折好,踮脚走向正在洗衣服的母亲。"妈妈,我好像来大姨妈了。"母亲洗衣服的动作并没有停下来,直到我把内裤递到她眼前,她才瞄了一眼,似乎不到一秒。告诉我卫生巾在哪儿后,她又将目光挪回自己手头的事情。我呆呆地站在她身后,手足无措,脸涨得通红,如果能回拨时间,我一定要躲到两分钟之前,死死守着身体的秘密。

几年后,我的胸部悄悄发育,第一份内衣礼物来自好朋友的妈妈,是一件能挡住隐私部分的小背心。

而我的母亲,当她发现自己缺席女儿的变化后,似乎为了弥补,在我高中的某一天,放了一件内衣在我的床边,有些不自在。"送给你。"我先是一惊,接着兴奋地拿起试穿,但这种情绪并没

最好朝南 47

持续多久，可怜的胸肉被勒在一起，勉强挤出了一个沟，可没坚挺几分钟就掉到内衣填充物后面，喘不过气来。脱下来的时候，身上勒出了红色的印子，张牙舞爪，但母亲并没有看见。

"妈妈，我必须要穿这件内衣吗？"

"这是为你好呀，这个调整型内衣里有水袋，有按摩功能，记得多穿穿，可以让你的胸部变大。"

我接受了母亲的评价，我的胸确实很小。想到同龄女孩隆起的优美曲线，我认命穿上这件怪兽，面对同龄人，腰杆似乎挺直了一些。但这种虚荣被朋友无情戳破，低头看见凹陷进去的乳肉贴着夏季校服，"空杯"羞耻感袭来，这比平胸更能压倒我的自尊心。气急的我捂着胸跑回寝室，撕掉身上的衣服，挣脱怪兽内衣的束缚，趴在床上，被子里藏捂着脸。被室友叫醒时，我的脸上混着泪水和鼻涕。

16岁，逐渐沉迷手机的我，只能在网络小说里信任陌生人们的文字，幻想自己有着一具"完美身躯"，通过那具身体，完成第一次的高潮，逃离自卑的现实。

当母亲想再送我调整内衣时，我忍不住反抗，心里藏了很多话，但憋在嘴里吐不出来。"我不想穿这种内衣，不舒服。"埋着头，低声喃喃自语。她似乎很吃惊，"我一直穿这种内衣，习惯就好。你看你多幸运，有人给你买这么贵的内衣。我小时候可没这种待遇，不被你外公打死就算万幸，哪里还能挑挑拣拣呢？"

母亲感叹自己能逃离命运，她的小时候是我不懂的人生。她的青春期，有为妹妹们挡住的鞭痕，有干不完的农活，有被迫丢掉的初中学业，有被灶台烧掉的课本杂志，还有甚于防川的"男女大防"。

外公外婆生于新中国成立之初，成长于成分不好的旧地主家庭，即便成了农民，但深受礼教影响。即便母亲和她同血脉的兄长单独相处，也会被责骂，更不用说带着妹妹们去村头看坝坝电影，挤在熙熙攘攘的男女之间，不成体统。看完电影回来，母亲便跪了两晚，挨足了棍棒的教训。

那一晚，母亲想通了，一定要离开这一眼能望到头的生活。乖巧的妹妹选择嫁给隔壁村殷实家庭的男青年，以此离开父母的掌控，但母亲不以为然，她凭借为哥哥筹措学费的理由，争取到在镇上打工的机会。再后来，跟着出乡打工热潮，从西北跑到东部沿海的一家纺织工厂。

她的女性魅力在那时才渐渐绽放。同厂女工据说是来自上海的时髦女郎，带着她学会了潮流的妆容。母亲第一次穿上调整胸形的内衣，挤出乳沟，露出 S 形的曲线，让男朋友喜欢。

是的，她有男朋友，另一个出走家乡的人。

他们同在厂里打工，分属不同的小组，平时只是扫过照面。身材苗条长相秀气的母亲是厂里名人，说话做事豪爽大方，喜欢照顾别人，女工友有什么问题找她，几乎都能解决。有时母亲协助主任的管理工作，即便有恶劣的男工友不服她，都被她吼得服服帖帖。

在食堂吃饭时，她见过瘦弱的四川籍男工友几次，除了长得高、过于腼腆，没什么其他印象。

但转折发生在一次厂友生日。青春正好的男男女女挤坐在夜

最好朝南 49

宵摊上，结束一天辛苦的工作，他们放松下紧绷的神经，打打闹闹，酒杯碰得哐哐响。一只手不稳，液体溅撒在母亲腿上，坐在她对面的男工友连忙递来纸巾，她笑着道谢，发现是男工友"高个子"——第一次认真看到他的正脸，虽然有很多粉刺，但清澈眼神里透露出温和善意。她从没见过这种温柔，习惯了父亲的暴力、同村男青年的粗俗，第一次见到这样的人。

"有很多朋友给我介绍当地条件好的、有钱的男人，但我就喜欢他那样，讲道理、脾气好、包容我的人。"

他们俩相爱了。母亲敌不过男友的央求，发生了亲密关系，偷偷买来的避孕套被扔在角落，因为男友不想用，一向强硬的母亲妥协了。没有人告诉她，她应该拒绝。于是，两个没到25岁的年轻人，毫无准备地迎来未婚先孕的结果。

接下来的事情，便有了我的参与。

但她不知道，当她告诉我这些故事的时候，关于避孕和性，我掌握的知识比她更多。

那时我正在外求学，脱离了高考和家庭的桎梏，任性享受自己的乌托邦时代。没有生存的压力，考试仅求及格，吃喝玩乐之外，谈恋爱成为排解生活无聊的最佳方式。

虽然每次恋情都不足月，但我游走于同龄人的追求中，按捺不住得意与虚荣。曾经破碎了一地的自尊心，被我一片一片捡拾回来，擦净表面尘屑，小心翼翼重新拼装。情感满足让我饱腹，身体力行只是时间问题。

19岁，期待已久，我第一次和异性探索身体的夜晚。那晚疼痛之余，母亲的面容浮现在眼前，我闭上眼睛想把她甩出去，她却转身背对我，坐在小凳上，盆里的水时不时溅出地面，打湿她的裤子，有几滴落到我的脚上。洗衣粉的透明泡泡上，在阳光折射下出现七色彩虹。

毫不留情，我戳破了那些泡泡。像在救世主电影里，反派被打倒，正义战胜邪恶，所有遭受的委屈和不甘都有发泄的出口，大家同仇敌忾，大家欢呼雀跃。但全剧终后，坐在影院的自己，拿着气泡消失的可乐，抱着腻味软绵的爆米花，不知该往何处去。

拖着疲惫的身体，我从酒店偷溜回了寝室，瘫倒在床上，室友们围凑过来，七言八语祝贺我迈出勇敢的一步，追问感受。认真思考过后，我对她们说："不喜欢。"小黄书里都是骗人的，根本没有文字描述的极度快乐。

开始怀疑女人存在的意义，是被别人压在身下做重复乏味的动作？如果没有繁衍后代的任务，一切何苦？渐渐地，因为对身体接触的抗拒，我连对感情的维系也变得敷衍，甚至厌烦。

那是我至今心怀歉意的一任男友。我们互相尝试了第一次，虽然不算太愉快，但他始终积极询问我的反馈，希望能认真探讨，互相磨合找到适合的方法。但我抗拒关于这个话题的讨论，到最后我无法忍受和他共处一室，随便找了一个"性格不合"的理由，草草结束这段恋爱。

松了口气，我拼命压抑心中冒出来的愧疚。

接下来的一年多，我像苦行僧一样过着压抑欲望的生活。一旦想到情侣关系无法避免身体关系，新恋情的苗头就会被掐灭，终究觉得很没意思。生活中有太多新鲜事吸引眼球，性方面的想法被我狠狠扔到了箱底，变成无人问津的垃圾。

但它的生命力超出我的想象，顺着朋友送我的生日礼物再次攀爬出洞，重见天日。那年我 21 岁。

一手就能藏住，礼物是紫色跳蛋。长得小巧可爱，把我拽下岸边。一开始惊慌失措，水呛口鼻，但它相信我天生就会游泳，不容拒绝地带领。慢慢地，我跟着这条紫色小鱼找到了身体的秘密开关，只要我能敞开心扉，接受自我赋予的快乐，一切烦恼都会被忘掉。

在父母面前，我开始享受自己的两面派。一面是过于乖巧懂事的女儿，无心恋爱；一面是性与爱的追求者，在欲望里找到自我。有时回到家中，听着隔壁父母的谈话，跳蛋便嗡嗡作响。我习惯了母亲不敲门的紧张感。即便再热的夏天，我也会盖上厚实的冬被，阻隔跳蛋的声音，佯装休息，即便母亲推门而入，也发现不了端倪。应该吧。

为了打消不确定性，我主动和母亲攀谈关于性的话题。她不愿主动提及往事，我挤牙膏似的佯装逼问，她才会吐露两句，虽然会以"你还年轻，你不懂这些"来结束尴尬话题，但也足够让我惊讶。零零碎碎的交流在月度回家的机会下进行，慢慢地，我拼凑出了她年轻时候的爱与性。

原来，除了母亲的角色，我对这位女性缺乏太多了解。

那，关于性的自我满足呢？这是讳莫如深的话题。我可以和朋友随意讨论，但难以对母亲启齿，我怕她露出嫌恶的表情，甚至像对待我小时候一样，冷漠无情。她可能根本没有尝试过身体的快乐，因为怀孕，跟定现在的丈夫，这辈子唯一的男人，可能稀里糊涂地度过一生。

躺在承载了童年青春期的房间里，12岁的我拿着内裤离开，一言不发；16岁的我穿上不舒服的内衣，沉默不语；23岁的我侧躺在床边，双腿死死夹着被子，紫色的跳蛋在腿间起伏，露出有些泛黄的白色牵引线。

十多分钟后，筋疲力竭的我平躺在床上，享受余韵的眩晕。妈妈的声音透墙而过，模模糊糊，听不清在说什么。我左手颤颤巍巍，拿起枕边的手机，解锁、划屏，打开购物软件，把几个月前加入购物车里的跳蛋，从蓝色换成了粉色，从普通换成了高级，确认下单。

这是今年的母亲节礼物。

时隔一个多月，我再次回到家中，父亲不在，只有我和母亲坐在客厅沙发上看电视节目。

一集结束，广告弹出。我看了母亲一眼，目光又立马挪开，似乎她眼下的细纹又多了些，但我根本没有时间多想，因为更重要的事情还没发生。直到目光第四次游离到电视，我才鼓足勇气。

"你看到礼物了吗？"

七个字——从我嘴里憋出，心脏也跟着这个节奏乱蹦。脸颊藏在衬衣的领口，被烧得滚烫，可能是室内温度太高，在异常燥热的春天，看不见风过树动，天空没有鸟类掠过，街边熙熙攘攘的叫卖也消失了，我只听见自己的心跳越来越快。

最好朝南　53

"看到了,怕被你爸发现,不敢用,也没好意思给你发消息。"

我转头惊讶地望着她,发现母亲尴尬地笑了下,似乎不敢和我对视。

"你竟然知道那是什么!"

母亲白了我一眼,骄傲地说,她活那么大岁数,有什么不知道的呢。在我追问之下,她才告诉我,早在和我父亲异地分居的时候,她就自己偷偷买过,比我送她的大,也比我送她的粗。结束分居后,她才着急扔掉,怕被发现。

最后,她告诫我:"少用,否则你会嫌弃男人不太管用。"

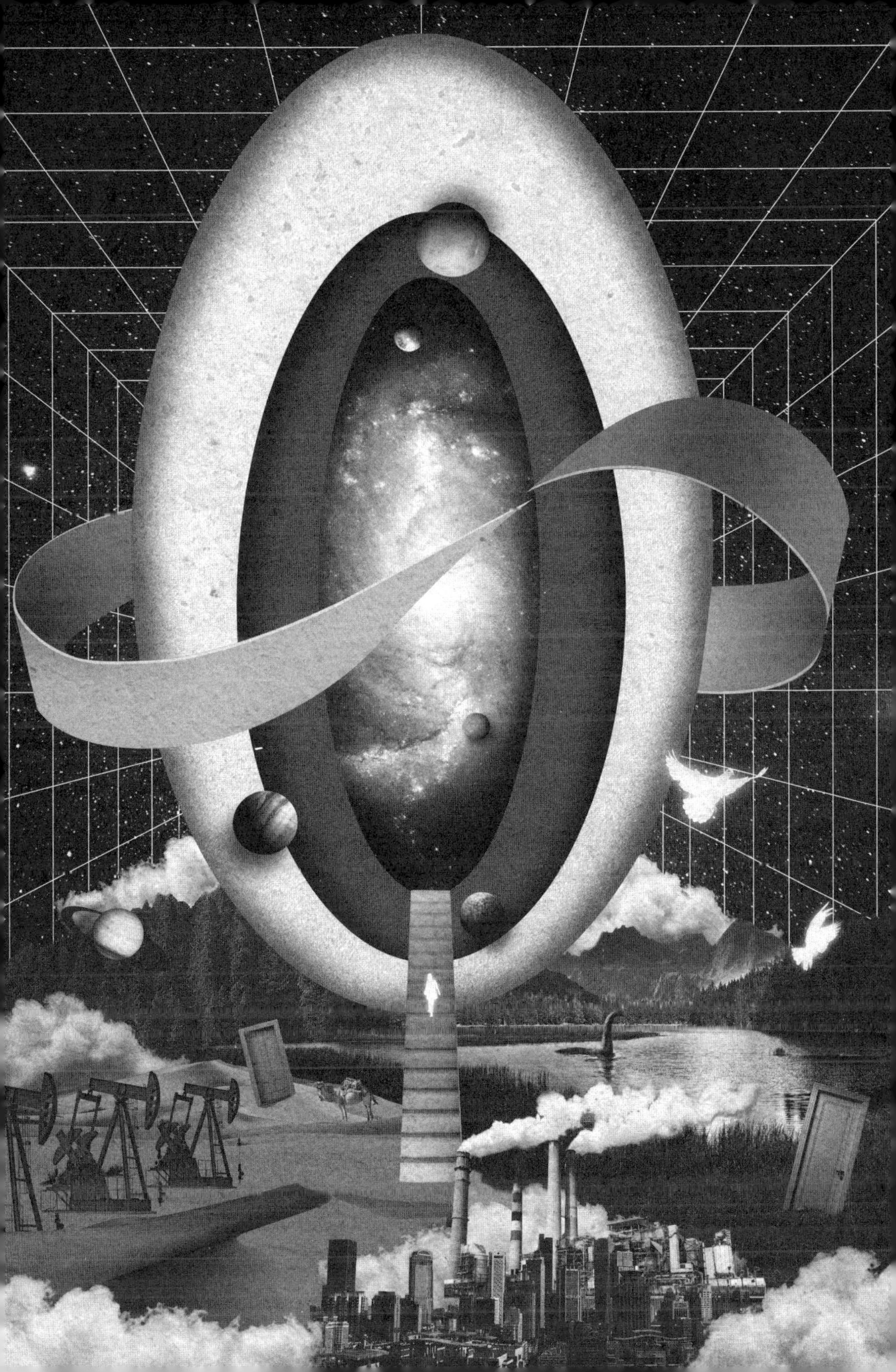

一个问题 05

一位遭遇性侵谋杀案的女性，如何死里逃生？

文 | W 医生

历时将近一年后，案件在桑莫塞郡法院结案并宣判。我作为受害者出庭。陪同我的有检察官和两位警察局的探员，还有一名法律顾问。谷法官在结案时说："她的机智、沉着，和对人心理的了解，还有冥冥中的因果，使她得以安全归来。上帝保佑你，W 医生。"

我坐在法庭最前面长椅子的最右端，听到审判后，身旁的检察官官员艾琳侧过头来小声问我："你感觉还好吗？"我点点头，她轻轻拍了拍我的手背。

时间回到 2018 年 8 月 16 日，星期四。地点是美国新泽西州一个有着良好治安的"好区"。那是一个阳光很好的夏天下午，一切如常。当天我下班较早，就决定趁天黑前去附近的山林公园健步。新州所有州立自然公园的开放时间是从黎明到黄昏，夏天日照时间很长。诊所的护士看见我在办公室换上运动鞋，就知道我又要去"巡山"了。"老这么去山里，也不腻。"她们说。

是的，我工作和生活的地方位于群山环抱的山谷，开门见山，得天独厚，因此只要一有时间我就会跑进山里，亲近大自然。有什么比大自然更加治愈呢？每当生活中里遇到了烦恼，情绪起伏不定，内心不能宁静的时候，我都会设法和大自然来个亲密接触。从远处的天地到眼前的花草，从天空飞翔的小鸟到身旁的溪流，只要能够置身于草木间，我的心情便能很快平静下来。

附近最好的落日观看点，是公园的望鹰台，离出口主步道只有两三百米。短短十来分钟之后，我就走在了通向密林里的幽径上。当时还不到下午四点半，北美的太阳光照依然非常猛烈。这个季节，平均的日落时间是七点一刻左右，九点后暮色才会完全降临，充裕的三个多小时足够让我在山里逛上三五英里。如果想看落日，时间也是绰绰有余的，只要及时回到主步道上。因此我很放松，一路走着，一边观察身边的花草树木，不时研究一下这些植株，它们的叶片、花序、果实，专注又放松。

由于不是周末，路上没有见到多少人。在通往望鹰台的路口处，我看到了一对夫妇，当时他们俩牵着手，正在热烈讨论着什么。看到我，那位先生问："不好意思，打扰了，请问一下这里一般看落日是几点钟？在哪里看？你有没有什么推荐？"他指着路边的指示牌问。

"你们可以大概六点五十分回来此处，然后沿着右边这条路一直走大概两百米，就是看落日的最佳地点望鹰台。我相信今天的落日时间是七点十五分。"我笑着回答他们，心想你们可真是问对人了，谁还能比我更熟悉这一带呢？美国的山林公园是标识体系，路上的树木都会用不同的色彩和形状标明路径，和地图相对应，只要沿着步道前进，几乎不可能走丢，都是一个回环。路径按难易程度和路途长短划分，而我，这么多年以来对一切早已经了如指掌。每条步道上的景色,乃至一朵花,我都能如数家珍。

"谢谢你!那真是太好了。那希望晚一点我们再遇。"

"没问题,回头见!"

我继续沿着山路向前走,迷人的山色在眼前铺开。山峦起伏,层林错落。因为时间早,我还特意时不时轻微偏离正常步道,去发现更多的野趣和惊喜。瀑布上游就是湖边,有人在钓鱼。钓鱼的是两个男子,高高大大,一个在近处整理鱼竿,一个站到离岸边三五米之外的一棵倒伏的大树干上,巨大的树干在水面上刚好形成了一个拱桥。他当时背对着我,正在专心手握钓竿观察水里。

我在湖边看到几个蘑菇,它们颜色鲜艳,似乎不是很常见,我于是开始照相,记录。"那玩意儿能吃吗?有毒吗?"近处的男人想必是看到了我在长时间地专注地翻弄这些蘑菇,于是停下手里的活,转过身来好奇地问。"我不知道,我只是喜欢看这些植物。"我老实回答了。轮到我问他:"这湖里的鱼多吗?容易钓吗?""那可说不准呐,有时容易有时难,只是好玩。"我和湖边这个男人聊了几句,就继续往前走。较远处站在树干上的那个男人没有参与我们的对话,只是回头看了我一眼,又继续专心盯着他眼前的湖面。

林子渐渐深了,在分岔路口,我决定沿着右边的 C 路径走。虽然 C 路径弯弯曲曲的,离望鹰台较远,但它比较靠近主路边,而且我经常走,比较熟悉。

走在 C 路径上,我不时要让道给山地自行车手,只要听见自行车轮胎压在地面枯枝上噼里啪啦的声响,我就会主动让道,好让车手不必减速通过。叮铃铃……"Thank you!"绿林里,这些穿着鲜艳自行车服戴着头盔专心骑车的背影真帅。

时间尚早，我一边东张西望一边研究身边的各种植物，一边通过太阳的余晖留意时间，一边计算走出林子所需要的速度，一边和我大学舍友在微信上有一句没一句地聊。

柔和的夕阳发出橙黄色的光，从右边的林子漫射过来。整个树林充满神秘而迷离的力量。我拿着手机对着夕阳拍了一张照片，发给了舍友，并接着发了一条语音信息。当时手机显示时间是下午七点，四周还是很亮，但想想我也差不多应该回程了，不知不觉走远了。如果专心全速走在步道上，估计半小时可以出林。

这样的山林让我内心平静，脑海放空，此时只有惬意。

忽然，一阵强劲的风从脑后袭来，紧接着一道白光掠过眼前，眼前所有的景色都消失了。我的整个头被什么东西罩住了，有一股力量把我朝后拽。还没等我从巨大的震惊中反应过来，我发现自己连脖子也被人从身后勒住，一只大手从罩布外面紧紧捂住我的口鼻，力量很大，我一下子就几乎窒息了。

嘴里发着呜呜的声音。我本能地用手去掰，不知道应该先掰勒脖子的，还是先掰捂着口鼻的。这双手臂显然属于一个健壮的男人，我根本掰不开。当时已经蒙了，我的脑袋一片空白，几乎要晕厥过去。第一反应是这绝对不是真的，一定是认识我的朋友在吓唬我，和我闹着玩，下一秒钟他就会松开手，大笑着看我惊魂不定的样子，我一定要义正辞严地狠狠责骂他，这个玩笑实在开得太大了！我绝不允许！然而身后的这人没有任何松开手的意思，他的手越发用劲，并用身体抵住我的后背，把我整个往后拖。

难道说，这一切都是真的？我不是在做梦？为什么会这样？我的内心充满了巨大的恐惧。身体的每一处肌肉都因为恐惧而绷紧，心脏狂跳起来。

被突然劫持的我，双脚已经开始离开地面，他比我高很多，很野蛮，力气很大。我用尽全力才能保持清醒。为了抵抗窒息，我深深地吸气，鼻孔里传来了一阵汗馊味，是浓烈的男性味道。一定是一件衣服，他穿的衣服，白色的衣服。有一个低沉恐怖的声音，在我耳边瓮声瓮气地说："闭嘴！安静些！不要喊！嘘嘘！"其实我根本喊不了，我只是含糊不清呜呜着："不！不！请放开我！求求你！"我什么也看不见，脚下踉踉跄跄，不停磕碰在石头和树枝上，坑坑洼洼的感觉，我知道我已经被带离了步道。眼睛虽然看不见，但一共后退了多少大步，又向右多少小步，再往后几步，又往左几步，慌乱中我竟然记住了大概偏离步道的距离和位置，这几秒钟的镇定，对我后来的挣脱来说功不可没。

白色衣服的纤维还算柔软，但依然密不透风地罩在我头上，我什么都看不见。拼命挣扎的结果，是他更加用力控制我，隔着衣服我能感受到这个男人鼓鼓的胸肌和臂肌，以及令我非常不适的体味。丛林里的捕猎和厮杀在上演。我是一个不到一百斤的小个子，很快就开始体力不支。我知道如果我继续挣扎，他有可能会因为气恼而把我掐晕。因此我决定暂时放松下来，祈祷他因此也放松下来，我要保存自己的体力，哪怕是一点点，何况我真的快要窒息了。感觉到我放弃挣扎，他果然也开始稍稍放松，捂在我口鼻上的手掌也没有那么严丝合缝了。我带着哭腔向他恳求道："请你让我呼吸一下，不然我就要死了。我保证不喊，发誓。"僵持了两秒,勒在我脖子的手臂仍然不动,但捂着我口鼻的手离开了,改成紧紧箍在我的胸前。"如果你敢喊,就杀了你!"

我咬紧牙关,用尽全力把罩在我头上的布扯开,但未来得及回头,那人就狠狠打了我头部一拳,他警告我:"不准回头看!别回头!"他不允许我看到他的模样。只要我头一动,他就用拳击打我的头部,直到我自觉保持前视。他用恐怖低沉的嗓音不停在我耳边狠狠说:"闭嘴!跟我走!闭嘴!"

几句话下来,我听出了他的西语裔口音,情急之下,我把自己知道的所有西班牙语都用上了。回想起来,真是无异于与虎谋皮。有谁会在那样一个生死时刻以医生的语气问劫匪:"你好吗?下午好啊!我有什么能够帮助你?你哪里不舒服?哪里痛?痛了多久?别担心,我能帮助你,我希望你尽快好起来。"但在我连环母语问候的轰炸下,他似乎有一点点触动,至少他不揍我了,但对我的控制一丝也没有放松。我也谨守不喊不叫的承诺,仅仅柔声细语地对着眼前的空气说话。我提醒自己,无论如何一定不能昏迷,更加要保护好头部,不要再刺激他,不要再被打头。我手里还拿着手机,可是双手被紧紧控制住了,完全没有机会拨打,只能紧紧抓着,不敢松手。

他呼哧呼哧地拖着我,继续向林子深处走去,树林里光线已经逐渐暗淡下来,太阳还没有完全下山,但暮色开始聚集。我不大清楚具体的所在位置,明显是我没有来过的一处林地。但我根据夕阳余晖的方向,依然默默推算着。好几次我试图挣扎,换来的都是暴力的对待,不是拳打就是脚踢,还有不堪入耳的咒骂。我的耳朵嗡嗡作响,脑袋发涨,喉咙似乎要涌出血来,我非常悲伤,双脚却一直踩在坎坷不平的森林地面上,被树根和岩石绊倒,好几次快要崴了,脚踝痛得要死。残余的念头告诉我,为了珍贵的逃跑机会,我绝不能让我的脚受伤,更不想把鞋子踢没了,于是我停止了无谓的蹬踢,顺从地被带到了更深的毫无人烟的树林中。

最后,我和他保持着一前一后的姿势,他从身后抱着我,双腿在我身体两边控制着我。我一屁股跌坐在满是石头枯枝的地上。应该是快要下雨了,四周气压在下降,落叶发出浓重的腐败味道,地面的苔藓颜色加深,土地开始湿润,凉意透过裤子传了进来,我的臀大肌冷得痉挛,浑身筛糠一样发着抖。我是多么希望有人经过啊,只要有人经过,我就一定会竭尽全力大喊救命。可是四周静悄悄的。除了渐渐降临的夜幕,一两声鸟叫,也许还有几只麋鹿走过,眼前什么都没有。似乎,这是一个从未有人来过的角落。我会死在这里吗?我的尸体会怎样被人发现?我实在不想吓到任何人。上帝是在跟我开一个天大的玩笑吗?

他开始喃喃自语。夹在我髋部的大腿开始发力,环抱着我的手臂在我胸前粗鲁地揉搓。男人的体温徒然升高,整个人发起热来,抵在我后腰尾骶部的一部分身体变成了某种硬物,隔着我的衣服摩擦。他嘴里的热气喷在我的脖子后面,使我汗毛倒竖。他开始野蛮撕扯我的衣服,我用双手向下紧紧拽着自己的衣服,死死蜷缩着,护住身体,奋力抵挡着他伸进我衣服里的手。推搡之间,我低头观察他的手臂长度,推算他的身高大概在一米七五左右。暗褐色的皮肤,手臂粗壮,汗毛很长很粗,手指粗短,指甲不长但脏。他穿的是帆布短裤，鞋子是一般的运动鞋，应该是九码或者十码，他没穿袜子。我相信这是一个五大三粗的年轻人，我不认为我没有机会逃脱，我趁乱拉开了斜挎的小肩包，把手机放了进去，并拉好链子，以便空出双手。

他看到我这样做，说："对，这就对了，放松点，不要乱动。按照我说的做。"说这些话的时候，他没有停下对我的猥亵，相反，他的动作和力度都加大了。他一把把我向前推倒在地上，扑上来，开始不顾一切地撕扯我的裤子。我挣扎着跪了起来。他又试图把我推倒。我们彼此都气喘吁吁。我的牙齿打架，发出"咯咯"的声音，浑身已经全是污渍，精神紧绷到了崩溃的边缘。在他再次从后面抱住我的时候，我没有挣扎，而是反手抱住了他。这个举动吓了他一跳，我把脸贴在他的前臂上，轻轻地摩擦。我们看上去就像一对激情的情侣。我想我一定是疯了。

我呼吸急促但清晰地说："请你，别这样，让我们谈一谈！请你听我说几句话！好不好？请你听我讲几句话！"这一次，他没有叫我"住嘴"，他只是紧紧抱着我，夹着我，继续在我身后蠕动摩擦着，喉咙里发出咕嘟咕嘟吞咽唾沫的声音，和一声声的低吼。我能感觉到他身体的颤抖，他一定是在发情。我不能激怒他。因为是跪坐着，我的膝盖被石头磨破了，血迹从长裤渗出来，我却完全不觉得疼痛。

我温柔地抚摸着他的手臂，一下一下，仿佛在顺毛摸什么小动物。我轻轻拍着他，一边说："嗨，我们不要这样，好吗？你叫什么名字？我叫 Ying，我是一名医生呢，我诊所就在不远的地方。我给人家看病，很多人都很喜欢我。我可以帮你，我们可以交朋友,一起去做很多更有趣的事情,你愿意做我的朋友吗?"身后的他一言不发,身子依然紧紧贴着我,但是至少没有对我继续使用暴力,我又继续抚摸着他的前臂,一下一下。"你想要什么?你喜欢什么?我们现在是朋友了,你可以告诉我。我会帮你。我很喜欢帮助人的。我给你我的电话,你以后来约我,好不好?我们下次一起爬山,一起去看电影,一起去吃饭好不好?你今天这样真是吓死人了,你知道吗?男孩子不要这样吓唬女孩子,这样不够绅士。"我也不知道我说了多久,这个姿势维持了多久,我说得口干唇燥。我一边说话,一边用眼角的余光观察,看到太阳从我的正前方落下,最后一丝光芒消失在眼前,这说明假如我有机会跑,我必须往左边跑,那才是通向东主步道的方向。

但是我们的互动非常不稳定,有时他竟然可以短暂安静下来,似乎我们真的就是一对情侣。但有时他会忽然醒悟并狂躁起来,又开始疯狂揍我,嘴里不停说着:"住嘴!婊子!""女人!宝贝,我要女人!我就要你!不要别的!""少废话!闭嘴!我要强奸你,我要杀了你,你这个婊子!"

我说:"不,你不会伤害我的,你喜欢我,不然你不会跟着我,我可以帮你。我是医生,我也需要男朋友,我们可以用另一种方式交往的。我们试试看好不好?我们可以享受更多的,而不是现在这样。"我试图掌控我们谈话的节奏,只要不激化矛盾,就有机会逃脱,我不能放弃对他的催眠。不知道过了多久,就算能偶尔把他绕懵圈了,但我还是完全在他的控制下。天色已经越来越晚了。

我们就这样在树林里僵持,我想他伤到了我的左手大拇指,

最好朝南

因为我发现大拇指不听使唤了,除了大拇指,我的腿、腰、头都受伤了。

但不管我如何说,他都似乎有一个底线,就是一定要得手,一定要强暴我,也许还会杀了我。这一发现令我悲伤莫名。我没有时间了。我想了很多,包括如果我死在这里,以后会怎样。我的前半生,我的那些爱和恨,我所有关于人生的思考,如果我能活下来,我会怎样。想了很多很多。很悲伤。也有一丝后悔,假如,然而也知道没有假如。

已经挣扎得太累,太久,翻来覆去的话也说了好些,情形没有好转的迹象,这个男人还是在牢牢地钳制着我,不止一次地扯下他自己的裤子,野蛮地要侵入我。躲闪撞击之间,我已经筋疲力尽了,没有办法了,我开始绝望。每一分每一秒都是折磨。我的手臂满是瘀伤,我哭了,大声委屈地质问他:"为什么?你为什么一定要这样做?!你是白痴吗!你就没有别的路了吗?你就不怕我有病吗?如果我是艾滋病患者,你自己不是也搭进来了吗!你没有家人吗?你想过他们吗?你有妈妈吗?你有姐妹吗?你将来也许会有爱人,会有女儿!想想吧!混蛋!"我越说越愤怒,眼泪在我的脸上奔流。我忽然不顾一切扯着嗓子大叫了一声"Help!",声音凄厉,穿过树林。那男人被我这声尖叫吓了一跳,狞笑起来:"好啊,你居然不守信用!你要死了!看我怎么收拾你!这次你就省省力气吧!臭婊子!"他对着我的后脑勺狠狠挥了一掌,把我打得眼冒金星。右手再一次用力捂向我的口鼻。

既然如此,就鱼死网破吧,我受够了,忍无可忍。

他张开肥厚的右手掌,一把朝我的嘴巴捂了过来,像张开翅膀的秃鹰俯冲向雏鸟。那一刻,我发出悲愤的一声嘶吼,不顾一切用双手抓住了这只手,紧紧抓住,啃玉米一样,对着他大鱼际肌狠狠地,狠狠地,咬了下去,用尽了我的全力。我的屈辱,愤怒,悲伤,统统凝聚在了我的牙齿上。我的牙齿嵌进了他的皮肉乃至骨头,我不顾一切紧紧用力咬下去,咬得连腮帮子和牙龈都酸痛起来,我疯了。他"嗷"地惨叫了一声。"Fuck！Fuck！"他大骂,本能地松开勒着我的手挣扎,忙不迭地要把手从我嘴里抽走,还后退了一下。

我觉得身上忽然一轻,我和他之间似乎有了一丝空隙。这是一个稍纵即逝的机会!

我倏地站了起来,他也立即察觉到了我的意图,马上也跟着站了起来,并且一把伸手抓向我的后背!我迅速地向旁边一闪,扭动了一下,但他的手已经抓到了我的衣服。可怕极了,我必须全力挣脱。很显然,他的手刚刚受了伤,所以没法紧抓我,来不及站稳,也顾不上往后看,我拔腿狂奔。按照之前推断的路线,我屏住呼吸,全力向左奔跑,跑了几十米,才想起应该同时呼救的,于是又声嘶力竭喊起了救命。我仰着头,把胸腔里的气体全部挤压到了嗓子里,发出了听上去几乎是非人类的尖叫声。我觉得自己飞了起来,身体不存在了,只有魂魄在前方引领我。路,没有路,眼前只有密集的灌木草丛和荆棘,我紧张注视着前方,提醒自己稳住重心,看好脚下,避开石头和土坑,还要警惕不要失足掉到山崖或者石坡下。一开始,我还能听见身后有尾随而来的脚步声,似乎有一只手随时可以把我拉回去,前方的每一个阴影都像鬼魅,四面八方都是捕捉我的网。

尾随我的声音消失不见了，我依然疯狂跑着，对着记忆中的方向狂奔，路在脚下晃动，身上被荆棘灌木刮了无数口子。我疯了似的朝前奔跑，这辈子可能都没有跑出过这种速度，风在我耳边呼啸而过。不知跑了多久，终于我看到了前方一棵树木身上钉着一个"C"的标志，是路径标志！又一棵，再一棵，标志越来越明显，这无疑是救命稻草。只要沿着这些标志跑下去，我一定能跑出那片无人区，回到正常的步道上，逃生的几率大大增加了。绝境逢生的曙光初现，我内心悲喜交集，对自己说："加油，你可以的，你加油，你可以的！再坚持一下！"靠着对自己的鼓励，我流着泪奔跑，忘记了疼痛，带着一种悲壮。我不记得，除了自己，谁曾经这样全心全意地为我而战过，在绝地逃生时对我表白过。在以往的生活中，在所有能决定自己命运的事情前，在面对那些"我本可以"的时刻，我都是那个郁郁寡欢的、缺乏自信的、不会站出来支持自己的人，因为永远觉得自己不够好，不值得。我为自己感到抱歉，我抱歉。如果这一次我能逃出生天，我一定好好爱自己，用全部的爱，我发誓。

路径上没有任何人，虽然紧跟树木标志跑，我并不确定自己正在跑向哪里，不确定前面会不会忽然又有一件什么东西从天而降，使我再度身陷囹圄。太阳虽然已经下山，但四周还没有全黑。我已经跑得接近虚脱了，仍然不敢停下来。

忽然，眼前一阵开阔，小径穿出了深林，于尽头处接上了主步道！我终于回到了我非常熟悉的地方，只要再坚持一会儿，我就可以跑到公园入口处的停车场了。我一边跑，一边哆哆嗦嗦在小肩包里掏出手机，想拨打报警电话，但眼前是一片昏花，双手抖得握不住手机。

"你怎么啦？你还好吗？"路的前方，是那对夫妇，正是之前向我问路怎么去望鹰台的那两个人。他们惊讶万分地看着我，表情仿佛见了鬼。我知道，我总算安全了。

"请你们，请你们，救救我。帮我报警。我在丛林里，遭，遭到了袭击，有人，有人企图要强暴我，他伤到我了。快，报警。"我一手扶着腰，一手扶着膝盖，用尽最后一点力气，上气不接下气地从干得冒烟的嗓子里挤出这句话。说完，眼前一黑，再也支持不住，晕倒了。手机也从我手里摔了出去，磕碎在岩石角上。

晕倒之前我最后看到的画面，是无数的细碎石子在我眼前晃动。平时它们都平铺在我的脚下，是我行走的步道。而此时我的脸，第一次距离它们那么近，以致连石子棱角和石缝中的野草也能看清楚，我也缩小变成了一棵小草。我还闻到了尘土的气息，是奇特的，粗犷的。力气耗尽的双腿不足以支撑我的身体，我颓然瘫倒在离望鹰台两百米的地方，也是之前我和这对夫妇相遇的地点。没有想到，我们竟是以这样的方式重逢。也许他们已经去望鹰台观赏了今天美丽的落日，然后赞叹着又聊到生活里的另一些偶然事件，说不定就聊到了我，然后一回头就看到了这样一个衣冠不整失魂落魄的我。这样的巧合太吓人了。

"我的天！你怎么了？你还好吗？"一个身影冲到我面前，我被人接住了，倒在了一个柔软的怀抱里，她的下巴抵住我的前额。"别怕，坚持住，我给你拿水来。"她把我轻轻搀扶着坐起来，给我拿了一瓶水，拧开，喂我。"911吗？我们在公园东区望鹰台前

最好朝南　　69

面路口，有人遇到了袭击和性侵，是的，我们和受害人在一起，好，我们原地不动。是的，她现在安全。"那位先生的声音在一旁传来，真令人安心。他们把我扶到路边的石栏旁休息。那位女士一直抱着我，轻轻拍着我的肩膀，轻声抚慰着。我还在半休克的状态中，浑身都被汗水濡湿了。

不到五分钟，警笛声由远而近，警车接二连三地来到了林区山脚。那位先生迎上前，把几位警员带到了我们面前。每人都是警服齐整、荷枪实弹的大块头。"发生了什么？怎么回事？"其中带头的警员转向我，问道。我虚弱地回答："我七点来钟在树林里健步，被一个不认识的男人袭击了，他用身上的T恤把我的头部罩住，再用暴力把我拖离了步道，拖了很远。他殴打我，并企图性侵我，他几乎杀了我。但是我最后逃了出来。"

"几点钟？大概在哪里？能够具体一些吗？"于是我把我脑海中能记得的所有细节都说了出来，警察查看了我的证件，不停笔录着。

"一米七五左右的男子，体重在两百磅以内，西语裔人种，肤色黄褐，手臂汗毛长，短指甲，没有戴表，白T恤，帆布短裤，运动鞋，没穿袜子。"我声音嘶哑地说着。这些描述使他抬起了眼睛，有点惊讶地看着我："居然能说出这么具体的特征，真不可思议。你见到他的模样了吗？"

"没有，他一直在我的身后。"我停了一下，指着我的右手大拇指鱼际肌处，补充道，"这里，他的这里被我咬伤了，很严重的伤口。我的牙印绝对在上面。"

警员对我竖起了大拇指。"做得好！你很棒！看来你能逃脱绝不是偶然，这绝不是每个人都能做到的。女士，你太棒了。可是你受伤了，让我把救护车调来。"说完，他打开对讲机，部署着警力。"守住公园的四个进口和出口，离开的人员必须逐个校对身份和检查，停车场分布警力，查车。关闭园区，开始逐条搜索步道，驱散无关人群，注意具备以下特征的男子，尤其是注意右手是否有咬伤伤痕。请求警犬和救护车救援，完毕。"

在救护车上，医疗队给我量体温，测量脉搏和心跳血压，初步验伤。我一边活动身上的关节，一边告诉他们我是医生，我发誓没有被性侵，不需要去医院。我身上没有致命的伤，没有骨折或流血的开放伤口，几乎都是软组织伤，也许有轻微的脑震荡。十年内的破伤风疫苗依然在体内有效。我向他们保证，如果我有什么不舒服，会立即联系我的医生，及时到医院。

"我很抱歉你遭受了这些痛苦，W 医生。这太令人沮丧了，上帝保佑，你没事了。"一名男护士对我说。

警察走来把我安置在另一辆警车里。警车的隔音很好，我听不见外面的声音，只看见好多警察在询问路人，那对夫妻也在回答警察的询问。有人好奇张望，夜幕下，刺眼的警灯发出红蓝交织的强光，旋转切割着阴影重重的山林。几只警犬被牵着来了，它们被领到我身边，警察拉开车门，这些家伙就训练有素地凑上前闻了闻我，我把手递给了它们，又转身让它们闻了闻我的后背。

"你再坚持一下，时间紧迫，拖得越久，就越不容易搜捕，天色晚了，我们得抓紧搜索完整个林区，然后就带你回警局录口供。"我点点头，继续安静地待在警车里。

车外人来人往，他们都很忙碌，而我像一个无关的观望者，静静注视这一切。我觉得刚刚过去的几个小时是那么的不真实。其中任何一分钟的变数，都可以改变我的此时此刻，由此影响我的未来。我之所以现在身处"对的地方"，是因为我做了"对的事情"。但对和错，标准在哪里？难道不是我自己，把自己置身于险地吗？我一向被认为没有足够的规避风险的意识，遇人、遇事，一贯如此。如果我的父母家人听到这件事，会不会又痛心疾首地说："我们早就对你说过，你偏不听。"

正胡思乱想中，我看到几名警察用手铐铐着四个身材差不多的男人，从林子里走了出来。天色很暗，我看不清楚，他们被一一带到一辆警车前，背对着我，趴在警车门上。警察们正在搜查他们。一名警员走到我身边，敲敲车窗，示意我摇下玻璃，"我想我们抓到他了。牙印，立了大功！你是这个！"他用手指了指自己的右手拇指，又对我竖起了大拇指。

"那为啥还要抓另外三个人？"

"虽然我们比较有把握，但是还需要最后证据来定论，只要是有犯罪嫌疑的，就都先抓上。我们现在准备收队了。"

十多分钟后，我就坐在了桥水市警察总局的口供室里。鲍维斯探员和斯蒂芬探员接待了我，为我详细录了口供。已经是晚上将近十点了。录口供前，我在洗手间的镜子里见到了一个我从未见过的自己。很纤细很小，似乎比平常瘦了一圈，而实际上我也是这么感觉的，走路不稳，脚下轻飘飘，股四头肌却不住地打着颤，连带着膝盖无声哆嗦，整个人是软的。脸上的表情很复杂，不悲不喜，是一种木然。红色POLO衫的领口被撕开了，脖子上是一大圈晒伤样的红印子。头发凌乱地披在脏兮兮的脸上，额头也破了，双眼瞳孔很大很黑，咬破了的嘴唇，血色全无，腮帮子也比早上凹了一点，做吞咽动作时嗓子很痛。但是，我还在，我还活着。

等到和探员们面对面坐下的时候，我已经完全冷静下来了。我把整件事情前前后后详细地复述了一次。我的思路和叙述清晰，对两位探员的任何提问都回答得准确而具体。他们一边笔录一边发出赞叹："真的很棒，真是个奇迹。""难以置信。"随后他们又安排了法医在另一个房间验伤，为我身上的伤痕拍了很多照片，没有想到我身上的伤是如此之多。

"我们很抱歉，亲爱的。"女法医艾米温柔地对我说，又为我的牙齿也拍了照，还用特殊模具取了牙模。取模的时候，我才发现自己的牙齿酸软，开始流血了。"亲爱的，我想我们应该尽快为您安排一位心理辅导师，不然这段时间你可不会好过，会被创伤后压力症候群折磨的。别看你现在像个没事人一样，那噩梦般的感觉上来的时候，可不是闹着玩的。你是医生，应该更加知道我在说什么。"

"你这一咬可真是酷毙了！这可就铁证如山了！我相信他绝对无法脱罪。"鲍维斯说。

"能逃脱已经万分庆幸了，说真的，我一开始真不指望能够抓到他。这么大的山林，谈何容易呢。"

"话不能这么说，W医生，你做了一件天大的好事。你不但救了你自己，还救了以后有可能被伤害的其他人。如果这个人有犯罪前科，那么我们还帮助了以前的受害者。这里面，也许还会牵涉到既往很多相关的悬而未决的案子。一想到这里，真令人鼓

最好朝南　73

舞。所以，我们非常感谢你能及时报警，不是每个人受到侵犯伤害后，都有勇气报警求助的，这就是为什么很多罪犯能够逍遥法外。谢谢你。我们今天出警的警员们也正在填写报告。对了，你知道他们怎么说吗？"

"怎么说？"

"从来没有见过像你这么酷的女人，那么冷静，机智，坚强，而且，还那么美丽。"

我含着泪笑了。

我当天穿的全部衣服都被留在警察局，上面的DNA需要被送去实验室做对比。午夜，我穿着一次性的白色隔离服，像大白兔一样被送回了家。

一夜无眠，不敢关灯，整夜惊跳。

第二天我还是如常上班了，四周一切在我的眼里似乎和平时一样，又不一样。我没有把之前一天的遭遇告诉任何人，但还是被玛丽安，我的一个老病人看出了端倪。

"你怎么了？你有事情瞒着我。你看上去就像个死人，发生了什么事？你最好告诉我，你虽然是我的医生，但别忘了，你是我的孩子。"

"我，我不知道从何说起。我昨天遇到了致命的危险。但是现在OK了。"我把事情简单和她说了一下。

玛丽安闻言，瞪大了双眼，用手捂住了自己合不上的嘴，无声地说着："上帝啊！""听着，我的孩子，"她双手紧抓住我的手，"不要害怕，你会遇难呈祥的。你大难不死，因为你是天使。

上帝在看着你，虽然你受了那么多苦，但是那是联结你所肩负的使命的方式。我会为你不停祈祷，我会去教堂给你点白蜡烛，我们爱你，不要害怕。只要你需要，我会一直在这里，还有米琪、菲利普、大维，还有艾琳，我们全家人，所有被你帮助过的人，我们都会在这里支持你。"我点着头，泪如泉涌。

下午四点，桥水市警察总局的刑侦组探员罗伯逊和另一位警察派翠克，和我回到案发地点，进行路线还原和进一步的取证。站在望鹰台前的路口，我恍如隔世。我带着他们一步一步沿着我昨天的路径走，告诉他们我停留过哪里，做过什么。再一次经过瀑布、湖区，瀑布的水花依然清凉，我昨天看到的红蘑菇还在那里。

"你说你在这里看到了两个钓鱼的男人对吗？""是的。""有一名自行车手来警察局提供了一些信息，他昨天下午六点半左右在C步道的一点七五英里处见到你。""是的，我也记得见到一名自行车手。"一路攀谈，我对他们解释，我曾经偏离步道，为了看更多的东西。

"那可不是什么好主意。"罗伯逊说，"每个室外景区开辟出来的步道，都是最安全最方便观光的，游客出了什么事情，也方便定位搜救。你太大意了，还好你记性不错，总能回到正道上来。"

沿着路径到案发地点，我们走了将近五英里。"你一直没有察觉身后有人吗？"我摇摇头。树林还是那么遮天蔽日，但因为前一天晚上下了雨，地上很多脚印和挣扎的痕迹都模糊了，我无法确定具体的遇袭地点，何况我当时是被拖离了步道。四周的景色有点大同小异,要沿着路径回到案发地点,真的不容易。负责侦查的警官对我说:"放松,慢慢走,快到了的时候,闭上眼睛,感受,你就知道了。"我们又走了两英里。罗伯逊用手表根据我的步速,计算着距离。果然,走着走着,我心跳忽然加快,嗓子发紧,手心冒汗,全身微微发抖,脑子里一片空白,我不禁停住了脚步。警官说:"应该就是这附近了。"后来我才知道这属于"创伤后压力症候群"里的环境唤起反应。

我环顾四周,忽然在路边看到了一棵参天大树,它长得就像一只巨大的弹弓杈。昨天我还照了照片,可惜手机摔坏了我没有办法对照。遇袭前我就是看到了这棵大树,那道白光就是在我定睛看着这棵树的时候从天而降的。夕阳当时在我的右边。

"大概就是这里了!"我说。但怎么才能确定具体劫持缠斗的方位呢?我们三人在弹弓杈前面思考。罗伯逊建议再回警局调用一次警犬。我想了一下,走到树前面的空地上,那是我昨天遇袭前最后看见的一片地面,我转过身对他说:"请把我的眼睛蒙住。"两名警察的脸上不约而同露出了难以置信的表情。

被蒙上眼睛之后,我凭着记忆,靠他们拉着我,努力回想前一天的扭打中的具体位移、步数,克服着强烈的恐惧感,一步一步估摸着,八九不离十地又回到了树林深处。这一次,我直面这里。石块、杂草、树叶、枯枝、野蔷薇、蒺藜、苔藓。地上有杂乱的被践踏过的痕迹,雨水被大树的树冠挡住,没有太大影响这一片的凌乱。地上有拖行的痕迹,被压断裂的树枝如刀剑开了刃一般横亘在地上。有脚印,有衣服纤维,有太多可循之迹。派翠克发出"喔哦"的惊呼。"你的记忆力惊到了我。"他说。

罗伯逊一边拍照一边说:"但这里确实太危险了,你太不应该了。""你在野外要时刻观察周围,万万不要单身一人前往不熟悉的地方,一定要结伴同行。""最好是男伴,要不,牵一只狗也行,狗看到不熟悉的人会吠,有震慑作用。还有哨子,还有那种贴身的按钮式的警报器,总之,再不能这样轻率了!代价太大了!"两名警员一直喋喋不休,不时忧虑地望向我,"你是完全有可能被杀害的。"

派翠克补充道:"很多人,在没有机会的时候是不会犯罪的。然而人的念头就是这样,当恶念萌发,而条件许可,犯罪的成本不高,逃脱容易,就很容易产生犯罪的念头。这是犯罪心理。"

我看到了当地报纸对这个事件的报道:"当天傍晚,一名男子尾随一位正在山里健步的女子,伺机从受害者身后袭击了她,并将她从登山步道拖离到深林区,企图伤害和性侵,不排除有谋杀意图。所幸的是,受害人成功逃脱并报警。接到报警后,我们警队迅速组织警力,并在市 K9s 警犬队的协助下,在山林内将企图潜逃的犯罪嫌疑人逮捕。目前案件正在进一步调查审理中,检察院相信他将面临包括二级企图性侵罪和三级非法强迫罪在内的共四项控罪。请对此次事件有任何相关线索的居民或目击者,联系郡检察院重案组专线。"

过了一周,我接到了鲍维斯探员的电话。他告诉我,犯罪嫌疑人已经确定了,证据确凿,准备换监狱关押。对犯罪嫌疑人进行精神病心理鉴定后,案件将移交至郡检察院,预计很快就能公审和判决。他又分享了一些审讯过程中的细节,一波三折。

"这个人,你其实之前已经见过了,就是湖边钓鱼的两个人里的其中一个。""那个和我聊了几句的?""不,那个没有和你说话的男人。在你和他同伴聊天的时候,他开始有了作案动机。你一离开,他就告诉他的朋友,他有事要先走一步。其实就是尾随你。他把钓竿和渔具拿在手里,远远跟着你。你知道他跟了你多久吗?整整一个半小时。他观察了你的举止、动态,掌握了你的活动特点。发现你研究植物时很专注,有时一个姿势长达五分钟。他很有耐心,尾随了你很久,其实只要其中任何一次你回头看一看,就会发现他在你身后不远处。但他说了,假如你发现了他,他就会和你打招呼,聊之前钓鱼的事情,这样你也不会怀疑。只是你一直毫无察觉,所以当他确定周围完全没人的时候,就快速走上前,对你发起了袭击。他也是很熟悉这片山林的。是警犬把他揪出来的,不然他会一直躲在密林处,准备等我们收队之后才离开。"我听得胆战心惊。

"这个人是一名非法移民,我们已经调出了他在原来国家的犯罪记录,是个有前科的惯犯,这次是他在美的第一次被捕获。他真是个危险的家伙,他会罪有应得的。W医生,我们警队谢谢你,我代表社区谢谢你,愿上帝保佑你。接下来还有一些调查和其他事情,检察院的案件协调员以及相关人员会和你联系。让我们尽快结案,让生活恢复平静。郡检察院也为你安排了心理医生,尽快帮助你从创伤后压力症候群中恢复过来。"

在之后的几个月里,我不停收到法院、检察院、警察局、律师的各种调查电话、聆讯通知、电子邮件和表格。为了配合案件审理,我不得不一次又一次地回忆及复述这段几乎改变我整个人生的经历。我的每一次叙述,在细节上都必须和前面的描述分毫不差，否则迎接我的就是被告人代表律师提出的更多问题。我明明就是一个受害人，却无法在看似公平的质问中获得更多的同情。那些多若牛毛的问题，是如此毫无感情，甚至带着某种残忍，不停考验着我的记忆力和心理承受能力，有时会忽然觉得一切都是一场幻觉。当不止一次从梦境里冷汗涔涔地惊醒时，我对创伤的意义有了怀疑。忘记痛苦和铭记痛苦，哪一种才是对创伤的真正赋值？

宣判后，法官结案，法警走到案犯的身边，准备把他从他的律师身边带走，再送往监狱。"稍等一下，"那位白头发黑袍的瘦小老头从法官席后温和地看着我，让我对大家说几句话。他说："如果你愿意，你可以走到前面来。"

"我不恨他，我只是为他感到难过。因为一个恶念，他失去了自由，得到了惩罚，令爱他的人失望心碎。他几乎摧毁了我的余生，也伤害了很多人的心，那些人就是我爱的，也爱我的人。我希望他能对自己所做的一切感到羞愧，并深深忏悔，并尽可能地帮助那些曾经因为他而受伤害的人，尽可能去赎罪。"我说。

有将近两年，我不再敢登山或者进入森林健步，即使有时开车经过无比熟悉的山林入口，我都会感到莫大的压力，出现很多不自主的躯体症状。在安静的路上和人迎面走过时，我会开始紧张，我对陌生人的善意产生了不信任。

但是我怀念山里的一切。这么多年来，全心在山野的环抱中寻求庇护的我，从未失望过，可是这一次遇险，令我从此望而却步。当疗愈的力量和潜在的吞噬对峙，当情感的归宿变成痛苦的记忆，这样尖锐的矛盾，使我困惑。我长久不能从这矛盾的痛苦中走出来。

秋末冬初，我在22号公路一个卖庭院装饰品的小店里，淘到了一块好看的石头。心形，灰白色，手感很好。上面有一句话："Time heals（时间会治愈）"。我爱不释手。"这一块也很不错呢。"店老板拿出另外一块石头对我说，上面写着："May the rest of your life be the best of your life（愿余生尽是最佳）"。我不禁看得出神了。

我把这块心形石头放在前院一棵羽叶枫树下面，每天进门出门都能看到它。另一块，我则把它安放在了诊所小花园里，那个小花园，是我一锄头一锄头亲手开辟出来的，里面种满了各种小花草。有了这块石头之后，我常看到病人经过发现它时，露出若有所思的表情。

四季更迭，日子一天天过去。秋天的红叶飘下，落在石头上面，就像一张装饰画。在冬天，它们会被雪埋在下面。春天来临的时候，冰雪消融，石头和字又冒了出来。初春，雏菊般的黄色蒲公英开在它们的旁边，过了几天这些花朵又变成无数白色小绒球，漫天飞散开去。春深时，樱花和木兰、茱萸次第盛开，落英缤纷，把石头又变得俏丽起来。

从那时起，靠着观察这些近处的小生命，我试着淡忘远山，我学着接纳自己，用十二分的耐心。四周的一切简单，就这样陪着我度过了几乎整整一年，一直到结案的那一天。

2019年7月25日。晴。早上八点半，我准备去郡法院听此案最后的判决。临出门前，我在前院摘了一朵红茴蓿花，放在心形石的上面，它一向和什么都百搭，和什么放在一起都好看。那一天，正是红苜蓿开得很好的时节，一眼看出去，整个院子都是粉红色。

作者后记：

写下这个故事，是因为想给自己至此的人生一个阶段性的小结。在此之前，我不懂如何自爱，也不懂如何面对和接受一些我所不能理解的事情，就算是努力改变，也觉得非常迷惘。

不是每个人都可以站在更高的维度去看人生的，这里需要很多很多的自觉。在自觉之前，是实实在在的经历。如果一段经历，能够使人智慧增长、自觉提高，那么它就是有意义的故事，否则那仅仅是一种感受，甚至是创伤。

将近两年时间，我都在接受创伤后压力症候群的治疗，也因此而连锁反应地被唤起了以往很多的相关创伤记忆，从童年到青春期到成年期。原来最难痊愈的，最持久的创伤，并不是事件本身所造成的肉体痛苦，而是当事人对所经历事件的痛苦记忆和被持续怀疑否定的心理。它是以爱之名的自虐，用不断加深的痛苦记忆和潜意识，去阻碍你的自我探索和发现。

"你要回去那些既定的时刻，对当时受伤的自己说出最安慰的话，最鼓励最中肯的话。要知道，那些话是你所亏欠自己的，是你往后余生前进的阻碍，你必须亲手把这些负面的东西清除掉，爱是一种能力，你有能力爱自己。痊愈不是忘记，是变得更强大，所有创伤的痊愈都需要两个要素：时间和爱，你可以的。"治疗师说。

最好朝南

一个问题 06

养育了三个孩子的二十二年婚姻，要因为惯性而延续吗？

文 | W 医生

Z 先生翻到印满密密麻麻文字中的一个表格，指着中间的一条横线，对我说："这里，你把你的单身公寓地址写一下，签一下名。离婚协议其他的部分，我会填好。公证完就可以递交到郡民政局最后确定。"

我抬头看着他，有点不敢相信他的平静。这会不会是他情绪暴风雨来临前的预备？我的头皮不禁有一点点发麻，心跳开始加快，手心微微出汗。我拿着笔，犹豫要不要在他面前写下我的新地址。我搬到单身公寓已经快两个月了，日子过得很不错。最重要的是，以往那种回到家里就觉得压抑的感觉一扫而光。

"我想通了，假如不能和以前彻底切割，我和你都没有办法继续各自的生活。我想给彼此一个机会。我们做回同桌吧。"Z 先生心平气和地看着我，难得地带了点幽默，"不要用这种怀疑的眼光看我，我是认真的，比当年请你考虑一下我，还要认真。"

他话音刚落，我眼前不由自主地回放我们二十二年的婚姻生活。从小学的三个月同桌，到毫无交集的十多年，各自成长，到戏剧性地重逢，十二个小时内决定闪婚，然后移民，生活在一起二十二年，共同养育了三个孩子，房子从小换到大，到更大，到如今决定和平分手。原来一辈子也不是那么长。

我们的前半生，都有哪些改变？是时间改变了我们吗？还是能被时间改变的，是那些本来就不坚牢的东西。成长，工作，结婚，生育，这些好像都是社会里预设好了的人生必做的论文题，既然拿到了，就要努力去完成吧？

"你们显然在成长的步调上出现了不一致。往后是共同成长，还是各自分开，就要看你们各自的学习能力，以及决心了。但不管怎样做，首先要忠于的是你们的内心。任何一段关系，从根本上都是回到你和你自己的关系上来。"几年前在接受婚姻顾问辅导时，哈琳娜对我们说。她是一位胖胖的白人老妇人，有三十多年心理治疗和家庭关系辅导经验。关于家家有本难念的经这件事，美国人的做法是求助于专业的婚姻咨询协调人士，再到律师，再到法院。他们劝和不劝离的方式是：离婚成本很高，要想清楚。

"她没有在这段婚姻中得到营养。"哈琳娜对 Z 先生说，"你是否除了她，就没有别的可以专注了？你的所有注意力都在她身上吗？为什么？"

"因为她不成熟，天真，过分善良，做事冲动，不顾后果。她没有经历过人生的险恶。"

"她是一个成人，受过高等教育，她当然可以做她认为对的事情，她可以为自己的选择负责。而你也是成人，你只要对你自己负责，你必须收起你的控制欲，'为她好'的出发点不是理由，你需要专注的是你自己，而不是她。"

回来的路上，他沉默不语。到家后我们坐下来，他对我说："我从来不知道，我对你的保护是一种控制。原来你对别人的否定是这样敏感，什么话都容易伤到你。我们真的如此不了解对方。"他又自顾自地讲了很久，似是辩解，也似呓语。

他很少在我面前讲这么多话。大部分的时间，Z先生都是不主动沟通的。他有一句名言："我不知道，我也不想知道。"生活中的事情，若是他能不关心，或者不愿意参与的，不想惹麻烦的，一概用这句话来应对。一开始，包括我父母在内的人都觉得这是一种优点，这孩子懂事，不八卦，不顶嘴，服从上级。特别是当碰过几次钉子，看出我母亲在家庭的权力范围后，他更加无原则地顺从她，甚至自诩为"傀儡"，在所有的家庭矛盾中都能做到"片叶不沾身"。他的惯性沉默，如严肃的潭水一样，常常令我恨不得向里面扔两块石头。

虽然平时话少，但他一旦生气起来，从平静到暴发中间没有必然的警报。沉默的人一发起脾气，会显得格外有震慑力，使大人小孩和狗都很害怕。我父亲曾用"钟馗"来形容他。有些人的怒气是虚张声势的泡沫，虚无的浩大；而他的怒气是山泥倾泻，前一刻风和日丽，后一秒山崩地裂。小孩子的房门被砸开过，里面的东西被毫不留情扔掉；电脑被抢走举高摔坏过，天花板的吊扇被怒吼震动过；我陪着受惊的孩子们失声哭过：这些都和墙壁上家庭照里露出的笑脸形成了对比。

一开始，Z先生虽然情绪疏离但行为上很尊重我的态度，让我窃喜过。他尊重伴侣隐私，比如手机摆在他面前他也不会多看一眼，桌面上摊开的日记不用担心会被偷窥。可就像世界上的事情没有绝对的好坏之分，当他这种"我不知道，我也不想知道"的态度延伸到生活里，在看似给予我极大自由的同时，是相互沟通的严重匮乏，以致虽然结婚了二十二年，我一天比一天感觉到孤独。

我从 2013 年 3 月 30 号发第一条朋友圈，到他有微信并加我为好友，中间隔了七年。期间我写了多少关于生活、工作的文字，发了多少照片，多少育儿的感悟，他是不知道，也不想知道。几家报社陆续登出我的一些文章，我们家庭交际网络扩大，他也是后知后觉的。他父亲曾经说，四个孩子里（Z 先生、他妹妹、妹夫、我），只有我可以和他们聊得来。今天回想这句话，我不应该沾沾自喜，而是应该想一想，如果我能多了解他的原生家庭，了解他父母抚养他的模式，知道"逃避"是他从小远离麻烦、自保的方式，"暴怒"是因为他无力掌控局面时内心恐惧，"沉默"是他拒绝沟通的表现，也许我不会那么受伤。因为我是一个情绪化而且超级敏感的人，心思更是细腻得可怕，别人无意中说的一句重话就能让我伤心难受好久。这样的两类人，要想做到互相理解、包容，需要付出的努力显然要比别人更多。

大前年的 11 月，我和大儿子开车去俄亥俄州参观一所录取了他的大学，在路上我们有过一次关于婚姻的对话。他说："婚姻是你希望和某人生活在一起的最高社会形式。首先，你自己是一个具备幸福力的人，对方也是一个具备幸福力的人。你们先是投缘的好朋友，相处下来，发现可以生活在一起，却没有减弱彼此的幸福，反而因为彼此的存在，能够解决更大的问题，处理更大更复杂的事情。你们互为动力，形成合作关系，分担风险，共享成果。最终是两个人一起生活，比一个人更快乐。这里面当然有彼此包容的成分，但却是你在结婚前就已了解的细节，你选择了接受，并承诺包容，而不是结了婚之后才发现彼此和婚前有多么的不同。"

他看着我，说："妈妈，我绝不会像你和爸爸那样结婚，这种事情我不会允许它在我身上发生。太糟糕了。"

"有那么糟糕吗？"

"这个只有你自己最清楚了。"他拍了拍我的肩膀，"美国人在决定结婚前，平均约会多长时间，你知道吗？九年。在这九年里，通过约会，充分了解自己和了解对方，并且共同面对各种问题甚至危机，到最后，才会决定是否以及和谁走入婚姻。"他从小就是一个 old soul（老灵魂），也是我家的"金句王"，一直是我的 buddy（老友）。

什么？九年！我惊叫了起来。怎么可能？九年，孩子都会打酱油了好吗？九年的青春啊。儿子似乎看出了我的疑惑，他接着说："瞧，这就是你们。一定要把婚姻和年龄啊，生孩子啊这些联系在一起，它们之间没有必然的关系，结婚就是 commitment（承诺）。如果结婚前互相不了解，你们 commit 个什么？别说九年，只要不足够确信，就不贸然决定。"在这些从小思辨能力就很强的孩子面前，我向来词穷。

"我希望通过结婚，有一个自己的家，可以离开原来的家庭环境。你是知道的。"

儿子表示理解，他接着说："你要知道，你不能把希望寄托在别人身上。爸爸不是你的出路，没有任何人是，我真希望当年你能明白这个道理。"

  1998 年的年底，离元旦还有两天。母亲打电话告诉我，说有一位美国的 Z 姓同学回国了，希望和我见一面。她已经见过了，还一起吃了饭，说同学很有礼貌，很尊重长辈。既然同学山长水远回来了，我应该礼貌回家见一面。母亲说："你一直在学英语，考托福，准备出国或者考研，你是从一开始就不准备留在我们身边的，对吗？你就是想跑得越远越好。既然如此，你就回来和同学聊聊，他说在出国这件事情上，也许可以帮忙。不要觉得我什么都反对你。"母亲曾说过，全世界对我的反对和批评加起来，也没有她对我的多。凡事都喜欢和她"顶嘴"的我，始终不是她的理想型女儿。

  我听后有点心动，于是科室调班和连续值班后，就从医院所在的城市坐长途巴士回了家，见到了我的小学同桌 Z 先生。感觉还是挺陌生的，小学四年级时我插班到他的班上，五年级和他同桌三个月，之后我考上了重点中学，他读六年级（即重读），晚我一届也考上了同一所中学，算是我的师弟。

  高考前我收到一封来自美国纽约的信，信寄到了我的班上。看了信，知道他随家人移民美国了。信里他主要是希望以后能保持联系，他附了一张他的照片，是出国前在北京颐和园前拍的，个子瘦小，笑容可掬，穿一件墨绿色的 POLO 短袖 T 恤。当时我没有回信，直到上了大学才开始给他回信。大学期间我们陆续有一些通信，礼貌寒暄，说一些无关紧要的话。后来随着实习毕业分配工作，我的地址不断变化，我和他也就完全失联了。

这次见面，彼此都有点生疏。毕竟大家之前都没正眼瞧过对方。上一次讲话可能已经是十多年前的事情了。我带着他逛小镇，其实我对小镇也很疏离，高考失手后，我寒暑假基本不回家，每次回家也照例和我母亲大吵大闹，和高考前如出一辙，待不了几天。从小到大，我和她的关系为什么如此剑拔弩张，一直是个谜。从我懂事开始，我们就是"相克"的，连一次心平气和坐下来讲话的情形都没有。仿佛我身上有个隐秘的按钮，一按就能使我从天使秒变魔鬼，母亲就是那个唯一知道按钮在哪里的人。

那天下午在小镇上逛了一圈，我们不咸不淡聊了点往事，拜访了我们共同的化学老师，再一起去餐馆吃了一顿饭。夜雨里我们往回走，Z先生问我有没有男朋友，我说没有。他问我对男朋友有什么要求。我还真想了想，列举了三条。第一，要和我志同道合，性格善良。第二，不能眼高手低。第三，有什么事情可以摆到台面商量沟通。他说："就这样？别的什么身高、外表、职业都没有要求吗？"

我说，那些都是变量，都不是我在乎的。说到这里，刚好也到了我家楼下，我们停下了脚步，收了伞。Z先生说，他从小学开始就很喜欢我，因为除了我，没人这样关心他，他很感动，也已经喜欢了我很多年。他希望我能给他一个机会，考虑一下，让他做我的男朋友。而且他很快就大学毕业了，就算不真结婚，他也能够帮助我实现出国梦，以此"报恩"。记得当时我脑海中浮现了一个画面——从此自由飞翔的我。

路灯下，我看着比我高不了几厘米的他，真是又瘦又矮，和我梦想中的白马王子似乎不沾边，可以说是毫无感觉。他接着说："如果你答应给我这个机会，我会很珍惜，因为你一直是我的第一选择。"从来没有被男生直接表白过的我，心里有一点小欢喜，更多的是松了一口气，原来我也是有人喜欢的。结不结婚是次要，但我一直很喜欢小孩，所以当时脑海里第一反应就是："终于不用偷生了，不怕计划生育了。"但从我嘴里说出来的，却是这一句："我要问问我妈。"

回到家里后，我把Z先生的事情跟母亲捋了一下，心里觉得她肯定不会同意。一来我工作业务水平很好，技术全面，基础扎实，人缘也好，在单位是内科急诊科各个科都争着要的香饽饽。单身，模样也还好，还是党员。文能给科室出墙报、给领导写稿，武能参加文艺表演、能出救护车，一宿一宿地加班，很能吃苦。还能烧一手好菜，科室里的护士姐妹好多尝过我的手艺，所以我们主任说我是"绩优股"。我对"贤妻良母"这样的评价是非常受用的，总觉得那就是成家后幸福的基本要素。其实会这样想还是因为不了解自己在婚姻中需要什么，能获得什么，又能提供什么。二来我觉得父母不会放心让我嫁给一位方方面面都"配不上"我的男生，他们很重视"门当户对"。更重要的是，我似乎从来不觉得母亲对任何一位男生（或任何人）真正认可过。

没想到母亲居然点头了。父亲则更是高兴，连连说："总算有男孩子上家里来了。"当年的我，终究没有尽全力去寻找爱，去表达，去追求，而是被动接受了面前的选项，颇有点功利主义。

当时母亲只问了我一个问题："你讨厌他吗？"

"啊？怎么会讨厌？连感觉都没有。"

"不讨厌就行。你总是想出国，想离开，我也劝不听你。反正我们培养了你，真是千辛万苦，没想到还是没能留在自己身边。既然你要出国，这个方式我最放心，起码不会为身份而奔波，不用像那些留学生一样洗盘子。而且，我和你爸爸实在没有那么多钱给你去留学，你也要理解我们为什么一直反对你出国。"

"那我不用喜欢他的吗？"

"他不是一直喜欢你吗？你不讨厌他，这就够了，作为结婚，这样的基础可以了。恋爱谈太多没用，多少夫妻结婚前爱呀爱呀最后还不如那些没谈过恋爱的。而且妈妈也去你们一中了解过他和他的家庭，镇上并不大，想查清楚一个人的底细不难。这样知根知底的，我们就比较放心。听妈的没错。不过我有些话是必须亲自和他说清楚的。"

"哦。"

是我太想有自己的家，一个不需要多大的地方，有爱我的人和我爱的人，这就够了。然而，不是每个人都能遇到"相爱"，那不仅仅需要运气，还首先需要自觉、自知和自爱。这些都是我欠缺的。

第二天 Z 先生上家里来了，他和我父母在聊天，我自己跑开到阳台砸核桃去了。不知道他们具体聊了什么，似乎是说了一下家庭环境，隐约听见 Z 先生说家境不算好之类的。

我听见母亲对他说："只要你答应我们一点，去到美国之后，一定先让她读书，我们才能同意。只有她读书，你们才可能好起来。我们总不能培养个医生女儿,反而嫁到美国去唐人街打工。图啥?"又听见父亲说:"她可聪明了,读书可好了,一定要读书,她能使你们的家运完全改变。不让读书我们就不让她出国。"

Z先生一一答应了下来,并且也守诺了。后来我一到美国,儿子出生后三个月,我就开始读书,并在最短时间内以全A的GPA 4.0满分拿到学位,以当年新州针灸师执照考试口试面试满分拿到了执照,开始了自己的医疗事业至今。

拜访我的父母两天后,Z先生就回了美国。分开前他答应我两件事,第一,一定去查一下自己有没有生育力,没有的话这桩婚事就拉倒了。(可见我多么喜欢孩子,所以他曾经说过自己就是我的生育工具,这句话似乎也没毛病。)第二,假如结婚后我不幸福,我可以提出离婚。对于后一条,他更是一口答应,原因是他认为,他的婚姻本来就是希望帮我"出国",是报恩式的"假结婚",只是没想到我居然真的答应了。这一点,也是婚后我们一旦有矛盾争论时的灰色地带,毕竟两人的结婚"动机"都不太纯。

我回到医院后,和闺蜜护士小徐说,我要结婚了。她眼珠子快要瞪出眼眶了,问:"和谁?"

"和一个一直深深爱着我,而我却毫不知晓的人。"

"你这是有多缺爱啊!"

Z先生也告诉我,他一下飞机就跟来接他的妹妹说,他要结婚了,也是被问同样的问题:"和谁?"不过他的回答是:"你就别管了,这是我自己的事情。"Z先生很自信,并且说,就算是被骗也愿意。他本来就没有对此事抱太大希望,没想到居然发生了。

我们的事情就这样定下来了,从提出到确定,不到十二小时。

既惊吓又意外。

是啊,请个假,离开几天回来就说要结婚了,简直跟扔了个深水炸弹似的。据说当时医院里很多人都在打听,各种版本的说法都有。他回去后的几个月,我们书信往来,恶补了解了一下这些年发生在各自身上的事。当然都是"扬长避短",选好话来说,那些不好的就留给以后慢慢发现吧,侥幸觉得说不定顺便也改了呢?愿望总是美好的。

5月他大学毕业,我去香港接他,我们就这样结婚了。没有正式婚礼,单纯民政局登记,又请各科室吃了喜糖。发糖到了八楼,我们主任打量了他一番说:"原来娶走我们绩优股的人,就是你啊。"大家都笑。Z先生觉得莫名其妙,什么"绩优股"?我带他回了我的出生地柳州,他也带我回了他的故乡三洲铁岗看一看。路上我们开始有意见分歧,忘了是什么事,反正到了桂林我哭得眼睛都肿了。因为是涉外婚姻,结婚证先发一个,另一个要十五天后才发,据说是为了有个"考察期",两证都领了才是正式登记。结果我一路上都在倒数,每天都想回去撤销婚姻,直到十五天到期,才死了心。原来我不是在过家家,是真的嫁作人妇了。

一个月后他回美国。两年后,我随他来到美国。很多年我都觉得,自己当时胆子很大,敢赌婚姻。我想还是因为我非常希望有自己的家庭,有自己的孩子,又相信他对我的感情,况且还有"后路",所以才大胆做出了这个决定。就像母亲说的:"结了婚的人,不要管后来有多么怨恨,之前总有那么一刻,是心甘情愿的。"

就这样，柴米油盐的生活过了二十年有余。大家的本性，也在婚后尤其是共同生活之后逐渐显现出来。当孩子们还小、生活很忙的时候，其实反而没有很大矛盾，因为要集中解决生活中的大小问题。物质基础决定上层建筑，捉襟见肘的生活里没有那么多矫情。Z先生中规中矩，做事认真尽责，尤其是我父母在美国和我们同住的那些年里，他对我父母很尊重，是个不怎么挑得出错的女婿。他对我的工作也很支持，但我在诊所经营上对盈亏毫无概念，他一直是很有意见的。即使我是一个非常受病人尊重和信任的医生，在他看来，也不能如此不接地气。十年前他辞去药厂的职务，开始管理我的诊所，为此我父母都很赞成。"她不识数，你要把好关。"父母寄望于他。"她喜欢听好话，容易被骗。她眼里没坏人，怎么都教不会，还以为我们害她。"母亲补充。

父母还观察到他的心态相对而言比较负面，谨慎，防备心重，经常显得不那么高兴，和我的马大哈个性以及容易满足很不一样。迥然不同的家庭环境，塑造了两个价值观相去甚远的人，尤其在对孩子的教育方面。四个大人三个小孩两只狗十二只鸭，家里天天一台戏，累。

我被所有朋友形容得最多的就是"出得厅堂，入得厨房"，和"既要赚钱养家，又要负责貌美如花"。朋友们都说，不是他的能力普普通通，而是我能力太强了。这些固然加分，但和我的奇思妙想、天马行空相比，后者才令Z先生头痛。我敏感的内心和天真的个性，更令他无所适从。我想法很多，每冒出一个泡，Z先生的头发就要愁白一根。他不能理解我哪里来的那些想法，也不知道应该怎么和我沟通，干脆充耳不闻。有一次我站在后院子里感叹说:"真想有一匹小马啊!"他很紧张,马上用很多理由来证明我这么想是错的,是不切实际的,养小马是不可能的,说话时表情严肃极了。直男,我心想,织女和牛郎怎么可能不吵架?

记得以前父母一直对我严格要求,还要我对自己也严格要求,从小到大家长回复老师的学期评语永远是"希望她戒骄戒躁,争取更大的进步""百尺竿头,更进一步"。当我确切这样执行人生信条时,却又成为了别人眼里的一个完美主义者,多矛盾。父母对我的教育里,有如何负责任、如何做事、如何严于律己,所有一个社会好人所需要的一切,唯独没有教我如何爱自己和怎样去遇人。

二十二年的婚姻,假如我愿意,还可以持续下去,不出意外的话我们会白头偕老。至于这个成语是指"一夜白头"的白头呢,还是两个白头在晚年相遇,然后相偕?没有说清楚。"白头偕老",是婚姻为参与者们画的一个大饼,又像单位招工信息里描写的关于员工福利的字眼:优厚。

婚龄,除了能够证明你在一段法定关系里具备特定身份的时间长短之外,几乎不能够说明什么。它既不能体现你的生活质量,不能鉴定你的幸福指数,更加无法满足心理刚需。就好像工龄,只能说明你在这个单位已经待了多少时间,并不能说明你热爱工作。假如能够做自己热爱的工作,那是幸运的,就像女生嫁给了爱情,不管生活有多苦都甘之如饴。

最理想的,莫过于单位和个人双双发展。模式灵活,福利更好,通过努力,你从打工仔渐渐上升到管理层,也开始有了话语权，在单位里举足轻重，工龄就是你的资历和底气。也可以是另一方面，说明你并没有更好的选择，你懒得改变，一动不如一静，离了这里又能去哪里呢？都是大同小异罢了。就算想跳槽，原有体制内已经消耗了太多，能力限制了你的自由，有个工作已经庆幸。时代没有好到有很多的工作选择，而我们也没有自信到觉得自己值得更好的选择。"比上不足比下有余吧。"一句话就能缓解所有的不甘心。婚姻也是这样，求仁得仁。

这就是我们的婚恋焦虑，和其他焦虑缠绕在一起，形成了挣脱不掉的关系网，越挣扎越黏得紧，直到精疲力尽，不再求变。我曾在森林里入迷地观察过蜘蛛结网，那撞进罗网的小虫子被紧紧黏着，不断挣扎，直到最后精疲力尽，不得不放弃抗争，束手就擒。但是，人是需要被客观看见的。若能被安全地爱着，身心就会非常松弛。不止婚姻，任何一段关系是否健康，判断标准主要看双方是否感到安全、松弛、快乐。

我和Z先生从一开始就不了解对方，结婚以后也没有注意沟通，说起来还是"当局者迷"。当然有过快乐的家庭时光，但更多的是误解和委屈，彼此截然不同的个性，筑起了一堵堵隔断心声的高墙。一天天，一月月，一年年，剧情开始变得狗血。然而在所有的生活琐碎里，最令我感到害怕的还是他的暴怒和自伤行为，以及对事悲观的负面情绪。他不是那种在生活的苦里能尝出甜的人，他是即使你尝到了甜味都要告诉你"不，是你的味觉有问题"的那个人。但他真的不是故意的，他真的没觉得甜，他品尝甜味的味觉，已经在以往生活的重压下失灵了。

很快，精神心理的压力就反应在了身体上。既往几年，我的身体健康出现了一系列问题，亮起了红灯。验血和多项化验结果显示：在工作时，我的血液肾上腺激素等指数最佳，心率、呼吸、脉搏这些都处在相对放松休息的状态，内啡肽水平很高（很享受）。相反回到家里，所有的指数就截然相反，处在应激危险的反应状态，多种血清素和皮质激素高于异常，激惹、甲状腺激素和糖皮质激素水平都高，体内发现了早期的癌细胞。那是我第一次知道情绪居然可以被量化，科技到底还是进步了。

2018年11月的一个周五，前一晚因为和他剧烈争执，白天我心脏很不舒服，胸闷、气短、头晕明显，不敢掉以轻心，于是下班后直接去了医院急诊。身体连上导线，接上监护仪，护士医生不断过来询问、抽血、做检查。我呆呆看着病房四周，厚重的帘子被医护人员推过去拉过来，金属圈吊环摩擦在支架上，发出呲呲啦啦的声响。医生来问诱因。诱因？还不是家庭经济这些。情绪永远不是Z先生的死穴，经济才是。

我是一个基本没有经济头脑的人，家里从来没有让我为经济担心过，而他却一直在财务非常紧张的家庭环境中长大。母亲多年患病卧床，早逝；父亲脾气暴躁。他年纪很小就要肩负养家的重任，这使他严重缺乏安全感，所以他会尽最大能力去规避各种风险，以免现有的生活方式被迫发生改变。

2010年我意图扩大诊所，拓展业务，投入了很大一笔钱，结果投资失败了，项目没能做起来，还被税局查税，焦头烂额。虽然当时很失望很沮丧，但过后我却没有因此而消沉。2018年仍然是投资失败，但那一次真正触到了Z先生的底线，是因为他以往动荡不安生活的创伤，也因为我天真冲动一意孤行给他造成的压力。自此，只要生活中发生矛盾，他就翻这笔旧账，痛心我的草率，埋怨我好了伤疤忘了疼，使家庭经济遭受如此巨大的损失。他又开始祥林嫂那样讲他一直以来受过的苦，一件一件。我知道那些全是真的，我没有怀疑过，但我也知道这也许是我一辈子不能真正感受到的，因为世界上没有真正的感同身受。

夜里，静谧的急诊观察室，他对我说："你本来应该嫁一个很有钱很有钱的人，你的所有想法、概念，他都赞同，然后大笔一挥，支票就写好了，你就无忧无虑了。你不应该和我在一起，我永远不能在经济上满足你。"

"我是一个物质主义者吗？家里的这一切所有，不也是我辛苦工作挣回来的吗？我有过私心吗？没有因为经济而苦恼，是我的原罪吗？"我难过地问。他低头不语。那一刻，我意识到人和人是完全不同的，也很难被改变，连对痛苦的感受也不相通。我们都在期待对方为自己提供其不具备的特质，而不是完全接受和欣赏彼此。我们爱的，只是对方爱我们的感觉。

我是一个精神需要远远大于物质需要的人，我结婚，图的是一个爱我、能理解我的人。沟通缺席或者冷战，甚至言语暴力，在我身上是绝对行不通的。每一次我不开心，他认为我只是在闹情绪、发小姐脾气、矫情，只要晾几天就好了。有一次我连续好几天情绪不稳定，充满了自伤念头，开车的时候，彩色世界变成黑白色，视野忽然缩窄，两边看不到，手指颤抖，耳朵后面的皮肤有电刺激的麻木感。很显然，我的抑郁症发作了。

回到家里，我去找他，告诉他我不舒服，甚至有自杀的倾向。但 Z 先生无动于衷。

最好朝南

"如果你真的要去死，我也没有办法。是你的命，是我的命，也是孩子们的命。就算没有你，生活还是要继续的。"说完他走进他的房间，关上门，也把我关在了房间外。那个晚上，我躺在自己的床上，脑海里不断重复每当我抑郁症发作，千里之外的朋友对我说的话："请坚持多一天。如果到了明天还活着，就再坚持一天。"靠着这句话，一夜过去，我挺住了。

第二天，Z先生看见我下楼，他没有奇怪，也没有慰问，只淡淡说了一句："你以后不要那么幼稚。"接着又说："该干吗干吗，你已经不是小孩子了，你是三个孩子的妈。"

此后，我接受现实，开始不再尝试和他沟通，除了上班，我把大量的精力放到钻研技术以及独自做喜欢的事情，比如音乐、读书、写字、种菜、爬山、烹饪。我们有各自的房间，就像一对室友那样和平共处，礼貌又客气。我的眼泪和笑容同时减少，只有在上班时，我才是那个充满活力、容光焕发的W医生。

本以为也能如此终老，没想到发生了我在森林公园慢跑时遭遇袭击的意外事件。

死里逃生的我被警车护送回家时，没有奔向安全怀抱的欣喜，反而是担心该怎么说，才不会被Z先生责怪，故此自己要先在门外抑制内心的惶恐，练习若无其事的表情，再镇静地轻描淡写，对前来开门、表情疑虑的他说："没事，遇到一点点小麻烦。"我知道他不会赞美我的优秀，不会陪我一起庆幸，只会不停抱怨，使我更负疚，仿佛我做了什么大错特错的事情。我一个人面对整件事，一个人出庭，一个人去看创伤后压力症候群治疗师，一个人疗愈自己。Z先生后来说，一定是这件事导致我想和他分手。

他说得没错，是因为这件事，却又不仅仅是这件事。

记得同年秋天，我要回国探望父母。离开家前往机场前，我张开双臂，想要一个离别前的拥抱。这是我们之间的约定，坐飞机走这么大的事情，不拥抱会后悔。他说过："我们不要像港剧里的万梓良，听到周海媚坐的飞机失事后，泪洒当场，后悔没有告白。"但那次他拒绝了我，无视夜幕下我张开的双臂，扭头转身离去，很快关上门。原因是"他还在生气"，为的是出门前一刻我居然还要他帮忙找驾照，我总是那么马大哈，那么麻烦，让他不省心，永远丢三落四。而我想到的是，回家前一刻我还在抓紧时间多看几个病人，连吃饭都顾不上，还要自己开车去机场寄存车子，再上飞机，以便回来时自己能取车开回家。我能做的都做了，唯独忽然找不到驾照而已。于是彼此都觉得很委屈，而我还能放下情绪想和他拥抱，他却不能。他只活在过去，总是如此。

路上我不停流眼泪。冷静地想，既然没有很多很多的钱，也没有很多很多的爱，我为什么还留下？而这两者，我往后都可以努力给自己。只有当我自己变得强大又幸福，才可能照顾好那些我想照顾的人。婚姻是有生命的，需要双方共同灌溉和呵护，才能枝繁叶茂。但我们没有达成这个共识。

我正式提出离婚。

Z先生开始先是充耳不闻，认为我又开始作了。

我坚持要离，问他是否还记得结婚前曾经答应过我，如果我觉得不幸福，可以离婚。他生气地说："哪有这么夸张？你不能任性，当时和现在情况不一样。"当然不一样，我已经成长了。剖腹产生下三个孩子,怀孕一直没休息直到去医院那天,身怀六甲独自开车去考场考执业执照,风雨兼程、起早贪黑去纽约上学,产后一个月就上班,在火车上太累睡着了错过站。二十二年来烧饭南北通吃很少重样,做儿媳妇做大嫂做孩子们的感情依靠,年复一年带着仪式感地推动这个家朝前走,默认严父慈母的育儿模式……

所有这些我都不觉得辛苦,只觉得那是我作为一名妻子的分内事,是确定的幸福。但既然这一切都不能为我换取一份"懂得",沟通变得如此困难,亲密关系里的情绪价值接近负数。那么对不起,这个婚姻样板,我不要了,就像离开一个"鸡肋"的工作岗位,让生活里一切重新排序。

我对Z先生说:"I can live with you but I don't want to(我可以和你继续生活下去,但我不想了)。"知道我坚决要搬出去,他说不能理解,我说理解不了没关系,你知道我的决定就行,而且我为我的决定负全责。因为现在的我,不仅知道自己"想要什么",更重要的是知道"不想要什么"。我的智慧不会比二十二年前少,所以,我的决定只会比当年更正确。

他彻底被激怒了,好几次在我面前情绪爆发,我们又陷入旧的那一套车轱辘话,剪不断理还乱,无法向前走。稍微平静下来之后,他会说:"你不担心你父母不高兴吗?他们会怎么说你?他们年纪都大了。"

我回答:"这是我父母需要学习的地方,就是为我的开心而感到开心,而不是质疑我怎么可以做他们不允许的事情。我是一个成人,我选择首先忠于自己。"

"二十几年的相处，怎么可能没有感情？"

"我对你当然有感情，那是一个孩子母亲对孩子父亲的感情，I love you but I am not in love with you（我爱你，但我不再和你相爱）。我的婚姻必须是能让我舒服的关系，滋养我，而不是消耗和将就。"

"一定要分开吗？不可以多等几年，等孩子们都长大了再说吗？谁的婚姻不是这样呢？日子又不是过不下去，你不能这样自私。"

"一定要分开了。不需要等，孩子是一定会长大的，但更需要长大的是我们。如果婚姻有评分标准和各种硬指标，我已经超标了。如果婚姻是单位，我现在就准备退休。余生我想自私一点，因为我值得这份自爱。日子不但要过下去，还要过得更好。而且，不要把自私和坚强混为一谈。"

"那以后呢？分开以后，我们还会有机会在一起吗？我是真的很爱你啊。我以后不再控制你了，你想做什么我都不会限制。"

"不，不要抹杀你的个性来迁就我。等到你学会爱你自己，我也学会爱我自己的时候，我们再看看会不会相爱。成长的目的，首先是自己能变得更好，更能感受幸福。婚姻这个形式其实已经不重要。若你爱我，就请用我能感觉到、我能懂的方式来爱。"

决定分居后，我人生中第一次租房子，而且是单身公寓。

曾想过不如买吧，一步到位，但女友玛利亚的话打动了我，她说："不管是租还是买，其实并不重要。你迫切需要的是一个空间，一个绝对完全属于你自己的空间，没有任何外来的干扰，你可以做任何你想做的事情，或者什么都不做。要和以往有绝对的不同。你可能会先休克，然后慢慢地你会适应，最后你会清楚知道，这种状态是不是你想要的。"

是的，我太希望有个自己的专属空间了，多少年，没有对一件事情这么渴望过了。

2021年2月的最后一天，小雪，下午三点钟，单身公寓管理处的杰奎琳打电话通知我过去拿钥匙。见面后，她把一串钥匙放在我手里，又递给我一个欢迎新租客的礼品袋，里面是一瓶矿泉水、一卷卫生纸、一小瓶洗洁精、一小袋洗衣粉，还有一份《租客须知》。"你所需要知道的都在里面啦。"她看着我说，"现在我们去你的公寓看一看吧，看看还有没有什么别的问题是需要我帮助的。"她特意把"你的"这个词说得十分夸张，眉梢带着笑。

来到公寓，她教我如何用感应钥匙进入大门，带我再次上楼，确定我能用钥匙打开门，接着又把房间里面各个电源开关，配套的干衣机、洗衣机、洗碗机、冷暖气这些向我再介绍了一次。第一次来这里，是2月13号，情人节前一天，杰奎琳作为公寓介绍人带我参观，我几乎是一眼就爱上这个地方了，租房的事情很顺利。我们斜靠在厨房的吧台旁，一起看向空空如也的房间，木地板干干净净，窗明几净，一室耀眼的阳光，一切都是新的。

3月1号，我搬进了这个单身公寓。离诊所不到十分钟车程。一室一厅一卫，还带一个小偏厅，开放式厨房，吧台，全新，干干净净，附近鸟语花香。

刚开始搬家那个星期，锅碗瓢盆、油盐酱醋、衣服被子，大包小包，一趟趟装车，一趟趟上楼下楼。最后从家里抱走我的那一盆绿植，还有一盆竹节海棠。我煲了一锅汤，烧了几个菜，和过来暖屋庆祝的女友共同举杯，祝我们都健康，幸福，平安，自由。

作者后记：

距离我写这篇文章，时间已经过去了将近一年，也就是说，我决定和先生分开、从做夫妻到做回朋友，已经快两年了。如今我们的关系比以往更加紧密，这样的紧密，是我们在以往二十二年的婚姻生活里所欠缺的，是一种战友式的合作，以及平视彼此的和解。没有对彼此过高的期望值，也没有互相贬低和质疑，只是就事论事，平和地沟通，有效地把整个家庭需要完成的课业，按部就班地去完成。

我们有三个孩子，也有共同的生活回忆和创伤，原谅了我们之前的互相不懂，以及，不能为对方设身处地着想的局限性。感谢分开，使彼此有了距离，对生活有了完全不同的观察视角，情绪的冲突不再短兵相接，使相互的尊重成为可能。尽管缺失了那些绵延的可以称之为"爱情"的悸动，我们却完全没有因此而生出怨念。家里的气氛真好，就像一个温室，里面有各种植物在逆着季节生长，并开出春天才能看见的花朵来。

感谢Z先生有一个"成长型的思维模式"，我也是。假如不是如此，我们的分开将毫无意义。分开后，我们都成长了，得以冲破来自原生家庭的局限性，也试着看见并改变自己，这是非常难得的共同进步。有时候在一起喝茶，我们会问对方，假如时间倒流，在能够充分了解对方的基础上，还会不会选择彼此作为婚姻的伴侣？这一次，我们的答案是"很难说"，不约而同了。

婚姻最最开始的时候，我们以为自己足够努力，一定会天长地久，后来我们精疲力尽，决定止步于曾经拥有。现在我们努力做好自己，剩下的一切都留给时间，相信时间会给一切以答案。

一个问题 *07*

长期遭遇家庭暴力，靠自己能离得成婚吗？

文 | 阿离

2021年1月1日起，国家设置了三十天的离婚冷静期。2021年3月8日，我和前夫办好了离婚手续。盖了章的民事调解书送到我手上的那一刻，我心里长长地舒了一口气，没有被离婚冷静期三十天的规定所影响，把这段婚姻在最短的时间里结束了。

我出生在山东的一个小农村，小时候接触的人和环境十分有限，没见过什么世面，直到去了天津读大学，一个全新的世界在我面前展开。

我大学学的是新闻学专业，在那时接触到优秀的同学、老师。这个专业自由、开放、浓厚的文化氛围，大城市先进的理念，穷游全国各地的见识经历，对我产生了很大影响。大学时接受的教育和接触的东西塑造了我成年后的价值观，让我知道婚姻中男女双方应该是平等的，如果一段婚姻让我觉得不幸福，那么就应该及时止损，即使没有婚姻，女生也可以拥有精彩的人生。

毕业后我找了一份工作，在凤凰网，工作了一段时间后发现那并不是真正的凤凰网，只是一个顶着凤凰网名义的外包公司，且运营状况极差。发现现实与理想差距太大后，我选择了主动辞职,开始备考新闻传播学专业的研究生。考研以几分之差落榜,在家待业之际,我先找了一份老家的工作,想着在那里先上着班,外面投的简历有回应了再去。

那时我正处于感情空窗期,很想谈恋爱,身边的同事姐姐知道了我的想法后,就把前夫介绍给了我。事实上,我和这个同事姐姐共事的时间很短,她对我了解不深。

我和前夫第一次见面是在一家做花椒鸡的饭店,刚一进门,我就看到一个大高个,他穿了一件深蓝色印花衬衣,最上面几颗扣子散开着。他说自己刚刚从外地出差回来,所以比较疲惫。饭桌上,我们三人聊起天来很舒服,氛围十分轻松愉快。在他之前我曾相亲过一次,对方是个比较爱"装"的人,聊天十分费劲,有这个对比着,就觉得我前夫还不错。当时我身边也没有其他合适的谈恋爱的对象,前夫又对我展开了猛烈的追求攻势,于是我们就在一起了。

后来我回忆起自己仅有的两段恋爱经历,都是在相似情形下发生的,我想谈恋爱,身边又恰好有这么一个人,就匆匆恋爱了,事实上我并没有特别喜欢或者欣赏他们身上某一点,或者说他们身上没有特别吸引我的地方。然而我又是一个比较优柔寡断的人,一旦开始谈恋爱,即使发现这个人不合适,也迟迟没法和他分开。

这一点在我去看心理医生时也得到了验证,心理医生说我对什么是适合我的人界定不清晰,要我回来用笔在纸上清楚地写下来,什么可以,什么不可以。我当时听医生说时嗤之以鼻,觉得这有什么好写的,但真正写下来之后才发现,医生说的是对的。

我们这段恋爱遭到了家人和朋友的一致反对。他们和他见面后，都觉得这个人"不大行"。朋友们觉得这个人爱耍滑头，不实在，说话前言不搭后语，特别不靠谱。家人觉得他学历、工作各方面都不如我，家境一般，人品一般，也不愿意我和他在一起。

他第一次正式去我家和我整个家族的亲戚见面时，就给大家留下了不好的印象，因为他在这么重要的场合喝得烂醉如泥，趴在我家床上起不来，最后回家时鞋都走掉了。那时我爸爸对他厌恶到了极点，提醒我说，这个人肯定是馋酒，这种场合都能喝成这样，说明他就是纯粹爱喝酒，我们日后肯定会因为这个发生争执。

那时的我什么也听不进去，在大家一致的反对声浪中还是选择和他结婚。

和他在一起之后，其实我俩分手过一次，因为我在他手机里发现了他和别的女生的信息。有一次我打开他手机，无意间发现了他和一个女生的聊天记录，他称呼她为"媳妇"，夸她自拍的照片真好看。

我无法接受，和他提出了分手。分开了一段时间他又来找我，给我准备了一后备厢的鲜花和我告白，说要"将爱情进行到底"。那时的我鬼迷心窍，还是喜欢他，于是偷偷和他复合了。复合的事我没告诉任何人，在我和他分手时，我身边的人都欢欣鼓舞，为我离开了他而高兴，我真的没脸告诉他们我们复合了。

就在我犹犹豫豫之际，我忽然发现自己意外怀孕了。怀孕是因为没有做好安全措施，他经常明知有怀孕的风险但还故意为之。我的例假一向都很准，那次拖了一个星期没来，我就有些慌，让他去买验孕棒。他不情不愿地买来，我自己去厕所一测，出现了两道红杠。

当时我觉得完了，连复合这件事情我都没和别人说，直接怀孕了，这可怎么办？我不知所措，心乱如麻，坐在床上开始哭。第二天他和我一起去做了检查，确认是真的怀孕了，我预约了流产手术。医生问我选择药物流产还是人工流产，并告知了我每种方法的操作过程和可能存在的风险，我被吓坏了。

前夫问我能不能考虑要这个孩子。他真的非常非常想要和我有个孩子，他很珍惜这个孩子的到来，如果打掉了这个孩子，他肯定会后悔一辈子。这番话在当时打动了我，我觉得那一刻的他非常真诚，他那么喜欢这个孩子，应该会是一个好爸爸吧。

我开始想要留下孩子，于是我们就匆匆忙忙地结婚了。

打算和他结婚后，我把怀孕的事情告诉了姐姐，完全不敢跟父母说。我和姐姐一起回到家，爸爸不在家，妈妈正在地里干活，姐姐让我自己在家等着，她和姐夫去地里把这消息告诉母亲，让她先有个心理准备。

妈妈一进门，好像带来了一团黑压压的云。她一下坐在挂钟下的椅子上，脸色阴沉得很。妈妈终于开口了，说："你打算怎么办？"我硬着头皮回答，想把孩子生下来。妈妈暴怒，对我劈头盖脸一顿骂："亏你还是上了大学的人，这点事解决不好。谁也不告诉自己悄悄把孩子打掉不就完了？你可真是傻！"她一边骂我一边哭，恨我让自己陷入了如此不堪和被动的境地。

我妈妈思想十分传统保守，未婚先孕以及我之后的离婚，对她来说都是离经叛道、无法接受的事情。在她看来，作为一个女孩就应该老老实实、安分守己，结婚后即使过得不幸福，为了孩子也不能离婚，大家的一辈子都是这样过来的。甚至到了今天，我离婚已经两个多月了，我父母的家里依然在客厅中间挂着有我前夫的全家福照片。父母对他们的亲戚朋友隐瞒了我离婚的事。四下无人时，妈妈和我说起离婚的事情，不会直接说"离婚"二字，而是会说：你"那啥"的时候。

她深知孩子爸爸并不是我能托付终生的人，她太着急了，想赶紧把要往火坑跳的我拉回来。但是妈妈了解我的个性，知道我打小就犟，听不进别人的话，我对她坦白就说明我已经做好了决定，她无法改变。

决定结婚后，两家人开始匆匆忙忙准备婚礼。我也开始定期产检，基本每次前夫都会陪我去，现在想来，那可能是我们为数不多的和平时光。

婚后生活这样美好的时刻太少了，更多的是噩梦般的回忆。即使是在孕期，他也没有停止喝酒的恶习，经常会和朋友出去喝酒彻夜不归，把我一个人丢在家里，全然不顾怀着身孕的我一个人在家是否安全。

怀孕五个月左右时，有一天清晨，他和朋友又喝了一夜的酒回来，到家后倒头就睡。我偷偷拿了他的手机，翻开他的微信，发现他在凌晨5:27给一个女生转了三千元。我们这种五线小城市，物价也就一碗面七块钱的地方，两个人一晚上消费了三千元，他俩是去干什么了？

我越想越难过，也没有心思上班了，在家里呆坐了几个小时，然后给他妈妈打了电话,让她立刻回家处理此事。他妈妈回来后把他从睡梦中叫醒,只骂他乱花钱,至于他花了这么多钱去干什么了,为什么会在凌晨转给一个女人,这个女人是做什么职业的,等等,通通避而不谈。我还清晰地记得那个场景,他光着膀子坐在沙发上,咬牙切齿地发誓,自己绝对没有做对不起我的事。我看他发誓的那股狠劲,相信了他。

那次之后,他更加猖狂,喝起酒来更加无所顾忌。在我怀孕近八个月时,他邀请朋友到家中来喝酒,两人喝到了晚上11点还不满足,又要到外面酒店找另一个朋友接着喝,我怎么劝都不听。

他们走后,我离家出走了。挺着大肚子的我不知道要去哪里,不愿回父母家也不愿去朋友家。因为那时的我觉得,他们本就不看好我这段婚姻也早就劝了我,我不听,现在的局面就是我自食恶果,我没脸去见他们,太丢人了。

在旅馆住了一晚后,我独自一人坐长途汽车又转火车去了烟台,在去烟台的火车上,窗外渐渐飘起了雪花。一路往北,雪越下越大,越下越大,等我到了烟台时,地上的雪已经有四五厘米厚了。我挺着大肚子,深一脚浅一脚地小心迈步,那时害怕极了,生怕在这个陌生的城市里滑倒,出了意外,没有人来救我。

第二天拉开窗帘,外面白茫茫的一片。雪景很美,我却没有欣赏它的心情。我打了车来到海边,"冬天的海"也没有我想象中的那么美,灰暗的天空下,海水似乎也更加阴冷、恐怖。

就在那时我的手机响了。离家出走后,前夫为了找到我报了警,他拿着结婚证去警局,警察给他调出我坐长途汽车、坐火车的记录，他们一路找到了这里。

离家出走这件事，在日后被他反复嘲笑。他总是用一种阴阳怪气的、嘲讽的还带有一丝威胁的语气说："看看你那时多厉害啊，挺着那么大的肚子还跑到了烟台，以后等儿子长大了，我可得好好跟他说说这件事，说说那时的你是多么不顾及他的安危。"

我们婚姻最后存续的那段时期，即使我什么都不做，在他看来也是不顺眼的。我从他身边走过他会说："你看你怎么这么矮？世界上怎么会有你这么矮的人？"我穿着短裤坐在沙发上，他会说："你看你的腿怎么这么粗，还好意思露出来！""你长得真难看！"攻击话语每天都像纸片一样飞来，让我觉得自己做什么都不对。

刚开始时我还对他说的话选择性忽略，但当他每天在耳边不停否定我时，我就觉得自己是真的有问题。我本身就不是一个很有自信的人，这样一来就更不自信了。

2019 年 3 月 3 日，儿子出生了。我是凌晨 5 点多破的羊水，生下孩子时是晚上 10 点。在我待产的十七个小时里，有一半的时间他没有陪在我身边，因为他去运婴儿床了。

产前几个月，朋友送我们一个婴儿床，我多次提醒他孩子随时可能出生，让他提早把床运过来，可直到我进了医院临产了，他才想要去把床拉过来。生产需要的所有东西几乎都是我一个人一点一点准备的，娘家人帮我做了孩子用的小被子，他和他的家人什么都没有准备，连一件衣服都没有买。只有婴儿床，我实在是无能为力了，便拜托他，没想到他硬生生拖到了最后一天，在我最需要他陪伴的时候，他去拉床了。晚上 7 点左右，他才匆匆赶来。

孩子出生的那一刻，他拍了照片，后来我看到现场鲜血淋漓。白色的手术布挡住了我的视线，我不知道自己流了这么多血。经历了陪产、看到了我痛苦流血过程的他又如何？只不过在刚开始几天感叹了下我的不易。

刚开始时，我们请了二十四小时住家月嫂，月嫂帮我分担了不少育儿工作，我还没有觉得很累。月嫂走后，因为育儿任务的不平均分配，我们之间的矛盾愈发升级。我尝试让他晚上帮我起来照应孩子，但他起来的次数屈指可数。大部分时候，他一听见孩子的动静就翻过身去背对我们，假装不知道。我一个人照顾孩子，起来一次、两次、无数次。

长期的睡眠不足和频繁起夜导致我白天精力极差。我之前的单位经常有突发任务比较忙，我在孩子三个月时就去上班了，白天忙于工作，晚上照顾小孩，筋疲力尽。

经济方面的问题也是导致我们离婚的原因之一。在我认识他时，他的工作就不稳定，收入也不高。婚后，他的低收入状况依然持续了很长一段时间，期间他辗转换过好几份工作，都无疾而终。我的工作一直比他的好，另外我也一直比较独立，习惯了为自己花钱。

小孩出生后，我体谅他收入不高，孩子的吃穿用度基本都是我在付钱，家庭的一些支出很多都是我在付。婚后我俩各自保管自己的收入，本来他在家庭上支出的花销就不多，慢慢地，他付出得越来越少。如果我们一同去超市，结账时他通常会选好自己要的东西，到了收银台后快速跑掉，耍赖，让我付钱。

　　他的钱大部分都用在自己吃喝玩乐上了，而且毫无规划、毫无节度。我发现他的信用卡、花呗等各种借贷工具加起来欠了有几万块，那时他一个月收入只有两千多，这些欠账已经有一段时间了，他完全没有办法还上，月月刷信用卡套现，利息非常高。我手里也没钱，把这件事告诉了他父母，想请他父母帮忙解决。没想到我听到一个更震惊的事实，他在婚前就有还不上的欠款，那时他父母偷偷给他还了，没有告诉我。

　　他父母又出面帮他把这次的钱还上了，他痛哭流涕，发誓不再用这些借贷工具。我信不过他，让他当着我的面把信用卡、支付宝账号注销了，他非常不情愿。

　　后来前夫换了新工作，收入翻了一番，但他并没有告诉我真实收入。再后来他的银行卡明细打出来，我看到工资每月一到账就有零有整地划走了，看起来像是在还钱。但他到底欠多少钱我们都不知道，问了他也不说。

　　他欠钱这件事就像黑洞一样可怕，让他停止是不可能的了，我不知道自己将来会因此面临什么样的风险。我打法律援助热线咨询了律师，询问是否结婚后他的债务就等于夫妻债务？他的欠债会不会由我承担？不同的律师答复不同，第一个律师答复我说，如果是他自己的债务，和我无关，就仅由他自己承担；第二个律师答复我说，因为他的具体支出项目都是小额消费，比如喝酒吃饭花钱这种，没法证明我没有参与其中，如果他说是和我一起消费的，那我可能就需要承担他的债务。

　　听完后我非常绝望，意识到如果再和他继续下去，我不光会掏空自己所有的收入，还要为他还债。那时我清醒了，一定要规避掉这种风险。

在有了和他离婚的想法后，刚好有一个新的工作机会出现在了我面前。新的工作薪水翻了一倍，也会缴纳住房公积金，但它是我从未涉足过的行业，做起来挑战比较大。我需要一份收入更高的工作来保证我以后的生活，也需要缴够住房公积金，以后可以自己买房。考虑清楚后，我放弃了原来熟悉、安逸的工作，抓住了新的工作机会。

这个转变非常关键，为我后来离婚提供了足够的底气，也为我离婚后的生活提供了充足保障。

几年的婚姻生活过下来，我发现我俩的三观完全不同，终于明白了朋友说的"我们不是一类人"是什么意思。

前夫是大专学历，物流专业，没有接受过更多的教育，对待婚姻的观念保守、传统、迂腐。他改不掉欠债的恶习，这让我对他更加失望，不知道在这样岌岌可危的财务状况下我们的小家庭还能支撑多久。我在家里看不见他的笑脸，听不到他的好语，每天扑面而来的只有没有结果的争吵、无穷无尽的诋毁。从那时起，想和他离婚的念头越来越强烈，我开始找律师咨询离婚相关事宜，为可能发生的一切最坏结果做准备。

矛盾在他一次醉酒后彻底爆发。那天他喝酒喝到凌晨 1 点多回家，在外敲门没有得到我的回应，给我打电话也没有接通，当天晚上他没有能够进入家门。

我并非故意不让他进门，那天我玩手机玩到很晚，太累睡着了，睡觉时还关上了卧室的门，完全没有听到客厅门铃响的声音。加上那天晚上我在单位加班开会，手机调成了无振动的静音，回家后忘记调回正常模式，因此他打的电话我一个也没接到。更巧合的是，那天晚上婆婆带着孩子去她家住下了，只有我一个人在家。

就因为那晚我没能给他开门，他整个人暴怒。第二天下班后，我在小区门口碰见了他，他一见到我就破口大骂，各种脏话喷涌而出，质问我为什么不给他开门，他认定我肯定是趁家中没人时和别人偷情，在他敲门时家里还藏了一个男人，所以我才不会给他开门。

他说之前的感情经历中有一段被戴绿帽子的经历，据他描述，他的女朋友和他最好的朋友好上了，周围人都知道，只有他是最后发现的。他说这段经历给他留下了心理阴影，让他患上了"被绿妄想症"。在我和他交往、婚后，无论我去到哪里，他都必须知道我的行程、和谁在一起、吃的什么饭等细节，但即使告诉了他，他也会疑神疑鬼，怀疑我说的是不是真的，随时打视频过来查看。

他在大街上骂我和别人"偷情"时，来来往往的行人很多，婆婆和孩子也在一旁，他完全不顾忌这些。我不想在大街上和他争执让别人看笑话，不理他往家里走，他一路追着我骂到家里，到了家中，我反驳了他几句，他骂得更厉害了。我看和他沟通无效，便躲到卧室里反锁上了门。

第二天下班后我回到家，发现我卧室的门锁被卸掉了。我愤怒地问婆婆，这是谁弄的！婆婆还在给他打掩护，说是锁坏了他为了修锁卸下来的。可家里一共三个卧室，只有我卧室门上的锁

最好朝南　115

被卸掉了。这扇门，我再也关不上了。

这段婚姻里我最后的退路，也没有了。

冷战了一段时间后，他主动来和我认错，想让我跟他说话。他从客厅追到厨房，我还是不理他。在厨房里，我拨开他的手想往外走，他就忽然爆发了。

在冰箱前面，他两只手掐住我的脖子，把我整个人提了起来。我们有三十四厘米的身高差，我双脚悬空，感觉他两个手掌在不断并拢、并拢，我喘不过气，蹬不到地，那一瞬间我感觉自己马上就要窒息。孩子还在客厅里玩耍，他还不到两岁，对发生的一切浑然不知。意识到自己很可能死在这里，我拼命挣扎，他终于把我放下。

可他的怒气并没有消退，又开始对我破口大骂，意思是他都放下尊严来主动找我了，我居然不理他，完全是给脸不要脸。我还没有从刚才的恐惧中脱离出来，整个人都在发抖，残存的理智让我质问："刚才你是不是对我家暴了？我要报警。"他非常嚣张，说："是啊，那又怎样，报就报吧！"他了解我平时都是对家人报喜不报忧，料定我不会把事情闹大。

我颤颤巍巍地走到另外一个还有门锁的房间，把门反锁上，报了警，给我家人打了电话。在等着他们来的那段时间里，我害怕极了，因为我知道他已经失控了，不知道暴怒下的他还会对我做什么。

平时他就对我有或大或小使用暴力的行为。我们打闹时，他会把我的胳膊拧青、把我的大腿掐紫一小块，一点小事让我认错会把我压在床上,用手轻轻扇我耳光,一边扇一边问:"说,你错了吗?"由于都没有造成大伤,刚开始我以为是他在和我玩闹不小心下重了手,后来我们感情转淡后,我越发觉得这些行为很不正常。有一天我偶然听他们家亲戚说起,他爸爸年轻时经常打骂他妈妈,打完他妈妈后还会跑到他舅舅家耀武扬威说:"我把你姐打了。"

我听得后背发凉,很可能有一天暴力也会降临到我头上。于是在前期做律师咨询时,我也了解了关于家暴的内容,律师说发生家暴时,一定要第一时间报警,警察的出警记录就可以作为证据。另外,我购买了一个伪装成手表的小型摄像机,天天戴在身上,想万一发生暴力事件可以录下视频来作为证据。

但那天一切发生得太快,我都没来得及按下手表上的启动键。

十几分钟左右,警察到了,他们到现场后做了简单询问,看我身上没有明显外伤,就着急想走,说还有另外的案子要处理。幸好这时我的家人赶到了,我松了一口气。警察走后,妈妈开始与前夫对质,为我争理。前夫非但没有低头,还和我妈妈争吵起来。妈妈质问他:为何整夜在外喝酒不回家?结婚这几年整天挣的钱都去哪了?为什么会欠下这么多债务?他说:"这得问你女儿,这些欠债是从我和她谈恋爱时就有的,都是为她花费的。"我在一旁目瞪口呆。

直到我哥哥听不下去了,大声呵斥住了他。哥哥把经常和他一起出去厮混的那个朋友的电话要了过来,给他打电话问他们俩平时晚上不回家都是去哪了,要去调监控,他才没有了嚣张的气焰,像是被抓住了把柄,整个人彻底慌了,在沙发上坐立不安。

当天晚上，家人非常气愤，带着我和孩子回了娘家。我以为自己终于找到了救命稻草，从那个狼窝里逃出来了，万万没想到，艰难的斗争才刚刚开始。

家里人对我们之前的矛盾知之甚少，他们的思想观念都比较传统，认为结婚是人生必须要完成的任务，只要结婚了无论过得多么痛苦都必须忍受对方。在他们眼里，出轨、家暴这些都不算什么，我的感受更是微不足道。比起在婚姻里煎熬，他们觉得离婚更无法接受，这意味没有了看上去美满的家庭。

大家你一言我一语，巨大的舆论压力让原本支持我的父母、姐姐沉默了。他们建议如果前夫第二天过来接我，就让我跟他回家去。我的心一下子沉到了谷底，我以为家人是我最后的救命稻草，没想到他们拉了我上来，又把我推了出去。

第二天，前夫和婆婆来我家赔礼道歉。

公公婆婆完全向着他们的儿子，我的家人把我拉到另一个房间里，问我想怎么办。我说我不想跟他回去，我看透了这个人，想跟他离婚。家里人开始指责我，曾经保护过我的哥哥大声训斥了我，一家人在逼我，我靠着墙壁退无可退，哭到几乎晕厥，一边哭一边喊："我真的真的不想跟他回去……"

这时，姐姐进来了，她说："你这是要把咱爸逼死吗？"在这件事发生之前，我爸爸就出现了疑似脑梗的症状，他自己形容会突然有一瞬间丧失意识，经常头痛，等等。我和他闹翻后，父亲因担忧我而症状愈发严重，但死活不肯去医院检查，不相信自己得了大病，也怕住院会限制他的自由，就这样一直在家拖着。姐姐说:"父亲最爱面子,你想离婚的事他一时无法接受,他这个病,越想不开越严重。"

姐姐的话让我无力反驳,我不能如此自私自利,置父亲安危于不顾。当天晚上,我跟着他回去了。回去的路上,我眼泪都流干了,心如死灰。

至此,我忽然明白了,没有任何人能救得了我,只有我自己。我下定决心,一定要和他离婚,只有靠我自己,我才能离成婚。

之前我就反复衡量过很多次,如果我走正常离婚程序,直接跟他提出离婚,他是绝对不会答应的。以他各方面的条件,想再找和我差不多的,基本不可能。另外有孩子在这里,他父母肯定会给他施加压力,不让他和我离婚。即使他当时答应了我,那么还得等待一个月的离婚冷静期,在这期间,又会发生什么变数?这场离婚战,我一定要速战速决,在他还没反应过来之前,把婚离完。根据前期咨询律师的结果,我决定通过诉讼离婚。

如果按照诉讼离婚的程序,首先由律师在网上提交立案申请,等待法院审核。法院审核通过后,会先通知双方进行庭前调解,如果能在这一阶段达成一致,签署好同意离婚的民事调解书,明确财产、小孩抚养权、债务划分归属等事项,并加盖法院公章,离婚即刻生效,盖了章的民事调解书等同于离婚证。如果在此阶段不能顺利调解,双方达不成一致,或者有人缺席不出场,案件则进入诉讼阶段。进入诉讼阶段后,第一次法院一般都会判不离,如果离不成,需要六个月后再次提起诉讼,一般第二次判离的可能性就比较大了。

律师分析了我的情况后指出，我这个案件唯一的争论点在于孩子。他们家重男轻女思想十分严重，我的儿子又是他们三代单传的唯一男孩，他们家一定不会把孩子给我。律师认为只要我愿意放弃孩子的抚养权，离婚应该比较容易，建议我在庭前调解阶段就和他达成一致，这是最快的离婚方式。

决定放弃孩子抚养权前，我给自己做了很长时间的心理建设。刚开始我完全没法说服自己，良心上过不去，感觉自己像是抛弃了孩子，担心他的成长，又担心对方会把孩子藏起来不让我见。后来一个朋友对我说了这样一番话："你看看你，再这样下去你自己都快活不下去了，你得先把你自己拯救出来。你开心了，你的孩子才会开心，你有能力了，你的孩子才会过得更好。"她的话点醒了我。

当天我就和律师签订了协议，律师帮我提交了立案申请。在此期间，我告诉了妈妈和姐姐，我决定和他离婚，并已经提交了离婚诉讼。妈妈、姐姐又轮番劝了我几轮，但我明确表示，自己的态度不可能转变，法院将马上进行调解程序。在此之前，以防万一，必须让我爸爸去住院。家人终于成功动员爸爸去住院，他住到医院后我就放心了，开始加快其他工作为离婚做准备。

我分了好多次把我的重要证件、衣物、被褥等行李悄悄运了出来，只留了一小部分在家中充数，让他看不出来我搬了东西。我在外面租好了一个房子，为以后搬出去住做打算。把一切准备好后，我通知律师，让她和法院的人说好，第二天给前夫打电话通知庭前调解。

直到那时，前夫还并不知道我已经提交了离婚诉讼。我掐好时间点，在法院打电话前夜和他摊牌，告诉他已经提交了诉讼，第二天法院会打电话联系他。

摊牌时的沟通方式十分重要。我先告诉他自己确实是和他过不下去了，在和他的婚姻里我过得十分痛苦，已有抑郁倾向。再次，我跟他说我仔细思考了我们两个的关系，没有谁对谁错，只是各自的三观不合，对事物的看法不一致，所以不合适。然后我跟他摊牌我已提交离婚诉讼，并暗示我之所以敢提交诉讼是因为手上有充足的证据，我的证据足够支撑我们离婚并会导致他处于十分被动的位置，如果进入诉讼阶段对他来说并没有什么好处。最后我跟他说，我还是希望好聚好散，不要走到对簿公堂那一刻，孩子可以给他，我也不要其他任何家产或赔偿，我只有这个要求：只求他放我走以及日后可以让我见孩子。

我俩谈话时是凌晨3点。我没有留给他太多反应时间，白天他上班后我马上从那个家里搬出去了。虽然租好了房子，但我担心他会前来纠缠，暴露住处日后会更加麻烦，所以我先到另外一个地方住了一段时间。我出来时没有带孩子，那几天也没有去看孩子，我知道一旦去看孩子他们家必定会拿孩子说事，因此忍了下来。

我搬出去后几天，他给我发微信说愿意离婚，但希望不是走法院程序，而是走民政局的手续。从民政局走会有三十天的冷静期，我拒绝了他，坚持走法院程序。同时我赶紧让律师和法院联系，将我们的调解时间尽可能提前，我非常害怕他会反悔。

和他摊牌一个星期后，我们到了庭前调解的现场。在调解员和书记员的见证下，我们共同起草了一份离婚协议，对财产处置、孩子抚养权、债务纠纷归属等问题一一进行了说明。他的婚前财产归他所有，孩子抚养权归他，我只拿走我父母给我买的那辆车，他的债务由他自己承担。庭前调解书盖上法院的印章后，离婚即刻生效了。

一切超乎预料地顺利，我以为会很难的离婚斗争在十几分钟内就简单结束了。

现在我每隔两天左右就会把孩子接出来玩，他一看到我笑，也会开心地笑。爸爸的两次手术都很顺利，身体恢复得很好，我告诉了他我已经离婚的事情，他的表现还算淡定，我最担心他听到消息后会情绪激动犯病，但没有发生，大概是已经做好了心理准备。

离婚后，还是会有人看着我唉声叹气，觉得离了婚的女人一定不会好过的。妈妈，好像又愁多了一些白头发。其实我很想问问他们，你们在婚姻中就一直幸福吗？你们不会有觉得难以忍受、过不下去的时候吗？你们难道不觉得，我现在过的就是你们向往却不敢的生活吗？

我的生活有了更多自主权，钱不用再大幅用于家庭支出，有更多的精力可以放在自己身上，我想做什么就做什么。我报了爵士舞班、游泳班，以前自己想学的东西慢慢拾起来了，充实自己的感觉真好。

记得在怀孕待产时，我买了一个新的行李箱，当时想着生孩子去医院时可以用它来装住院物品，生完娃后，可以拉着它去继续我喜欢的旅行。大学时，我特别喜欢穷游，跑去了好多地方。

前夫知道我喜欢旅行，但婚后他从来没有和我外出旅行过，还在我想自己出去时和我家人告状拦住了我，于是这个行李箱一直放在家里的储藏室里落满了灰尘，我一次也没有用到过它。

从家中搬走时，我带走了这个箱子。现在我带着它，想去哪里就去哪里，再也不用等待别人的批准和看他人的脸色。

作者后记：

现在距离我离婚已经过去了一年多了。一个傍晚我躲在一个没有开灯的房间里，打开这些文字，把它们又重新看了一遍。即使过去了这么久，我还是觉得心痛，又被拉回到那些不好的回忆中，像被人揪住狠狠揍了一拳，连呼吸都变得很困难。我抬起头望了一眼亮着灯的客厅，轻轻喊了一声在那里吃饭的妹妹，说："我觉得好难过啊。"不知不觉眼泪就顺着脸颊流下来了，黑暗里，我放任自己的情绪流淌。十几分钟后，我慢慢平静下来，关上电脑，走出房间，回到了亮堂堂的客厅，开始和妹妹一起吃那天的晚餐。

就在几个月前，这种场景对我来说还是不可想象的，因为我不允许自己沉浸在任何和这件事相关的痛苦情绪中，那时的我觉得，既然已经犯错了，也已经终结了这个错误，就应该和这些过去一刀两断。为什么我还会想起，为什么还会因此痛苦不堪，为什么我不能马上立刻从里面走出来，我会因此特别苛责自己。

这种不好的情绪一直困扰着我，直到我碰见一个有相似经历的朋友，她跟我说，她很能理解我现在的状态，我急于和过去做分割，特别着急地想让自己从不好的状态里走出来，所有人都以为我已经好了，但只有我自己知道，这段婚姻带给我的伤害一直还在，我需要很多很多的时间才能慢慢疗愈自己。

那时我忽然意识到，想把这段经历从我的生命中完完全全地抹杀掉是不可能的。

写下这些文字，是因为我特别想告诉和我有过相似经历的人，一定一定要放过自己，对自己说，无论现在的你是什么状态，都是可以的。痛苦是可以的，崩溃是可以的，你有各种情绪，都是可以的。你可以不用那么快地走出来，不用那么快地开启新生活，疗愈自己的过程很漫长，需要时间。

一个问题 08

随先生搬到陌生城市，顺势成为"家庭主妇"，是应该的吗？

文 | 不丢鱼

一直到 27 岁，我都没有买过黑色的衣服。

我从小就怕黑，讨厌一切黑色的东西：黑衣服、黑书包、黑乌鸦、黑垃圾堆、黑洞洞的蹲坑，还有写完毛笔字以后黑油油的手指头。我从来不买黑色的东西，尽量不往蹲坑里看，一沾上黑色的污渍就拼命冲洗掉，好像这样就能避开所有人间阴暗面一样。

大概七八岁的时候，有一天晚上闭眼后我突然开始胡思乱想，想到有一天我亲爱的外婆会死去，还有爷爷奶奶，然后是爸爸妈妈，姐姐和我，以及全人类、地球、太阳系、宇宙，一切都将变为尘埃，毫无重量地飘停在一望无际的空洞中，没有感知，只有窒息、黑暗。我呼吸加剧、身体紧缩。第一次被一种彻底的黑暗攫住，不敢睁眼。

次日一早醒来，阳光照进房间，日常生活嗡鸣着展开。谢天谢地，似乎没有人知道或在乎我夜里产生的古怪想法。我忽然心安下来，涌起一阵对平凡生活的感激与热爱。就这样，我继续活着，多数时候积极向上，偶尔困惑、绝望；有几次被那只黑暗之

最好朝南　125

手猛拉住脚后跟，我会用尽全力挣脱出来。

但是，27岁的某一天，我突然开始买黑衣服，大量地买，一整年穿的衣服都以黑色为主。我曾一度以为这是自己审美进化的结果——看那些高级服装设计师，清一色的黑！但是现在想回去，大抵是因为我当时内心世界的光灭了，因此不再恐惧黑暗，甚至需要黑暗，用一团黑暗来蒙住另一团黑暗。

那是2017年，我跟随老公从纽约搬到亚特兰大后的第二年。当时特朗普刚上台，我公婆家人都是他的支持者，我和老公都是他的反对者，而我自己的家人和朋友都不在身边，加上我的事业处于待定状态，我感到迷失、孤立、恐慌。

当时，大概每月一次，我会在关灯睡觉时突然抽泣，无来由地。或许是想起爸爸小时候对我的一些好，想起他的老去，我的孤独，人必死的命运；或许是想起家乡的青山绿水、灰瓦白墙，"小舟从此逝，江海寄余生"的飘零感；或许是被内疚感折磨的缘故，我会无止境地剖析过去，陷入深不可测的自我怀疑、自我谴责和自我厌恶中。

那些我自认为曾经伤害过的人、做错的事、说错的话、失去的机会……都像高清电影一样在脑海里回放，而观众只有我一个。

当我意识到记忆中的人都已经前行在各自的生活和事业轨道上，不少已经成就斐然，而我还沉浸在封闭的想象世界中不可自拔时，我感觉自己被失败电击全身、彻底摧毁了。每当我情绪崩溃时，老公就会打开灯，耐心地倾听、安慰我，告诉我他无条件地爱我、支持我，直到我鼻孔通畅、呼吸平稳，我们相拥而睡。当然，我也时常会迁怒于他。

我是为了支持老公的学术搬到美国南方的。刚开始，这里的气候和花草十分吸引我，我们又是新婚夫妻，所以我没有多想就离开了生活了四年的纽约。

近年来，由于亚特兰大气候好、生活成本低、就业机会多且日趋国际化，成为美国年轻人迁入的首选城市之一。但这依然是一个黑人白人争权夺利的重商之地。我总感觉这里的人不知道如何对待我这个搞语言艺术的中国女人。

安顿下来后，我发现自己正在被迅速边缘化。虽然我已经有了临时绿卡，还有在纽约获得的学历和实习经验，但我几乎不可能在亚特兰大找到对口的工作，所有投出去的简历都石沉大海。我的教育背景是文学和创作，之前实习的单位多是国际化非营利机构或NGO，而亚特兰大以金融、商业、医疗等行业为重。加上我初来乍到，举目无亲，我很快就开始质疑离开纽约的决定。当我发现自己在纽约辛苦建立的事业平台就这样崩坍的时候，如坠万丈深渊。

我老公的学校在中城，校园里的中国同学一般比我小好多岁，多是理工科背景。和我情况差不多的人其实也有不少，学校为此开办了一个家属班，召集因为伴侣迁来而没有固定工作的家属在一起互动交流。我参加过几次家属班的活动，放眼望去都是女性。

偶尔有一位男性出现的时候，我会走上前去动情地对他说："你能支持你妻子的事业简直太棒了！"

他有些尴尬地解释："噢不，我是来这边工作的，最近跟公司请假在家带孩子，好让我老婆专心读完研。"他想说的是，自己这种尴尬的局面只是暂时的。

最好朝南

家属班里的女性来自世界各地，大都在本国受过高等教育并有不错的工作，但为了支持丈夫的学业，漂洋过海到了这里。这种选择顺理成章、无需多加思考，因为她们是女人。由于初来乍到、语言不通，这些女性在交流时只能停留在肤浅的话题上。我们甚至玩过"我的名字叫什么"和"性格测试"这类游戏。有些妈妈带着新生宝宝来聚会，有些已经怀孕了，不少在交流厨艺，很多在学习英文。我参加过几次聚会以后就再没有露面。在我当时灰暗心境的照射下，我看到这些女性家属的世界也都黯然无光，虽有怜悯之情，但我无法忍受自己是她们中的一员这个事实，于是走为上策。我迫切地需要为自己寻找一个事业平台。

离开家属班后、找到工作前的那段日子，我的人生直线滑到谷底。有一天，我拿着一件灰白色针织衫到附近一家洗衣店干洗。一周后回去拿，发现本来已经旧得发黄的袖口竟然破了。我很生气，跟韩国老板娘理论。她用夹生的英语满不在乎地说袖口本来就是破的，帮我缝回去便是。又等了一周，我回去视察，发现掉线的部分只是被胡乱钩了几针而已，老板娘却要收我十美元。我怒不可遏，扔下钱、拿了衣服就走。我走进一家咖啡厅，点了一杯拿铁，打开苹果电脑，使出吃奶的劲在 Yelp 和谷歌上给那家洗衣店留下了主题清晰、情节跌宕的差评，揭露这家不负责任的小店如何毁了我在纽约买的一件高档针织衫，还上传了几张照片为证。

几个月后，我收到谷歌的邮件，说我的评论得到了上千人的关注，发挥了重要作用。我当时早已消气，看到邮件时脊骨发凉，惊恐万状。我这个彻头彻尾的失败者，难道我的人生价值就在于拖垮另一个少数族裔的小生意吗？要是我写的作品能吸引这么多人关注就好了。

我心惊肉跳地删除了那些差评和图片，接下来好几年都活在这一新增的自责中。至于那家洗衣店，我再也没脸去，也不知道它是否还好。

在删除差评的时候，我清醒地意识到，自己的处境已经低得不能再低了。我决心要振作起来，做一个于己于人更有用的人。

奥德修斯离家漂泊二十年，每每遇到陌生人，都会被问起："你是谁，你从哪里来？你的城邦，还有你的父母在哪里？"两千年后，我们遇到陌生人，被问的也总归是这几个问题。

自从离开校园以后，每当被人问起"你是谁？"这种问题，我就窘迫地抓耳挠腮。以前读书的时候只要说我在什么学校念书就完了。24岁研究生毕业以后，还有两年时间可以蒙混过关，说自己刚毕业，在焦头烂额地实习、找工作、办签证、等机会等。26岁结婚后，签证问题解决了，浑身的肌肉和神经都跃跃欲试想要开启职业女性的精彩人生，给父母创造一个"我的小女儿在美国婚姻美满、事业有成"的真相。可是换了一座城，就像换了一个世界。

失败给我当头一棒，把我打回原点。

这个原点究竟是什么呢？

我在17岁到27岁之间换了两个国家六座城，每到一地都算是一个起点，每读一个学校都是一段开始和完结。但是地域迁移和教育背景这些简历上的子弹头，一行一行地大致能勾勒出一个人在公共空间留下的痕迹。雇主会根据这个轨迹来判断"你有什么技能？你对我们是否有益？"等实际问题。而雇员在面试时则谨小慎微，该说什么，不该说什么，穿着、眼神、举手投足等细节早就排演过无数遍了。

这些职场语言与其说是为了帮你寻找自我，不如说是为了帮你摆脱自我，好让你无缝衔接到一种企业文化中去，目的无非是盈利或权力（营利和非营利机构不过是面子和里子的区别）。公共部门和高校或许是一个例外，但是权力爬升的游戏规则却是类似的。

但是心灵的原点呢？那个最初的想要离家、寻找意义的念头又是什么时候开始发芽的呢？这种内心隐秘的渴望是否更有助于回答"我是谁"这个问题？不幸的是，但凡涉及到心灵的话题，往往无利可图，也不涨学历和工作经验，还能让你变得离群索居。我在美国南方这几年，为了摆脱人生困境，不断思考这个问题，愈发进退两难。

我从小喜欢写作，却需要摆脱母语重新寻找自己的声音。我在异乡用外语读了写作班之后，却使尽全力也难以自食其力。我在婚后享受到了签证自由，却受到了地域限制。在极为有限的就业机会中，我在经济回报和精神回报之间又难以取舍。

我是谁？我为什么会来到这里？我接下来将要走向哪里？

2017年，我做过半年中文家教，时薪十五美元。我带过两个黑人学生，他们都在亚特兰大的摩登中产阶级家庭长大，家长意识到学习中文、参与国际化社会的重要性，对我很是敬重——这也反衬出我的中产阶级白人公婆思想多么落伍。我回圣路易斯过节的时候，会被老公的弟妹们问起这样的问题："请问你是移民吗？""请问中国有四季吗？""请问中国有萤火虫吗？"在我经历人生危机、自信心受创期间，公婆家的这些丢人事迹经常闯进我的大脑，把我搅得愈发心烦意乱。

2018年年初，我去北京做了一个月的国际艺术家驻留，混迹老外圈、艺术圈和农民工群体，写了一篇散文，开始了我的英文非虚构创作生涯。虽然没有经济回报，甚至需要自己倒贴旅费，唯有写作能够调动我所有的理智与情感和全部的人生经验，让我忘记自己、忘记时间，用文字消除边界，融入一个更大的存在。

2018年秋，我立志回纽约找工作，做好和老公异地的准备。一回纽约就撞到好机会，帮皇后区一家英文媒体写了两篇特稿，一篇关于法拉盛无证移民，一篇关于赴美生子现象。但是，一完稿，报社就倒闭了，现在还拖欠我稿费。

近年来，美国的地方报纸纷纷关门大吉，记者举步维艰，而大报日趋政治化，成为党派互撕的战场。我想过去法拉盛的小餐馆打工、继续写小人物的故事，想过去格林威治村的高档意大利餐馆当服务员、偷听上流社会的八卦，想过去威廉斯堡的一家社区书店做兼职搬书工、认识一些稀奇古怪的人。我渴望"融入生活"，融入那种能够让我忘记死亡阴影的平凡生活。

写作班里的学院派气息及其精心铺设的一条狭窄的成功之路——通过社交、申奖、政治把脉，打着艺术家打破常规的旗号、谨小慎微地遵守权力爬升的游戏规则——令我失望透顶。（我承认，这种失望难免有吃不到葡萄说葡萄酸之嫌。）我喜欢在油腻肮脏的街道上观察行色匆匆的人群，在充斥着鱼腥味的潮湿菜场挑三拣四、回味童年，在与满嘴口音的普通人交谈中捕捉不经意的、最接近大地的美。

没想到千回百转，我最后在亚特兰大找到了一份半职工作，帮艺术史系的一个教授组织爱琴海北岸的一个考古项目——考古学家粗糙的双手不仅接近大地，还伸入大地！

过去两年来，我作为项目协调员帮来自欧美十几个国家的二十几个考古学家制定暑期考察行程、管理财务、撰写报告、编辑论文，学到了很多在我经验之外的知识和技能，特别是制定跨国行程的技能。虽然我从未去过欧洲，但是我通过 bookings.com 等网站已经对黑海沿岸各国古墓葬边的路况和旅馆了如指掌了。我和老板开玩笑，说咱们俩应该联手成立一家国际旅行社，准能发大财。

当幽默感复苏的时候，我知道自己的人生正在好转。

从 2018 年年底开始，我的日子像抹了油的三轮车一样往前滚：翻译、上班、写作。早在纽约时，我就和两位朋友成立了一家翻译公司，近年来一直有翻译项目忙活，还因此结交了不少五湖四海的朋友。当父母问起我的人生计划，也就是生娃计划时，我就用忙不完的翻译和大学里的工作搪塞过去。

灵感突发时，我会继续英文创作。今年夏天，我斗胆找到亚特兰大主流英文媒体的一位编辑，抱怨本地新闻报道太过黑白分明，鲜有华人身影，毛遂自荐让我来写一篇关于中国移民的报道。没想到引起了这位非裔编辑的浓厚兴趣，她说："我完全同意你的说法，我们的确倾向报导白人和黑人的议题。最近编辑部刚开会讨论这事呢！我们应该容纳更多元的声音、关照不同种族的移民社区，现在正是需要你的时候。"

就这样，我为自己争取到一个机会，撰写了一篇有关本地中国城的报道，使出吃奶的劲帮受疫情影响的华人商家招徕生意，结果皆大欢喜。报道出来后，非裔编辑给我打电话，说主编看了我的文章，十分认可。这位女主编说："我们需要更多这样的故事。"

非裔编辑还说："我一直记得你提的意见，说亚特兰大过于黑白分明。现在我考虑选题的时候，会提醒其他撰稿人你说的这句话。"

我非常欣慰，也终于体会到，郁闷是改变的开始，抱怨是民主机器的润滑油。难怪美国人成天扯着嗓子跟一个假想敌争得面红耳赤，原来他们早就深谙此道了。

虽然我在不断"发现自我"，但是不知为何，每当被人问起身份，我依然要犹豫，心虚地应付过去。根据提问对象，应付方式有很多种。对同龄人我会说我做翻译、写文章，对方一般会马上对我失去兴趣。对长者我会说我在大学里上班，对方会"噢"一声，默默把我归类为在一个舒适体制内有份体面工作的年轻女人，这让我心安，又有点难堪。

偶尔，我会狂做一番，说我是作家，在写一本书，自己有一个翻译公司，帮世界各地的美术馆和国际机构做翻译，还在组织一个古希腊考古项目，把对方吓得拔腿就想跑。

最近，在老公外公的葬礼上，二舅舅问我目前在做什么。我仰天长啸："哎，我也不晓得，做做这个，做做那个，我一直在犯

最好朝南　133

自我认同危机。"没想到这位大律师舅舅回答说自己也有同感,把在场的两个儿子都听呆了。我发现这个回答最管用,最能拉近不同人之间的距离。

事业忙碌起来以后,我信心倍增,穿着和妆容都明亮起来,晚上不哭也不瞎想了,对老公温和了许多,公婆家的事也很少占据我的大脑空间了。我开始摆脱世俗的枷锁,在文字的世界里畅游。我感觉自己一步一步终于爬出了深渊,第一次看到了宽阔的地平线。今年,我发现地里开始冒出一个喜人的小土包,我兴奋地为它浇水、施肥,盼着它长成一棵大树。

平台固然很重要,特别是在起步阶段。但是越到后来,自己越需要成为自己的后台。我今天可以有一份工作,但我如果明天失去了这份工作(比如在疫情期间),我知道这绝不是我事业的终点。攀着节节枝桠,我似乎寻找到了自己生来要成为的那棵树,这个"我"扎下根,调整好姿态,剩下的,就是放手,任其生长。这或许是我在离开纽约以后获赠的最宝贵的精神自由。甚至我常挂在嘴边说的"等我回纽约以后"这个念头都不能再束缚我了,因为纽约或许是我的出发点,但只有"我"才是我的目的地。明年,老公就要博士毕业了,接下来无论我们选择去哪里,我都有信心不会再让自己丢失了。

疫情暴发前的最后一次聚会是 2020 年 2 月 20 日,我在纽约举办生日派对。我约了三十来个朋友,在一家中餐馆吃了一顿家常菜。老公提前去一家中国人开的零售店买红气球,吹大了扎成好几束塞进 Uber XL 里运到餐厅,把我们的角落照亮。他还用微薄的博士生薪水为我预订了两个 Lady M 抹茶千层蛋糕。吹蜡烛许愿的时候,我什么都想不起来,光顾着笑。三十岁了,我可以说是一无所有,也可以说是无所不有。

我只记得那晚,在朋友的陪伴中,在美食、小酒、玫瑰、气球和笑声的围绕中,我的内心是充盈的、没有一丝惧怕。这种变化在简历和银行账户中都看不出来,在社交媒体上也难以传达,只有我自己知道我是多么需要、依赖它。

深夜,餐馆打烊后,我和老公以及三五个女友拉着红气球,顶着深冬的狂风,一路欢笑着走到哈德逊河边。老公拿出相机,数一、二、三,我们就笑着跳着放手让气球全都飘走了。

几个红气球在曼哈顿上空打着旋儿升腾,飘过星星点点的窗口,很快就在夜空中消失不见了。

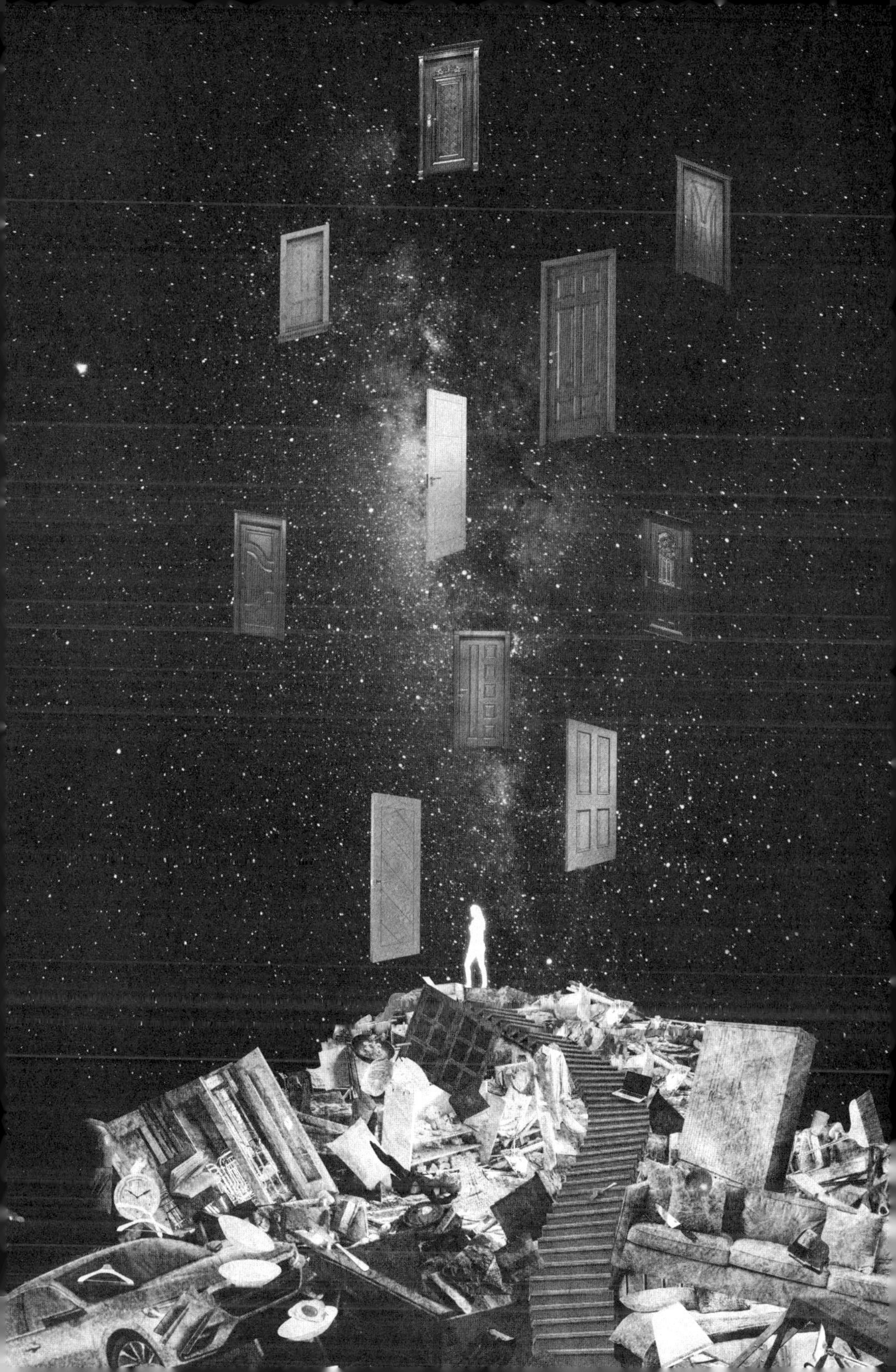

一个问题 09

在婚姻之中,还有可能回到"单身"状态吗?

文 | 密斯赵

30 岁那年,我有了一个重做黄金单身女郎的机会。

前一年夏天,先生找到了教职,新婚一年的我们即将从纽约搬去中西部某风光无限的小镇。先生担心我没有心理准备,提前给我展示了小镇的图片,看着如《西部世界》场景般的巍峨大山,我当时就蒙了。只在北京、香港、纽约生活过的身为"大城市病"重度患者的我,完全无法想象自己在小镇的生活。旅行?可以。生活?那里有什么?朋友听说了,也都笑言,我是他们心目中最不可能离开纽约的人。彻底离开纽约前,我们回国见了我爸妈。临上飞机,看到爸妈的背影,自 18 岁就离家的我第一次在分别时崩溃大哭。后来我俩都觉得,倒不是我终于长大了恋家了,是想到要搬去乡下,对未知恐惧。

我们很快选定了一个两居室,从学生变成教授,我俩对"adulting"("成为大人",指以成年人的方式行事,承担成年人的责任)的过程都很兴奋,第一次置办了非宜家的家具——床板、书桌、餐桌、茶几、地毯、床头柜……每一样都花了心思,有的定做,有的是中古风,有的是在"跳蚤市场"淘到的宝。然后是装饰——花瓶、日历、钥匙盘、桌垫、时钟……整套布置下来，就从夏天过到了感恩节。这是我们第一个有精力也有能力打造的家。

我甚至马上找到了一份工作。我拿出自办理后就在家积灰的驾照，在先生一个星期的陪练后，上了高速，开车二十分钟，去公司集中的隔壁镇上班。周末，我们去农夫市集、去公园爬山、去小溪戏水。纽约来玩的朋友，说这里让她想起《请以你的名字呼唤我》。

我们也结识了一些朋友，主要是先生的同事。乡下纯朴，系主任和其他前辈会邀请新教员和太太去家里派对。和纽约不同，这里的派对六点开始十点结束，说 Potluck（美国的一种聚会方式，指客人各自带一道菜肴分享的聚会）的时候，没有人只带一瓶红酒或者芝士拼盘，他们带的是自烤披萨、自制咖喱、芝麻菜鹰嘴豆泥沙拉、砂锅龙虾粥。和我有小小代沟的先生是最年轻的教员，大部分教授都不在我的年龄组，他们的小孩被爸爸们抱在怀里或者满地爬，妈妈们则忙着谈起即将完成的著作或是暑假的特邀计划。

小镇很美，也很白，近九成人口是白人。在那里，我第一次见到了白人邮递员、白人外卖员和白人修理工（在纽约，这些职业大多由少数族裔担任）。他们大多彬彬有礼，见面寒暄十分钟起跳，令习惯了大城市"没人在乎你"的我反倒浑身难受。他们问你周末要做什么的时候，是等待真实的回答——去哪里玩？玩什么？和谁去？

我也第一次在走进某些餐厅、酒吧的时候感到自己的格格不入不受欢迎——那是一种氛围，没有人说什么，但你一定感受得到。有 Uber（优步）司机和我们说"布鲁克林那帮肮脏的'嬉皮士'"，有人夸奖在美国长大的先生"你的英文说得真不错"，走到哪儿都一定有人提出那个纽约人不会问的问题："那么你是从哪来的呢？我是说，原本……"和纽约的朋友说起，他们说，恭喜你，理解了我们 ABC 的成长经历。

第二年春，热爱运动的先生稍微适应了小镇生活，而我，在度过了无数个一模一样的工作日和百无聊赖的周末之后，在无数次抱怨他把我拖到这个没有文化生活没有多样性没有朋友甚至没有什么东亚人的小镇后，我终于跟先生提出申请在纽约的工作。没想到他说自己早预想到了。

"你怎么知道？"

"因为你就是这样的人啊。对哪里的生活不满意，就会想要逃跑。"

"你什么时候知道的？"

"结婚的时候就知道。"

"那你还和我结婚？"

"没办法啊。"他抱了抱我。

在先生的支持下，我踏上了重回"单身"之路。

我到现在还记得拿到工作录用通知那天。我的兴奋一定吓了 HR 一大跳，我能想象得到他在电话那头纽约中城冷冰冰的样子。"嗯……OK，我可以和你核对细节了吗？"那时我才想到，我一定是被中西部人民影响，完全忘记了我们大城市人的冷漠和高效！

我爸妈听到这个消息，立马表示强烈反对。我爸直言不讳说我疯了："你几岁了还老长不大，什么年纪的人就该干什么年纪的事！"我妈委婉，问我先生怎么看。公婆毕竟不是亲爹妈，比较客气。公公跟我先生说，夫妻还是在一起比较好，他们结婚四十三年，除了出差，从没两地分居过。公公又疑惑，说我这么爱撒娇，走的时候不会哭吗？先生回答："相信我，她一定会哭的。"公公对我既难过又坚持要走很不解。

就这样，我哭哭啼啼地重回纽约，说好先去一年。

纽约真好！就像是一阵子没有性生活，你已经忘记了它可以有多好，等到下一次结束，你带着忍不住的笑意对自己说："啊，原来这么好！"

回纽约第一天，我约了三个在 Craigslist（美国分类广告网站）上找到的潜在室友看房。她们的公寓在十条街以内，都是老房子，高顶、明亮、有独特设计的大厅和门窗。和上一次初到纽约不同，在美国五年的我已经配上"文化滤镜"，可以通过现象看出本质。

比如，第一个女生，35岁左右，热爱瑜伽和有机食品。她语调过分欢快，讲到职业时又语焉不详。她的厨房很漂亮，有各种田园风格的厨具和餐具。这是个挺典型的纽约女生，被一切最新潮流吸引，但她的品位"basic（俚语，指本来无趣、随大流却自视甚高）"，有迷失在大城市的迹象，她的过分欢快更暗示着情绪的不稳定。PASS（过）。

第三个女生金发碧眼，典型的盎格鲁-撒克逊新教徒长相，和她的见面是一场面试。

"我可以给你喝什么吗？咖啡还是水？"她礼貌招待，安排我在沙发入座，自己坐在高我半阶的木椅上，"现在，介绍一下你自己吧。"

我于是摆出面试时的标准微笑和美式态度。

"听起来很不错，你知道，我和另一个室友，我们都不是二十出头的傻女孩了。我跟你简单介绍一下吧，我现在在读医学院，在家的时间不长，所以你会拥有很多自己的空间；我的室友是个理科生，在 Google 工作。"她暂停片刻，似乎在等待什么。

我马上接话："听起来很棒。"

"我想把丑话说在前面，我们不是不喜欢朋友，我们会办聚会，但是我们都要求室友尊重彼此的空间。之前那个女孩，她的父母整天从外州来看她，三个人住在我们这里，短期是可以的，但长期可不行。"

我点头附和。

"我们要确保住进来的女生和我们脾气相投，你明白吗？我们不想要那种互不理睬的室友关系。"她一边说一边展示着手上的钻石戒指和卡地亚手环。

面试半小时后，她似乎还算满意："好了，我很喜欢你，不过我也要尊重我的室友，你什么时候还有时间可以过来见她呢？"

她送我出门的时候，我忍不住问她是不是入学姐妹会的成员，她骄傲地点了点头。

第二个女孩，我后来的室友，和我一见如故。有时候你不得不为人与人之间莫名的缘分惊叹。她来自费城，体型比我大两个码，大学后决定来纽约闯荡。我们的背景没有一点相似之处，但

最好朝南　143

我们都讨厌"名媛风格"的女生,都喜欢城里的老房子而不是城外的"豪华"公寓,我们听同样的独立乐队,我们对彼此的社会参与鼓励支持。虽然这是我见过的房子中条件相对不好的一个,我当下几乎就准备签约了。她看我一脸纠结,拍拍我的肩膀说:"别这么大压力,你先想想,我等你到明天。"

那晚,我怀着轻松的心情去下城参加派对,见到了我的编辑和他时尚界的男友,认识了一个写奇幻文学的朋友,最后和赶去捧场的、在百老汇剧场工作的学妹吃了晚餐。打车回借住的朋友家时,车窗掠过许许多多和我打扮相似的女生,那些和我有着同一款姿态的她们,给我强烈的归属感。

一年了,纽约好像从未改变。有着不同追求的年轻男女们,离开自己的州和国家,带着欲望来到这里,消耗这座城市提供的一切,也被这座城市消耗。这里有你能想象到的最好的东西、最先锋的思想、最蓬勃的文化,世界触手可及,而你在一切的中心。

我所习惯的生活——即使它并不一定好过其他种,在我回纽约的第一天,一下子都回来了。

一个星期后,新工作开始。

公司是我的理想公司,同事是行业里最优秀的人才,我接触到的都是世界上最棒的作品。和我之前的工作不同,这也是一家拥有几百年历史的很"白"的跨国企业,"白"到我整个部门,有一半员工的名字都是美国版"李红""王芳""张小强"。

我进公司正值年度忙季,所有通常需要一个月做完的培训,要在两个星期内完成,每一天都压力巨大。和同事们谈起我的感受,他们都说,"懂""一样的""都是这样过来的"。我听了安心一点。但还是有一次,下班之后打电话给先生,说着说着突然大哭起来。身为一个"别人家的孩子",我从来没有感受过这么强烈的"不够优秀"。虽然同事们都算亲切,但因为背景文化的不同,一种淡淡的隔阂总是横在我们中间,而每天下班以后,回到"家"里,一个人点外卖、吃饭、看电视、重新住进一切从简的小屋,我忍不住问自己,这一切是为了什么?

我想起在小镇时,每天下班后和先生大聊当天八卦的时刻。小镇那份工作,比起我现在的要无聊得多,但我记得他对每件小事的打趣,我们笑着讨论哪个人物值得进入彼此的写作。工作中遇到的人和事,成为故事,丰富了我们两个人的经历,又让我们的联系更加紧密。

在这间公司,我也第一次直面自己的"普通"。艺术管理这个行业比较小众,大部分人听到,都会有一些幻想。你总会觉得,做这行的女孩子和别人有一些不同,身边有那么一圈彩色泡泡。但来到这里,部门的每一个女孩,毫不夸张地说,都是我的翻版。我们都来自优秀的大学;大部分拥有更好学校的硕士学位(其中一个学位是艺术史或是其他相近的文科学位,另一个则是经济或者商科);我们都有在其他画廊或者艺术机构的工作经验;我们都有自己的风格和"品位",每一个人的工位前都装饰着插画、花朵、来自东欧或是设计师制作的手工咖啡杯。那些平时把我和我的朋友区分开来的东西,在这里是那么趋同无聊。

我重新审视这间从小向往的理想公司,在我二十几岁时,它也许是我的终极目标,符合了我浪漫或者说虚荣的向往。但现在呢？我还需要一间大公司的光鲜名声吗？我是不是在得到这个岗位时就已经失去了对它的兴趣？它对我现阶段的生活带来的到底是好是坏？它值不值得让我离开先生、离开我们共同建立的生活？

两个月后，我习惯了新工作，开始五天上班、周末宅家的规律生活。上一次在纽约时的朋友，许多都离开纽约了，有的回国、有的成家。和我同龄的朋友，大多走进了人生新阶段。朋友，已经不再占有他们工作之外大块的时间。但慢慢地，我也交到了一些新朋友，纽约最不缺的就是我这样的女生。我们一起去美术馆、逛特色店、吃网红餐厅、参加讲座。

我和室友也越来越亲近，我们给家里买花、开红酒聊到醉、怂恿对方请病假翘班、聊楼里猥琐的邻居和公司的八卦。我甚至听到她言之凿凿地对朋友说："冬天要喝热水，对胃好。"

在逃离小镇前，我和先生约定，每月至少见面一次。我们一直遵守。小镇到纽约要搭四个小时的飞机，但他一直利用所有可以到东岸出差的短暂机会，和我相聚，几乎把所有周末都搭在了飞机上。我也回去过几次，每次分别都泪眼婆娑。我甚至能感受到自己的枯萎，虽然这么说似乎矫情了一点。

我十八岁离家，爸妈一直记得，我和他们道别的时候雀跃地冲进人群，头也没回。自此之后，我一直自诩是独立的都市青年，只身在别的城市生活，我享受自立的兴奋和没有羁绊的自由。离开纽约之前，我有很长一段时间想不通自己为什么要"为了先生"搬去小镇，最终我说服自己，我不是"为了他"，而是"为了我们"。朋友问我，这两者除了后者是个更好的心理安慰之外，有什么不同。现在我重回纽约，"独身"思考"共同建立"的意思。结婚之前，我独立、自我，从没有想过以两个人为单位做任何事情，婚姻于我非常遥远。婚后两年，我"顺从自己的内心"，离开先生、回到纽约，然而似乎只有离开了，才让我把"在一起"这件事看得更清楚。

我不再是单身了，我想要的，是我们共同的生活。

半年后，我和先生决定，不管他能否找到东岸的教职，一年后我们一定要回到一起。第二年春节过后，他收到了好消息。

这对正在"终身教授轨道"上的他来说，既是努力的结果，也是幸运。由于他的工作性质，职位少得可怜，再加上地理位置、学校水平等，每年开放可供他申请的职位凤毛麟角。何况，这意味着他要放弃前两年的积累，在另一所大学重新开始。先生原本也担心系主任介意，没想到辞别时，一贯严肃的他十分理解地对先生说了自己年轻时和太太（也是教授）异地的经历，他说："我当时觉得，所有不和她一起的时间都是虚度。"

我们异地这一年来，作为双鱼座爱哭鬼的我，不知道掉了多少眼泪，发了多少次脾气。直到先生的教职尘埃落定，他才第一次问我，有没有想过，他每天在家里面对我们一起买的摆设、一起布置的家、那张巨大的双人床时是什么心情。先生是我遇过最不情绪化的人，连发脾气都很少见，但我想到留下来的他和任性走掉的我，想到他对我的支持，我才意识到他这大半年，也许比我更辛苦。

先生博士毕业前，我为可预见的自己因为他的工作性质而不得不做出的"牺牲"不平，他每次都说，不一定每次都是我妥

最好朝南　147

协，我可以追寻他，他也可以追寻我。我当时并不相信，但经过这次，我开始信了。

去年 6 月，我和室友道别，搬出在上西区的老房子。她搬回费城了——她希望在 30 岁前结婚安顿，可纽约的生活似乎和她的人生理想背道而驰。我和先生一起，在纽约对岸租了房子。对爱纽约的我俩来说，这都是一个新的变化。我们不喜欢这里中产郊区的品位、缺乏文化多样性的氛围，但这里也给我们提供了许多新的生活的可能。我们一起学习、继续着"成为大人"的脚步。

转眼就是 2020 年，疫情来袭。据报道，许多独自生活的男女都出现了不同程度的情绪问题，公司也专门为此提供了培训。我和先生不约而同想到了我们前一年的处境：如果他没有找到东海岸的工作，如果我们依然分居两地、不能见面、不能感受到对方……我难以想象。

自结婚以来，总有朋友问我，结婚有什么感觉？和谈恋爱有什么不同？我每每语塞。如今回想这短暂的一年，我想起结婚一周年时，先生送给我的一幅挂毯作品的复制印刷画。画中有一只洁白美丽的独角兽，被系在树上。作品介绍是这样写的："独角兽的绳索松系、圈舍低矮，只需轻轻一跃，独角兽就可以轻松逃走。但很明显，他乐于被束缚在此（his confinement is a happy one）。"

一个问题 *10*

一个母亲说不爱自己的孩子,是被允许的吗?

文 | 鲨鲨

"不如,你提早回去上班好了。我看你在家里待着难受。"小柚子出生三个月后的一天,我面无表情地窝在沙发上刷微信,妈妈说,"但我还是希望你明白家庭的重要性。我年轻的时候为了有更多时间在家陪你,很多升职加薪的机会我就没有去拼,但现在回头想想,还是觉得很值得。"

"我就是后悔生他了。"我一个不留神,话就溜出了嘴边。

爸妈震怒的程度我从未见过。

"打自己两耳光,把你说的话收回去!"二十多年来,我从没见过爸爸这样斥责我。妈妈也气得满脸涨红:"以后再也不许说这种话了!"

"我不收回去!我就是没有母爱!我不配当妈妈!我不该把他生下来!我后悔了!"

我哭着咆哮着,却最终成为抽噎。我终于说出我真实的感受,却又不知道今后要怎样面对,只感觉心口那个巨大的黑洞嘶嘶冒着凉气。而黑洞里,是我不敢凝望的深渊。

在过去的十几年里，我以为自己终此一生也不会有这样的纠结，因为我曾经被判定是不会有孩子的人。

作为一个十余年前就被确诊的多囊卵巢综合征患者，我的身体因为处于高雄激素环境，无法孕育出成熟的卵子。生理期一个季度也不来一次的时候，我看着别的姑娘痛经痛得脸色煞白满头冷汗，心里竟然暗暗羡慕，至少她们是正常的女人啊。

医生用口服短效避孕药和控制血糖的药物帮助我调节激素水平，但只要一停药，我的激素很快又陷入了异常。有几次我一觉醒来发现生理期自动来了狂喜不已，一轮检查之后医生却说，虽然出血了，并没有有效的排卵。

反反复复数年之后，某位专家告诉我：不如等你想要孩子的时候再来，我们采取一些手段来帮助你怀孕就好了，但自然怀孕是基本不可能的。

这个病的专家几乎都在不孕不育门诊，我无数次坐在人声鼎沸的走廊里等护士叫号，目睹过好几个成功生了孩子的家庭扶老携幼到医院来送锦旗，但占大多数的，还是同我一样排着队等叫号的，交织着艳羡和焦虑的面孔。

那时我还在读大学，拿着全额奖学金离开家乡来到大城市，整个盛大的世界带着迷人的万千可能在面前渐次展开。而从周围"病友"们的聊天中，我了解了一些我没想过在那个年龄会了解到的知识。例如有一种针剂，打了就能促进排卵，增加怀孕的几率，甚至传说还能更容易怀上双胞胎。例如试管婴儿并不像我望文生义的那样从实验室里长出个小婴儿，而是要先取出精子卵子，再把胚胎放入子宫……而这些，需要以万为单位的金钱，以年为单位的时间,以及全家人的希望。

这段经历,我在恋爱时就告诉了 G 先生。我说,我再也不愿回到那个嘈杂的走廊里,和那些求子的女人一样,砸下全部生活,就为了赌一个陌生人的到来。我说我拒绝借助医学手段,也拒绝任何人的劝说。我说,这意味着我们不会有孩子,如果你真是奔着结婚和我在一起,你要想清楚。

G 先生说他要想一想。过了一个月,他带着戒指来找我,他说人能活明白自己的一辈子就很好了,孩子的事情是缘分,不强求。他的确是个信守承诺的人,婚后绝口不提生娃的事儿,甚至还和我一起游说双方父母,说我们会从现在开始规划未来,即便不养儿,也能好好防老。

你看,母爱不母爱的,根本不重要嘛。

直到婚后第四年的某个下午,当我一边开会一边吃完第三袋话梅的时候,关系要好的同事微信我:"你是不是有了?"我默默去药店买了一盒验孕棒想证明我只是个吃货。连测三根,看着清晰无比的六条杠,我的第一反应是:我是不是子宫病变了?

第二天请假去医院,发现了小柚子。B 超显示,胎儿已有心跳。

"可是我以前确诊过有多囊卵巢,也没治好,之前看医生都说我不可能自己怀上的。"我难以置信地向产科医生确认。

正在操作电脑给我开后续检查单的中年女医生闻言,诧异地停下手上的动作,转过脸从细框眼镜后挑眉看我,嘴里却云淡风轻:"多囊卵巢确实影响怀孕,但现在看你验血结果和 B 超都挺好的,就先不要管它了。"

"你听见医生说吗?他是个奇迹!"G先生紧紧握着我的手,咧着大嘴,兴奋得两眼放光。我勉强地报以微笑,心里却感觉说不出的别扭,甚至隐隐有一种被背叛的感觉——原来,G先生终究是很盼望一个孩子的。

别扭归别扭,既然孩子已经来了,这个项目我自然要做好——就像工作上的项目一样,但凡署了我的名字,谁不夸一句靠谱?

我把医院孕妈课堂的课程表郑重其事地排进了日程里,搜集了孕育相关的公众号和书单,为我琳琅满目的营养补充剂们定好了每日提醒的闹钟,还给自己买了一周三次的健身私教课。

虽然换了个阵营,G先生也依然是个好盟友。他从图书馆拎回家一大袋子孕育相关的百科书,一节不落地陪我去医院听孕妈课,还掏出个小本本认认真真记笔记。从拉马泽呼吸到凯格尔运动,从孕妇膳食金字塔到新生儿护理要点……我毫不怀疑,如果给他一个子宫,他甚至能自己生个孩子出来。

一切努力没有白费。我渐渐成为孕妈群里的"学习委员",我带着小柚子工作如常,腰背挺直,步履轻盈,头脑清楚,中气十足,孕前的上衣穿着毫无压力。而我最爱听的褒奖是:你看起来一点也不像个孕妇。"你好像很淡定哦。"每次请假产检之后回公司,附近同事都会来关心一下。

我似乎的确太过淡定了些。孕10周,第一次听到小柚子小火车般的胎心音,我只关心数值在不在书上说的正常范围内,反而觉得G先生在门口狂喜"我听到了我听到了"有些大惊小怪。

孕 13 周，第一次在 B 超单上看到小柚子模模糊糊的侧脸，我只关心结果是否有超过安全范围，而对于妈妈戴上眼镜仔仔细细看个没完还说这个孩子额头像 G 先生、鼻子像我的行为，我只觉得有些不可思议。

孕 20 周，第一次感受到小柚子的胎动，他好像在胆怯地敲门，要引起我的注意。那时候终于感觉到，我的身体里真的存在着另外一个血脉相连的个体。听其他孕妈说，她们和胎儿有着奇妙的感应，于是我也跟小柚子说话，但他却我行我素并不和我交流。

孕 24 周，第一次通过三维彩超见到小柚子的样子，糊得不行的两张照片上，小柚子闭着眼睛撇着嘴一副要哭的表情。"唔，我好像对他没啥母爱的感觉，我觉得他有点丑。"我对同事说，"我那个群里，别的孕妈都说热泪盈眶了。"

"你可能是功课做得太好，就不那么大惊小怪了。哪有人没有母爱的，就算现在没有，后面慢慢就有了。"她们笑嘻嘻地安慰我。

这回答我深以为然。母爱是什么？基因和激素作用下会自然生发的本能啊。不就像我子宫里的胎儿，只要给予时间，就能自然而然茁壮成长，不费我吹灰之力吗？

孕 36 周，B 超显示小柚子偏小很多，医生直接把我扣下住院。我在入院处一边哭一边排队一边等着 G 先生赶过来找我，然后哭着去病区报到。

"没事，只是偏小而已，其他都很正常啊，之前的产检都很好啊。"G 先生抱着我安慰。

最好朝南　153

"我们先检查一下是什么问题，看看能不能让他追上来。如果追了一个疗程还偏小很多，就提前生出来，宝宝也足月了，妈妈不要太焦虑。"管床医生很温柔地跟我解释。

可我忽然发现，与对小柚子的担心相比，我更像是不甘心自己从饮食到运动认真学习、严谨规划、严格执行，最后竟然不是一个拿100分的准妈妈。

产科病房里算上我，一共四个孕妇。

1号床先兆早产，除了去厕所以外都必须卧床。2号床高龄怀孕加妊娠高血糖，每天九次扎手指测血糖，指无完肤，而且总觉得没吃够但要控制饮食。3号床脚一挨地用力就开始宫缩，吃喝拉撒都在床上。相比起来，4号床，也就是我，每天打一针，输一大袋营养液，倒是活动自如无需忌口。

病房里的日子规律、单调、漫长。我听着她们仨明明两分钟前还抱怨着营养餐不好吃，某种药打进身体疼得不行，不能淋浴感觉自己发臭了……两分钟后却又声音柔软、语含笑意地说起那个血脉相连却素未谋面的小生命，仿佛阳光照进病房里。

她们谈论着为迎接孩子准备的物件，谈论着孩子的某一部分应该像妈妈，另一部分最好像爸爸；谈论着给孩子取名的烦恼：那么多涵义美好的汉字，每一个都那么好，每一个似乎又都不够好。

我试着搭腔，却忽然发现，我似乎没有试图设想过小柚子的模样，没有和小柚子每天说话唱歌，也没有为小柚子的名字反复推敲琢磨……我更像是一个项目经理，按部就班地推进这个项目，与我工作中的其他项目并无二致。

悄悄抚上自己的心口,那里好像缺了什么东西。那件东西让她们坚强,宽容,闪闪发光;而我却抱着一个缺口,淡漠,疏离。

在住院期间,新冠疫情从暴发到急剧恶化,住院部停止了家属探视并尽可能疏散病人回家。1号床情况好转,出院回家休养。3号床终于撑到了宝宝可以安全出生的月龄,停掉保胎针转入了待产区。病房一下子空旷起来。

我看着1号床出院,羡慕得眼泪直在眼眶里打转。可2号床明明能出院却死活不肯。"这家医院硬件是一般,但技术好啊。你不觉得住在医院里比较安全吗?万一有点啥,马上就能把我拉到楼上手术室去剖了。要是从家里再过来,路上宝宝缺氧了怎么办?"

"你真的为了宝宝想得好周全啊。"我由衷感叹。

"当妈妈的,不都是这样吗?而且,这次怀孕估计是我唯一一次机会喽!"她告诉我,为了怀孩子,她治疗了将近十年,做试管前前后后花了几十万,屡战屡败,却又屡败屡战,这次终于胜利在望,务必要做到万无一失才行。

我有些讶异地望向她,为了住院方便清洗,2号床的头发剪得很短,脸有些浮肿,唇色和眉色暗淡,和微信头像上画着精致全妆、中长发一丝不苟、带着英气的干练女性判若两人。

"其实,为什么要这么拼啊?"这个问题,在十几年前那个喧嚣的走廊里,我就想问问身边那些执拗的女性,只是当时脸皮薄,不好意思问这样私人的问题。没想到终于有机会问到她们之中的"胜利者"。

2号床笑起来，眼角泛起弯弯的温柔细纹。"其实我以前觉得不结婚不要孩子也没事，后来我遇到我老公了，他家里人去世得早，有时候我感觉他就是个孤儿，我就想，我一定要给他一个有血缘的亲人。"

在这个世界上从来都没有无缘无故的爱和不可理喻的执着。我也忽然开始想念那个愿意陪我丁克、也愿意陪我产检的G先生，我从来没有问过他，在他对余生的想象里，原本有没有一个孩子的身影。

38周复查B超，小柚子仍然严重偏小。医生怀疑胎盘可能有些问题，导致营养供应不足，还有缺氧的风险，决定不等自然发动，让小柚子出来。接着便是长达三天的催产，球囊扩张宫颈，宫缩针引发宫缩，人工破水促使胎头下降，搭配多次内检……传说中的催产全家桶，我一个也没落下。

元宵节凌晨三点半，小柚子出生，是个小男孩，果然和三维B超的照片一样，丑丑的像个小老头。哭声却像一只小鸭子，嘎嘎嘎嘎嘎。穿着防护服全程陪产的G先生十几个小时粒米未进，在口罩后面瓮声瓮气地说："你真是我们家的SSR（游戏里角色或者道具特别稀有的一类）！"

产前宣教说过，若选择母乳喂养，出生后母子要早接触，早吮吸。护工把他放到我胸上，我看见小柚子黑黑红红皱皱的小脸，眼睛还没睁开，两条细细的缝，黏着白色的胎脂。护工阿姨按头帮他含住我的乳头，一瞬间我又紧张又抗拒。他敷衍地吸了两下，就不理我了。

这与书上说的"宝宝出于奇妙的本能,主动探寻妈妈的乳头,一口含住就起劲地吮吸起来"差别何其巨大。而这,只不过是我接下来一个多月母乳噩梦的开始。

"乳腺管太细了,乳孔那么少。难办。"通乳师一边帮我疏通和排奶,一边拧着眉毛说。通乳前她说大概四十分钟搞定,最后花了一个多小时才让我灼热胀硬青筋暴起的乳房乖顺下来。

"两个小时喂奶或者吸奶一次,间隔最长不超过三个小时,否则你很容易堵奶。疫情期间再发个烧,会很麻烦的。"她嘱咐道。可我还是堵奶了,很疼。我甚至在室内不敢扣上衣服,睡觉也交叉双臂,用胳膊撑着被子,因为即便全棉的柔软布料稍微碰到胸,都会让我疼得全身一抖。

"你别害怕,越怕越不成,你要怀着对宝宝的爱去享受喂奶这件事情。"

"吸奶的时候也可以闻闻宝宝的小衣服,看看他或者他的照片。你知道吗,很多人听到宝宝饿了的哭声就会开始有奶阵了。"

"你多看看宝宝喝完奶醉醉的样子,真的太可爱了。我看了就觉得,再疼再难,我一定至少要亲喂到一岁。"

小柚子又饿了,嗯啊嗯啊地哭。我默念着通乳师和其他妈妈们给我支的招,闭着眼睛咬着牙一边感受着"对宝宝的爱",一边把乳头往他嘴里塞。出生刚过五斤的小柚子闭着眼睛乱咬,好不容易成功塞进去,他吮吸力弱,腮帮子鼓动着吸了两分钟就放慢下来,呼吸放缓累得要睡过去。我按通乳师教的,揉他耳朵,挠他脚底,弄醒他继续吸。

几个回合,小柚子终于生气了,愤怒地咬我,没有牙的嘴咬起来竟也是钻心地疼。我嘶嘶地从牙缝里吸着凉气,低头看着那张小脸,黄疸严重,又黑又黄,细眯眼睛,朝天鼻……摸着良心,我夸不出"可爱"。

　　来回折腾了四十分钟,我腰背酸胀颈椎疼痛。G先生早已热好了之前用吸奶器吸出来冷藏的奶,接过小柚子去瓶喂。他一口含住奶瓶,咕嘟咕嘟猛吸,想来刚才的亲喂多半喂了个寂寞。也许对于他来说,我不是妈妈,而是一个莫名在他饥饿时候塞住他嘴巴不让他好好吃饱的奇怪的生物。

　　我换了个地方,拿出吸奶器开始继续吸奶,泌乳和吸奶模式切换,我低头看着透明的漏斗形杯罩把胸抽吸成奇怪的形状。半个小时过去了,只有几十毫升。我珍而重之地将这点母乳冷藏起来,然后把吸奶器交给护士清洗消毒。

　　休息之前,还要给颜色血红仿佛即将破裂的乳头涂抹羊脂膏,预防皲裂。我低头看着自己的胸,的确,哺乳期的胸部比起孕前会非常显著地变大,可是却丑陋、沉重、变形,很陌生。

　　"别玩手机了,睡会儿吧。"见我捏着手机躺下,G先生拍拍我。我知道,小柚子过一阵又要哭起来了。白天黑夜,仿佛这个循环会永无止境。这让我想起传说中逼供的手段,不许睡觉,打个盹就要强行把人叫醒,最终令人精神崩溃。

　　"我睡不着。"终于有一次,我说,"我觉得,我是一个没有母爱的妈妈。"

　　"没有就没有吧,以后他大点了,你可以对他严厉点。"G先生并不以为意,开玩笑地说。

　　"不是,你不懂。我已经很努力了,别人都很爱自己的宝宝,只有我觉得他怎么那么丑。别人看着宝宝想着宝宝听着宝宝的哭声,都会有分泌奶水的感觉,我努力去感受了,真的没有……"说着说着,我无法自控,泣不成声,"怎么办,我看见他我就害怕,我对他真的没有母爱啊……"

"那我们不喂了。"G先生干脆地说,"喝奶粉他一样长大。"

"不是的,这不是喂不喂的问题,"我固执地抽噎,"我觉得是我出问题了,我没有母爱。"

"只是不喂母乳而已,母乳是好,但真的没有那么重要。你还是个好妈妈。"G先生的声音温柔又坚定,我很感动。但除此之外,我的心和别人的不一样,我心里有个洞,更糟糕的是,我不知道从何去填补。

月子结束,小柚子也断奶了,我带着小柚子回到家里。

"一月睡,二月闹",小柚子完美印证了这句老话,因为肠胀气闹得昏天黑地。

G先生的产假早已结束,白天要上班,只能帮我照顾上半夜。下半夜一般会有两三次夜奶,喂完夜奶通常要再让他在我身上趴一个多小时,一边哼歌一边拍,才能等到怀里的肉团子呼吸平缓,沉沉睡去。有时候从凌晨三四点抱到早上七点多,无数次放床失败重新抱起,哼歌哼得嗓子眼好像起了一层薄薄的壳。看着窗外渐渐亮起来,才发现原来朝阳会让人感到那么绝望。好几次我把他放回婴儿床起身洗奶瓶时,只觉得眼前发黑,可是我竟然隐约有点希望自己就这样猝死好了。

与此形成鲜明对比的,是我的爸妈。看着盼了多年的外孙终于出现在面前，他俩抱着小柚子爱不释手。从吃奶到拍嗝，从洗澡到哄睡，从换尿布到排气操，他俩都笑容满面，你争我抢。在他俩眼中，小柚子吃奶是"好会吃"，打嗝是"好厉害"，哭闹是"嗓门真大，胳膊腿真有力"，放屁是"真能干"，就连拉屎也是"他怎么这么会用力！拉了这么多！"。

晚上没得睡白天睡不着的我浑浑噩噩，沉默不语。在我眼中，小柚子只是一个普普通通的婴儿而已，遗传了我和 G 先生普普通通的基因，有着普普通通的长相和发育进度，并不值得特别的夸赞。

第二个月过了，小柚子越来越活泼，按照育儿书和育儿课里讲的，要让孩子感觉统合能力发展好，需要让他感受失重、加减速，感受用力的感觉，多看，多听，多触摸不同材质的东西。要让孩子的运动能力发展好，需要多趴，多抚触，多做被动操。

于是我定着时间跟小柚子聊天、讲卡片、唱儿歌，和他玩床单荡秋千，给他买健身架，每天抚触按摩 100 下……小柚子变得越来越灵活和健壮，用他自己的语言咿咿呀呀地应和，抓着玩具把健身架拽得左摇右摆，趴的时候脖颈竖立稳定，东张西望，甚至还蹬着腿想要往前爬。

可是每当完成了"今日任务"，我便毫无留恋地只想让他自己玩一玩或者睡一睡，让我得以去看我自己的书，追我自己的剧，刷我自己的朋友圈。

而爸妈总会迫不及待地把小柚子抱走，和小柚子玩耍。他们俩发出各种奇怪的声音，做各种鬼脸，唱着属于那个年代的歌曲，逗得小柚子嘎嘎大笑出声。他们俩手机里存满了小柚子的照片和视频,明明那么多都大同小异,却一张也舍不得删。每当妈妈需要做些家务的时候,她都会亲亲小柚子说:"外婆要去做家务了,真舍不得呀,真想一直跟我们的小柚子玩呀!"

记忆穿过时空,我忽然隐约想起多年前,妈妈要去上班,把我放在奶奶家,她也抱着我亲个不停:"妈妈真舍不得呀,但是妈妈要去上班挣钱啦!"

我好像,从不曾有想要亲吻小柚子的冲动。

"你们会亲宝宝吗?"我在微信群里问其他的宝妈们。

"会啊!宝宝身上有奶香啊,不过有时候吐过奶又有点酸臭。"

"育儿书说不能亲,但我只记得不准别人亲,我自己忍不住,哈哈。"

……

这时我突然注意到,不知道什么时候开始,大家都已经纷纷把群昵称变成了"××妈妈",只有我的微信名没改,反而显得有些突兀。

心口的空洞变大了,整颗心一直往下沉。

我曾经看过一期《奇葩说》里讨论家庭贫富,某位导师说了一段话,大意是说,我们从来不是在对比贫穷但爱孩子的家庭和富有但不爱孩子的家庭,哪种更有利于孩子的成长,因为对孩子一定都是爱的,这无需讨论。

我曾经预想过无数次漫漫孕育路上的困难,却万万没想到我竟然会栽在这个"无需讨论"的坑里。

小柚子四个多月的时候,一则社会新闻传遍了宝妈群,一位妈妈由于产后抑郁带着孩子从楼上跳了下去。我嘴上随大流地叹惋不已，心里却有些颤抖。在那些头晕眼花却抱着哭唧唧的小柚子不能放下的凌晨，在那些全家入睡唯有我辗转难眠的深夜，曾经也有过黑暗的念头一闪而过：大不了就……

所以，这就是抑郁吗？

在我为孕育做一系列准备时，"抑郁"一直是被我忽略的话题。我那么自信地认为，我经济独立不向他人伸手，学习了那么多育儿的知识，有自己的父母照料远离婆媳矛盾，有体贴的队友G先生，我怎么可能会抑郁？

我找到了爱丁堡产后抑郁量表。这份量表我在医院做过，但当时刚经历了分娩，稀里糊涂的也不知道自己填了些什么。量表只有10道题，我不到一分钟就做完，题目的文字有些扎眼，一边做我一边预感到，多少是有些不正常了。

12分。

我深吸一口气，往下看结果，13分就需要去看医生。原来在不知不觉间，我已经站在了深渊边缘。

"你要想象，在你的肩膀上坐着一个小矮人。去观察行为和行为背后的东西。"

"当面对危险念头的时候，要分清轻重缓急。先解决眼前，确保人身安全，然后接纳情绪的存在，最后才探讨解决方案。"

夜静了，我听着李松蔚的心理咨询课试图"自救"，脑海里慢慢地回放着这一年来的种种。

G先生说得对，小柚子的来临是个奇迹。但奇迹也意味着，这并不是我思考清楚主动选择的结果。而我心中由此生出深切的恐惧——原来的"我"会不会就此死去，取而代之的只剩下"小柚子妈妈"？

手机在床头柜闪烁起来，我按亮屏幕，看见工作群里好生热闹。没错，即便在长达半年的产假期间，我也下意识地没有把工作群设置为免打扰。手指滑动着，我看见一系列精彩的活动照和花絮照，老板的红包，以及同事们齐齐刷屏的加油喝彩……原来我怀孕期间凝聚心血的新项目，终于在接手的小伙伴手里落地了。我曾经调侃说这个项目就像是小柚子的兄弟，是我的另一个孩子，如今看到这个孩子出落得漂漂亮亮，被宠爱着来到世界上，固然欣慰又开心，却又忍不住担忧当我回归职场的时候，我的精力，我的价值，会不会打折扣，会打多大的折扣。

"你是不是下个月就要回来上班啦？"同事微信问我，"休了半年是不是爽翻了？接下来是不是还有哺乳假啊，听说每天能提早一个小时下班？"我实在不知如何作答，纠结半天，回了一个哈哈哈哈的表情。"福利"我固然应当感恩，但随之而来的压力也无法回避。

心绪一乱便有些失眠，随手打开朋友圈，看见曾经和我一起业余学舞蹈的同学已经成为兼职老师开始带学员，看见曾经学习彩铅的工作室又搬了地方，而我孕前的习作还被老师挂在墙上……或许手机屏幕太亮了，G先生小声嘟囔了一句，翻了个身。我看着他熟悉的轮廓，想起五年前这个男人说，人能活明白自己的一辈子就很好了。可是啊，人的一辈子就是这么长，心思和时间就是这么些，角色多了，抉择更复杂了，要活得水静风和就更难了。

那么，我什么时候才能找到对小柚子发自内心的真切的母爱？

我不知道。

也许某天我就奇迹般地突然找到了。也许直到小柚子成年了独立了我也找不到。也许我会安于其他的相处模式并以母爱来命名它，做一个有点特立独行的妈妈。毕竟谁能说得清，母爱究竟是什么呢？

我永远不想让小柚子知道这个秘密。因为没有被爱着降生，对于任何一个人来说都何其残酷，何其不公。

但我又很想对他坦承这个秘密。因为多年以后，或许小柚子也会成为一个父亲，那么希望他知道，孕育这件事，除了阳光灿烂、繁花似锦的一面，还有可能潜藏着噬人的情绪深渊。

一个问题 11

做试管婴儿是因为想要一个孩子，
还是不愿意接受自己是"生殖无能"？

文 | Emma

2013 年 5 月 26 日，我拿到一份生殖中心胚胎移植报告。

一张黑白的打印照片上，有两团像是金鱼刚吐出来的圆形泡泡，它们挤在一起，颜色比周围要深一些，看到报告上备注着"811"，我一脸茫然地问医生这是什么意思，医生解释说："数字代表胚胎的评级，精子和卵子在体外培养皿结合后大约第三天，会发育并分裂，如果像这样分裂成 8 个细胞的胚胎，一般认为质量是不错的，具备移植回体内的条件。"

这是儿子人生的第一张照片，不是湿漉漉皱皮肤的小老头，不是涨红着脸酣睡的新生儿，而是医生说的一个评级、一团泡泡。

当我看到她在处方上写下"继续用药"四个字的时候，我知道这意味着还要在肌肉开始发硬的两只手臂上，继续打很多很多天的针，吃瓶瓶罐罐的药，以及接受她们最新推出的辅助中医针灸。想到这里，我有种说不出来的焦躁。

在那之前的三个月，我还不知道什么叫试管婴儿。我甚至天真地以为所谓取出精子和卵子在体外受精和培养，再放回妈妈子宫的这个过程,是在一根透明的试管里就能完成的,只要我们夫妻俩思想上能接受,钱能凑齐,就没有太多技术问题。

直到医生告诉我根据彩超和抽血结果,我两边卵巢的基础窦卵泡数加起来不足8个,激素水平显示卵巢功能早衰。简而言之,我的"种子"质量低下。然而比"种子不良"更糟糕的是,我的"土壤环境"更差,有宫腔黏连和囊肿等迹象,且因为衰退的速度太快,不适合做手术,不然会加剧宫内环境的恶化。

而我竟然对"早衰"浑然不觉,没有疼痛,没有不适,如果不是那些刺眼的名词和指标,我都不知道30岁的身体,已经被快进到了40岁,且情况只会随着年龄增加越来越糟,不可逆转。

我等于直接被宣判"生殖无能"了。

也许是因为情况不乐观,我很"荣幸"地立刻被转成由院长亲自定方案的病人。这个被誉为生殖科界全国排名前十的女教授,一边盯着电脑屏幕一边听助手汇报了我们的情况,她翻开桌上厚厚一叠资料,很快抬起头来,甩了甩齐肩的烫发,声音异常洪亮地说:"别担心啊小姑娘,这不算什么,别愁眉苦脸的,我们这儿四十多岁的大姑娘多了去了,人都好好的,打起精神啊。"

听护士们说,院长一向是这样风趣飒爽的女强人,她几乎称呼所有的病患为"姑娘"。我想她一定很懂得每双焦灼的眼睛背后那份浓浓的焦虑。有她亲自指导,或许我还有几分希望。

很快她安排了"超长周期"的治疗方案,给我们讲解了流程和注意事项,我没有太关心治疗需要付出的身体代价,比如促排卵对卵巢的过度刺激、取卵时有可能损伤周围的器官、提前更年期等。老公甚至都没有去询问整个周期所需的五位数费用,我们唯一关心的是成功率。

实际上，能够走到胚胎移植这一步，已经算是成功了一半。有多少人在前期打针促排卵的过程中，因为卵巢被过度刺激而不得不停下来休养，有多少人因为宫腔环境复杂需要提前做手术，又有多少人因为精子卵子质量不行即便取出来了也没办法培育出可移植的胚胎，还有更多的人即便怀上了也因为各种原因胎停……

所有踏上这条路的人都像在玩飞行棋，一开始大家奋力起飞，一架接着一架，渐渐地飞机越来越少，不幸被击落的不得不返回起点一切重来，不想再玩的就永远离开了棋盘。

拿着这份胚胎移植报告的时候我很清楚，疗程越往后就越接近那个被称为"开奖"的日期，意味着可以借助医学干预的手段将越来越少，光靠自己那片贫瘠的土壤，是种不出什么来的。

我没有返回起点重新起飞的心理准备，因为和别人不同，一旦失败我的游戏就结束了。

医生早已习惯了患者复杂的表情，她一边打印处方单，一边补充道："你可以用生土豆片敷针口，怀上了的话，这针还要打个把月呢，得养着，不然硬了就打不进去了，鸡蛋可以多吃，一天七八个都可以，鱼不要吃。"

"那万一怀不上呢？"我追问。老公在一旁扯了扯我，余光仿佛看到他苦笑了一下。

医生顿了一下，看了我们一眼，说："你们这次只有两个胚胎是成功的，没有冷冻胚胎，想接着移植是不可能了，如果怀不上就得养着，让卵巢休息几个月，再做方案。"

看来，我们的机会真的只有这唯一的一次了，孤注一掷用在赌场上可以说是冒险，但用在这件事情上只能说是命了。

我的手微微有些发抖，赶紧在手机备忘录敲下了土豆、鸡蛋、鱼这几个关键字，它们看起来好像只是我为了要准备一顿寻常的晚餐，去超市买菜前列好的购物清单。

我和老公十年前结的婚，要是从大学算起，我们认识已经快二十年了。这样的爱情长跑，谁没有相看两厌的时候？

我记得那几年每到周末，我们会努力地策划各种节目，然后因为困、累、懒得动、没意思等理由，索然无味地在逛街看电影吃吃喝喝中度过一个又一个假期，我们也会拌嘴，通常都是琐事，有时候根本不明白在争什么，甚至会怀疑婚姻生活的意义。

因为过腻了想要一个孩子，这样的概括似乎有点武断。但可以肯定的是，在要孩子这件事情上，我们并没有受到来自长辈或者社会的压力，更多是因为我们自己内心某种说不出来的恐惧：对维持一段稳定关系的恐惧、对不懂得处理负面情绪的恐惧。

刚开始在医院接受生殖能力评估的时候，看到一堆让人略为尴尬的检查项目，我还会没心肝地开他的玩笑："肯定不是我，信不信八成是你拉的后腿！"

他故意翻了我一个白眼，回呛一句："要是早知道这么难怀上，以前就不用浪费钱避孕了……"

两个人坐在检查室外的长凳上跟局外人似的笑出声来。

我这才留意到，这家面积不大，人来人往的生殖科医院竟是出奇的安静，没有絮絮叨叨的老人，没有追逐打闹的孩子，一切都静悄悄的，好像怕惊扰了彼此脆弱的神经。

一开始我以为毕竟这个病涉及隐私，大家都不愿多谈。后来我进入超长治疗周期，看到来了一个抱着满月宝宝特地回来看望主治医生的病友，大家都围上去，又是羡慕又是怜爱地看着她怀里的宝贝，小心翼翼地打听"成功经验"。我凑上去人堆里听了半响，回来便整个人都不好了。

受孕本是人类最自然的繁衍过程，在这里却成了某种高度控制下的流程和作业。女人将会像被摆在机械手臂挥舞的生产线上不会下蛋的母鸡一样，接受标准化的检查、精准的注射，最后滚动到合格品和次品的分岔口，等待分拣。"病友"们还提到了不菲的治疗费用，单次的治疗周期费用因人而异，一般需要3万—5万，如果有冷冻的胚胎再次移植，下一次可以节省1万—2万，这还只是2013年的收费情况。

一开始我把试管婴儿治疗理解为有一定成功率的手术，就像院长说的，还有那么多四十多岁的病友呢，我以为只要有数据上的保证，一切困难我都可以克服。可是渐渐地我意识到，成功率只是一个群体的数据，对于我自己而言，只有0和1。

我不愿意接受自己的"生殖无能"。这个理由比起"想要一个孩子"而言，显然是难以启齿的。

于是我选择了保护自己，除了最亲近的家人和朋友，谁都不知道我正在接受治疗，包括我的上司和同事。那段时间我总是找借口请假，偶尔还要偷偷溜过去抽个血。有时候在医院打着针，接到领导连番电话和流程系统上的催办信息，我都跟做贼一样慌

最好朝南

张应付着,急急忙忙弄完这边,再马不停蹄地跑回去以免露出马脚。

我疯狂地上论坛看别人的手术经历,不放过任何一个细节。任何有助于提高成功率的方法,只要不是封建迷信,我都照单全收。所有要避开的雷区,比如不要吃鱼和海鲜、不要抽烟喝酒、不要感冒生病,一概遵照执行。

听说胚胎移植后如果着床会有轻度的腹痛,那个感觉像针扎一样不易被察觉。所以在那段时间里,我精神高度紧张地留意着身体的每一个感觉,会不由自主地想象那个复杂的过程,会把任何一点的风吹草动对号入座到别人的经历中,试图寻找证据。

察觉到自己过度紧张的情绪,我会和比我放松很多的老公聊天,但不敢和同在老家每天烧香拜佛的公公婆婆提起。我的脑子里每天都在计时,移植第三天、移植第五天、移植第七天……就像在荒岛求生的人一样计算着独自存活的日子。

"生殖功能"对我如此之重要,以至于我都忽略了内心真正的想法。

就像院长说的那样,小姑娘是幸运的。我一次就成功了,移植的两个胚胎,着床并存活了一个。

其实像我这个年龄的人做试管婴儿,通常促排卵可以取到10个以上的卵子,体外受精和培育可以得到起码4—6个受精卵,每次取2—3个胚胎移植到体内,成功的话要么龙凤胎,要么双胞胎,再不济也是单胎;不成功的话还可以再次提取冷冻的胚胎继续移植,避免多次促排卵刺激卵巢。

而我这一组数据分别是：取卵 4 个，受精卵 2 个，全部拿出来移植，最终成功 1 个。

这样的"幸运"本来足以让人感到安慰，毕竟有太多同病相怜的人反复尝试了很多次，直至放弃，身体和心灵都元气大伤。而我以最小的代价，最短的时间，得到了一个可以接受的结果。但我完全感受不到"中奖"的快乐，反而在心里种下了"我这辈子有且只可能有这么一个孩子了"这样令人不安的负面暗示。

在这样一种不容有失的心态下，我辞去了工作，专心在家养胎，比任何一个人都担心妊娠过程中各种反应。

我早早地就买好了胎心监护仪，一日三次地去记录胎儿的心跳，只因为我听说 B 超只能保证那一个时点的安全，平时还得靠自己留意，胎心监护仪比数胎动要精准很多。当我听说脐带绕颈其实问题不大，真正有危险的是脐带自身扭转导致的窒息，我每天摸着肚子认真地嘱咐里面的小生命不要乱动，要听话。足月前孕期产检的每一次"大考"，比如 16 周的唐氏综合征筛查、20 周的小排畸、24 周的大排畸，我都紧张不已。别的孕妇也会紧张，可我觉得万一有个好歹别人还能生，我不可能了。

一直到 28 周足月，医学理论上具备了出现任何妊娠意外都能剖出来放保温箱的可能，我才稍微松一口气，觉得终于要上岸了。

有许多时候我都怀疑自己到底是在怀着一个孩子，还是在怀着别的什么。为什么别的孕妇照样吃喝，而我把一切控制得如此精准，为什么临盆之际大家都在讨论着买什么颜色的婴儿用品、要去哪个月子中心，而我只关心是不是存活。

她们说得对，不等到肚子里的胎儿平安降临，我们都还没有从生殖科医院毕业。

我是很早便确定了要剖腹产的。倒不仅仅是因为胎儿在肚子里整个倒过来，直到最后都没有恢复正常胎位，而是因为医生说了一句话："你这属于高危妊娠，还是别冒风险自己生了。"熟悉的感觉又回来了。"怀孕你不能全靠自己，生产你最好也别太相信自己。"

我妈跟我说："剖腹产也挺好的，不用自己疼得死去活来，你就是胎位不正我剖腹生出来的。"听到胎位不正都有遗传，我反而安心了一些。老公安慰我，让我别害怕，他会在手术室外等着我出来的。

我是自己插完导尿管后下楼走到手术室门口的，医生一抬眼瞧见我，以为我走错地方。她说，通常产妇都是坐着轮椅过来的，你这健步如飞的，是很着急吗？我当然着急！别人说生产是"卸货"，那是因为孕后期的各种辛苦。我这真的是卸货，孩子生出来，我就大功告成了，他在我这里多待一天，我就多担惊受怕一天，我很难对自己的身体产生健康的信任。

我自己爬上了手术台，安静躺好。手术还被安排了儿科医生参加，一堆护士医生麻醉师，外加一个在角落里坐着等的儿科医生。

我的身体对局部麻醉药不敏感，最大剂量的利多卡因打进后背，我的脚指头仍然在动，主刀医生甚至和麻醉师开起了玩笑，指着我的脚指头对他说："这样我怎么下刀？"我分明看到麻醉师额头在冒汗，我应该也开始冒汗了。我又怕又急，害怕是因为不知道接下来要被怎样"宰割",难道生生地被割开吗?着急是因为我真的很想快点结束这一切,麻醉不起效手术是做不下去了吗?

"要怎么开?你是想打横还是打竖?"医生突然问我。

"啊?有什么区别吗?"我一脸错愕。

"没什么大的区别,就是打竖开刀的话,以后对生二胎比较好,打横的话伤口位置低,看不到,不过即便打竖我也会尽量低一点。"她说。

我迟疑了一秒钟,回复:"那就打竖吧。"

与所有在手术台上任人宰割的妈妈们感觉一样,我觉得生产的那一刻,全身上下被扒个精光特别窘迫和难堪,但那个时候我没有心思去感受这种不舒服,因为医生真的要下刀了,在我的麻药还没完全起效的时候……我能清晰地感觉到刀子在肚子上划开的剧烈疼痛,从上到下,一层又一层。

我看了许多顺产妈妈的生产经历,知道那叫"十级阵痛",我知道剖腹产已经相对没那么痛了,可是被开膛破肚的那一刻,我疼得只希望自己立刻晕过去。

可悲的是连麻药都不敏感的人,恐怕也很难主动失去意识。

我的双手几乎要把手术台的床单都给抓破了,眼睛死死地瞪着头顶的那盏无影灯,我说不出话,全身都在发抖,眼泪从眼角不受控制地流了下来,我突然想起了那家生殖科医院……医院在一个小山坡上,每次去医院检查都是上坡,我总吐槽这个坡怎么又高了啊,怎么越爬越累了啊。下坡回家的时候,我又会抱怨怎么这么陡啊,这么颠簸的坡度是要跟我过不去吗?在我模糊的视线里,我看到一个怀不上孩子的小姑娘,在大热天里上坡下坡,

最好朝南　173

我真的好想抱抱这个小姑娘，跟她说下辈子做个男孩吧，起码少吃这份苦。

不知道过了多久，孩子取出来了，是个男孩。

医生抱给我确认后说孩子很正常，但因为是试管婴儿，按流程要送去保温箱观察三天再送回来。我觉得这样也挺好，自己终于可以休息了。

接下来的手术还持续了差不多两个小时。因为医生说我的宫腔有黏连，卵巢有囊肿，顺便一道给处理了再缝上。麻药这时才开始起效，我再也感觉不到疼痛了，看到医生在我肚子上忙来忙去，我觉得其实也可以不用处理了，反正大概再也不会用到这一片器官，它们可以退休了。

两年后，当儿子一岁多一点，我发现莫名其妙地自然怀上了第二个孩子，拿着那根两条红线的验孕棒站在窗边发呆。忽然之间，做试管婴儿的全过程，剖腹产时那一根打竖的疤痕，骨髓里的疼痛感，还有山坡上的小姑娘……像放电影一样在我脑海里闪过，每一针，每一口药，每一刀。

我觉得这是上天故意开我的玩笑，它看穿了我的私心，打算狠狠地教训我一顿。

儿子八个月大的时候，老公被派去外地工作，家里只剩下我和婆婆带着孩子，我感觉在家里的时间未免太长了，自己对孩子的吃喝拉撒睡等事情的关切和控制，已经让婆媳关系开始紧张。于是我就和老东家联系，很快就重新上班了。

一次小长假里，我带着孩子和公婆去看望老公，顺便在他在的城市转一转，算是产后第一次旅游，孩子应该就是在那个时候怀上的。

当时我还在哺乳期，儿子摇摇晃晃地刚学会走路，即便旅游我还得带着腰凳，背着一大堆婴儿用品，抽空回工作邮件，不过这样充实又有掌控感的生活正是我期盼已久的，我觉得我是可以一直这样生活下去的。

那时正好工作上也有了意外的转机，领导打算提拔已经一年多没有上班的我，如果努力好好干一番的话，我还是有机会在30岁出头的时候再上一个台阶的。在我们这行，如果不想长期出差做项目，就得往上爬做管理，这样也能更好地兼顾家庭和工作。我很珍惜这样的机会，毕竟在内心的深处，当生殖任务完成之后，我理所当然地认为自己的人生是可以在另一个领域也做出点什么的。

然而，我竟然怀孕了。

我那时并不知道，无论是生孩子也好，拼事业也好，其实都是去过自己想过的生活。有时可以两全，有时只是选择而已。

当我再一次踏进医院，在B超机的黑白屏上看到一堆模糊的被称为"孕囊"的黑影，我简直无法相信那是靠我们自己造出来的生命。医生翻了翻过往资料，抬头问我："预产期就在今年底，你打算在哪里建卡？"

建卡?! 建什么卡，我一定要生这个孩子吗？我的第一反应是这样的。

时光要倒流了吗？我又要花一两年等待一个新生儿长大吗？我的工作怎么办？刚回去上班就怀孕还能升职吗？第一时间考虑

自己，没有去珍视某种曾经千辛万苦换来的被称为"生命"的东西，我不能理解这份出于本能的自私。老公在一旁低头想了许久，还是拍拍肩膀和我说："我都可以，你是最辛苦的那个，一切你来决定。"

眼看我半天说不出话来，医生补了一句："不过我得提醒你，时间上隔得有点短，从 B 超看位置好像就在上一次的刀口附近，加上你之前宫腔一并做了手术，这里是有风险的。"

"有什么风险？"我连忙问。

"子宫破裂，虽说几率不高，也许后面慢慢长会转移一点位置……但你这头一胎要的这么难，还是拼一拼留着吧。"医生说着，准备叫下一个号，她大概忘记了我就是那个手术台上对麻药不敏感的人，是她下的刀。

她不是生殖医院的院长，如果是那个爽朗的女强人，她大概会说："小姑娘，留着啊，你看我们这里多少人羡慕你啊。"我至今都不敢再回去生殖医院送锦旗看望医生护士，那里代表着生命，而我手上沾着死亡。

虽然那确实是一个实实在在的风险，但是我为了自己的私心，利用了这个风险。

一直到现在，当身边的人得知我没有要自然怀上的第二个孩子的时候，无一不投来错愕和遗憾的目光，尤其二胎已经是家庭标配，大家关心的是怎样赶上生育末班车完成这个指标，又或者是感叹年轻人连一胎都不愿意生了这样更普遍性的话题。

她们不理解我的，也是我至今没办法放下的。

流产手术结束，我从全麻中醒来，静静地躺着，又一次望着天花板，老公坐在床边看着我。我意识到一切都结束了，突然就哭了起来，一开始是抹着眼角抽泣，后来就难以控制地大哭，我觉得自己太坏了，这世上还有比一条命更宝贵的东西吗？我有什么权利想要就要，想不要就不要？

我始终不能原谅自己。

身体恢复重新给儿子喂奶的时候，我看着他满足的小脸，我在想，也许我只能爱这一个孩子，分不出多余的爱给另一个了。我大概忘了，是自己早早地就暗示了自己，这辈子有且只会有一个孩子。

每当我翻出那本记录着流产前后检查单和手术过程的病历，都会盯着看许久。那是这个孩子存在过在这个世界上的唯一证明，我只能希望孩子能够顺利投胎，不要像在电影里看到的那些剧情，鬼魂总在人间徘徊，等着妈妈爱他。那样会太让人难过。

这几年的生活里，但凡遇到一些不顺心的事情，我都会下意识地告诉自己，也许这是报应，然后我竟然会有种逆来顺受的赎罪感。我知道不应该任由这样的情绪吞噬自己。

我已经从棋盘上下来，我是可以原谅自己的。

在生儿子前的某天晚上，我曾经做过一个奇怪的梦，很少对人提起过。

梦里我踩着高跟鞋，迎着清晨的阳光，衣着光鲜地从地铁站走上路面，往公司走去，我不时地看一看写字楼玻璃幕墙里的自己，感觉很是精神。忽然，迎面走来一个人，我看不清他的脸，但他竟然牵着一匹白色的马，停在人行道前，正在准备穿过这条川流不息的 CBD 马路。四下里人虽不多，但好像没有人看到他，我不禁惊奇。那匹马身形俊逸高大，纯白色的马尾优雅地在后边轻甩，我走近它的时候，看到它的脸微微侧过来，一只眼睛仿佛在看我，我甚至觉得它在微笑。突然间它纵身一跃，挣脱了牵马人的缰绳，一瞬间周围的一切都安静了下来，时间像是停止了，车子不动了，人也不动了，只有那匹白马朝着阳光往前飞奔，我用手指挡了挡太阳，想看看它到底要去哪，可是阳光太刺眼，它跑得太快，除了一团渐渐远去的黑影，我再也看不到什么了。

我回过头看到刚才那个人，他的背上居然突然多了一个婴儿，那婴儿戴着一顶小帽子，安静地趴在他肩上睡着，口水流到了衣服上，一摊深色的印记。他没有回头，一直慢慢地往前走，他时不时拍拍婴儿，好像在哼着歌，很快他就过了马路，消失在路的尽头。

很久很久以后，当我和老公说起这个梦，我问他："你说这个梦是什么意思啊？我一直没想明白。"

他停了一会儿，微笑地看着我。

"没事，有他就够了，他能来这个世界就很幸运了。"

我想应该是吧。

作者后记：

写完这个有些沉重的故事后，我有一个意外的收获。

从前我觉得自己的选择总是不够正确不够成熟，似乎总在要紧处犹豫和退缩，陷入一个又一个失败的"轮回"，这让人感觉沮丧。可是经历了这样一场书写，我发现其实自己还是很坚韧的，是可以扛过一个又一个艰难而困顿的时刻的,从前是现在也是,也许未来还会是,我突然之间觉得世界明亮了许多。

"整理"原来是这么有意义的。

一个问题 *12*

该如何让伴侣理解,我不想生养孩子?

文 | Yolafi

我想了很久,决定还是要对自己诚实:我不要生养孩子。

男友 J 刚过完 40 岁生日,人生跌落到最低谷,贴身照料身患阿尔茨海默病的母亲一年多,她还是在圣诞节前去世了。我不能想象他是怎么熬过来的。最开始他还会提起些细节:"她还开车出门呢,不应该再开车了。""她隔一会儿就又问我一遍要不要喝咖啡,我明明刚跟她一起喝完咖啡。"

有一次他来看我,整个人疲惫不堪,我说不然晚上就住这吧。我的床和房间都极小,勉强能腾出一点空间,把单人沙发的坐垫靠垫扔在地上拼成垫子,我笑说就这样了,不许挑三拣四。他说:"没事,我经常睡地板。等护工快下班的时候,我就该回去了。"到了后来我再问起,他只是说:"不能更糟了。"就不再说话。

母亲走后,他说觉得自己也在变老,该有个孩子,也很想有个家。我很替他难过,也替自己难过,我知道我要失去他了。但我还没想好怎么让他理解我为什么不愿有孩子。

父母给我提供了最早的婚姻和家庭生活范本,那是凶险的泥沼,误闯跌入的人机关算尽以确保自己的存活,用最粗鄙的姿态咒骂厮打。各自原有的神采、野心，甚至体面消褪不见，在岁月流逝中佝偻成了两败俱伤的困兽。

但我并不想说这就是我不愿生育、不愿组建家庭的原因。我不能让他们得逞，好像这么多年来这出不堪戏码中的唯一观众，终于被他们死死抓住，拖拽了下去，一起被困在不见爱和温情的泥潭。

我也深知整个故事完全可以是另一番逻辑：由于有父母作为反面教材，我决定夫妻恩爱，母慈子孝，家庭和美。

我要小心自己的叙述。

我也还没有告诉过J，其实我读高中的时候就给未来的女儿想好了名字，璞璞。璞是石头里的玉的意思。字里已经隐隐有不想担责任的意味：你生出来就是块料子，日后自己打磨不出来可不要怪我。

到身边同龄人真的纷纷生起孩子的时候，我却觉得对小孩完全无感，甚至街上碰见都想要绕道走。到了快要30岁，还在深圳惬意独居，喜欢的工作刚爬升到了一个理想的新阶段，"爆改"了新租的海景公寓，躺在墙上油漆味还没太散尽的新舒适区接到一通电话："来悉尼教棋吧？"

9岁学棋，11岁休学 年半进行专业训练，国际象棋是我尚未荒废的童子功。从小互相看着彼此长大的棋友移居澳洲，抛来了橄榄枝。出发，时空变换，新的活法，这些都太诱人了。同时也意味着眼下生活的全部推倒重建。

我放下电话，走到阳台倚着栏杆，重新打量这座生活了近七

最好朝南 181

年的城市，眼前却是灰茫一片。出门打车的时候有些不可置信地问司机："这是霾么？""是雾吧？"司机也有些拿不准。那是2016年年底，全国多地雾霾持续爆表，还在劝北京朋友南下的我，开始越来越频繁地看不清租来的海景。当时恰好在读加缪的《鼠疫》和茨威格的《昨日世界》，书页里一座城市、一个时代的闭合，跟阳台外的天色重叠，像是某种对现实的隐喻。

四个月后，我乘坐的飞机降落在了悉尼。

新的工作每周要跟三百多个孩子打交道。早就不再有一开始的崩溃和不知所措，我已经在悉尼当了四年的国际象棋教练。

那天是周五，8岁的Ian第一个走进教室，四仰八叉躺倒在地毯上，我一边在电脑上准备要讲的对局，一边跟他有一搭没一搭闲聊："你是第一个哎。""耶。""你今天怎么样啊？""挺好的。""这么快吃完午饭了。""是呀。"他继续躺着望着天花板，突然问我："你人生中发生过的最好的事情是什么？"

我松开鼠标，直起身愣住了。我沉浸在一个真空中的理想时刻，课还没开始，我还不是老师，他也不是学生，确切的知识不再重要，它被一种本真的好奇所取代，成为一个个体与另一个个体之间最有效的连接。学生们陆续走进教室，我告诉Ian："你这个问题太好了，也太难了，我得好好想一想。"

一周后我再次回到他的学校，对他说，"我想出问题的答案了。""什么问题？"Ian抬起头一脸茫然。"我人生中发生过的最好的事情是学了英语。"好奇心驱使，英语专业的我在大学毕业前后想方设法参加了几次海外活动和实习，这些又成了得到现在这份工作的重要基础。这些经历、信息和认知上的扩展，是我认为最好的事。

Ian 没接话，埋头继续他的对局，一边催促对面的小伙伴："快走棋啊，该你了！"

"因为它为我打开了一个新世界的大门。"我把矫情的后半句咽了回去，反正也没有听众。

一个孩子像他在其他任何一天里一样，心血来潮抛出一个没来头的问题，刚好被一旁的我接住了，就这么简单。我为自己的强行升华感到好笑。它像"璞璞"这个名字一样一厢情愿，不知道是哪来的自信确定她就是块料子，应该更大概率的是她会抱怨这个名字，发音奇怪也无比难写。

而一厢情愿可能还不是最糟糕的。

项飙谈"内卷"的时候打了个比方："如果我是一个村长的话，如果我今天发明出一种方法，让所有的人互相竞争，最高的奖赏是我对他的认可，这样我作为一个村长是不是非常舒服？所谓的短缺，都是人为的。什么样是好的生活，什么样的东西是有体面的，这不都是人造的?"

我想到办公室地下仓库里堆得最多的，就是成箱成箱的"棋星"奖。四分之一 A4 大小的一张纸，教练们随去随拿，作用是课上亮出来，环顾一周，发 3 到 5 个给"表现优异生"，不管抽屉里是不是还散落着一堆，也许其中几张还被随手写下了谁的电话号码，要郑重强调只发 3 到 5 个，台下一片挺直的腰板和期待的脸。

有那么几次，碰上学生不屑地说，就是张纸而已。我觉得欣慰，但没表现出来。

最好朝南　183

是不是存在一个巨大的谎言，大人们受困其中，在面对孩子时，却变成了说谎者的同谋而不自知？我作为一个教育者身陷楚门的世界不知所终，所以面对学生时常诚惶诚恐。我也不知道楚门跨过墙上的出口后，是不是能够通往更大的自由。

也许我该跟 J 谈谈自由。

公车摇摇晃晃前行，坐在我前排的同事 B 转过头高兴地对我说："我可以休 long service leave 了！" Long service leave 是澳洲打工人的一项福利，无论你是全职，兼职，还是零工，只要为同一个雇主工作了十年以上，就可以有两个月的带薪假。

"如果拼上圣诞新年假期，再加上攒的年假，我可以连续休三四个月的带薪假！" B 越说越兴奋。我睁大眼睛凑上去："这也太爽了吧！你准备干点什么？"

"还没想好，可能会去大学修一个学期的教育学或者哲学。"

我心生羡慕，三四个月带薪的自由啊。简直就是提姆·菲利斯（Tim Ferriss）的书《每周工作四小时》里面说的"迷你退休"。他在书里讲如何利用时间提高效率，精简事项，降低生活成本，外包工作等方法，不断争取到长假期，就可以进行常规生活以外的深度探索，比如去阿根廷生活一个月进修探戈。不做把一切留到最后却发现最好的人生已逝的"延期生活者"，而是把"迷你退休"分配到整个一生，"制作蛋糕并享用蛋糕"。

"可惜现在疫情没法出国。"提到"迷你退休"我又有些为 B 惋惜。B 马上问道："那个提姆是单身吧？我这样有伴侣的就不一样了啊。" B 去年订婚了，年初跟未婚妻一起贷款买下一套公寓，从出租房搬进了两人自己的新家。

"哦，那他应该是单身吧。"我靠回到座椅后背上，公车继续摇晃着行驶，我们都不再说话，沉默着望向车窗外。整条街的蓝花楹绚烂绽放在又一个新的春天里，花朵被风吹落，飘落在行人的肩头，落进单车车筐和婴儿车里，又为街道上铺了层梦幻的浅紫色。人们向前走着没有停留，同时又跟街景一起不断向后退去，在公车停下等红灯的间隙，车筐里还载着蓝花楹的单车小伙赶了上来，绿灯亮起，他很快又退得更远了。我扭回了头，看到车窗玻璃中映出自己的脸。

有时候人为了逃避自由，可真是煞费苦心。

我始终无法准确描述出原生家庭烙印在我身上的底色，不知如何跟一个孩子解释这个世界和倾覆之上的精密体系，不肯放弃自由探索的可能。我想象不出见到 J 时要怎样情绪克制地诉说这些庞杂，于是决定给他发封邮件。然而盯着空白页面许久，最终只打出了一行字：我不想生养孩子，这背后的原因有很多，我不能这么浪费你的时间。发送完毕。眼泪再也忍不住了。

不久，他回复说尊重我的想法，知道我必然有自己的理由。

他当然尊重我的想法，他永远都是这样，身上有一种近乎古典的绅士风度，总是温柔地体察我的感受。

我们两人都很难过和不甘心，试图找到折中方案，然而它并不存在。"你一定会是个很好的爸爸，你的孩子会有和你一样好看的眼睛。"……体面的祝福互相发送了好几轮，直到再也找不出什么能说的。

生活继续向前，悉尼似乎已经迎来了没有必要再担心的后疫情生活，我也逐渐恢复了规律的健身、跳舞和游泳，搬了新家，自己住，做饭整理房间的时候听听播客，睡前读读书。没有什么不好。只是偶尔拉开床头柜抽屉，看到被我面朝下扣着的合影相框，还是会心情低沉下来。但大部分时候，都觉得自己做了个正确的决定，有一种解放了自己的释然，又有一种自我承接的力量感。

几个月后的一个平常周末早晨，我吃完早餐收拾着厨房，窗外阳光很好，连着手机的小音箱里放的是最喜欢的播客 *The Tim Ferriss Show*，嘉宾卡尔·法斯曼是个故事大王，绘声绘色回忆着他如何告诉母亲他要去旅行一趟，没想到一走就是十年，直到在巴西登上一辆大巴车，在一位妙龄女子旁边的座位上坐了下来。她后来成了他的妻子，他孩子的妈妈。我听得入迷，盘算着线下课全部搬到线上，去新西兰旅居一年的可能性，也许南岛住半年北岛住半年，听说皇后镇特别美……手机里的提示音打断了卡尔的故事，我拿起一看，心里顿了一下，是 J 的邮件。内容很简短："我已经决定通过代孕要一个孩子，我想知道，这样的话，我们还有没有可能。"

我依然记得玛格丽特·阿特伍德的《使女的故事》中最让我心碎的一段，在基列共和国沦为生育机器的使女"我"终于有一天暗中托人拿到了一张下落不明的女儿的照片。

我接过照片，掉了个头，将它摆正。这是她吗？她长的是这个样子吗？我的宝贝。

个子高了许多，变化如此之大。如今脸上有了点笑模样，这么快。身穿白色长裙，就像从前加入教堂，参加第一次领圣餐仪式。

时光并未静止不动。它漫过我的身体，将我冲刷一净，仿佛我只是一个沙子做的女人，被粗心的孩子丢在靠河边太近的地方。我在她心里已经被冲掉了。如今只剩下一个影子，远远隐在这张光滑发亮的照片表面下。影子的影子，就像死去的母亲被渐渐淡忘。我已经不复存在，这一点从她眼里看得清清楚楚。

可她还活着，穿着洁白无瑕的长裙。她在长大，在继续生存。这岂不是一件好事？一件幸事？尽管如此，我还是无法忍受，无法忍受就这么被抹去、被忘却。宁愿她什么也没有带给我。

我坐在小桌子旁，用叉子吃着奶油玉米。叉子汤匙可以给我，刀子却绝对别想。逢上吃肉，会事先替我切好，似乎我自己没有办法切或者没有牙齿。可我两样都不缺。正因如此，才不能给我刀子。

我在 J 的额头上见过一道像是刀痕的伤，那是在他母亲去世后，我们的第一次见面。约在一家清静的意大利餐厅，我踏进门一眼就看到了他额头上细长的划伤，还是新鲜的红色，没有开始愈合。我忙问怎么回事，"她很凶……" J 垂下头含糊着说，声音低得几乎听不见。

我握住他的手，努力搜索脑海里的奇闻趣事，夸夸其谈讲了起来，时而表演惊奇，时而顾自爆笑。整个餐厅除了我们只有另外一桌客人，看起来像是母女，沉默对坐，各自卷着盘子里的意面。服务员也不知道在哪儿歇息。我希望此时能突然有人出来报幕,然后一个欢快的乐队挎着各种乐器喜气洋洋登台,意式情歌,西西里小调,随便什么都好。

整顿晚饭 J 都没有吃多少也没有讲多少话,每次开口都像是使出所有力气,我必须凑近他才能听清。分别后我回到家,收到他的信息:"今天是我很长时间以来第一次笑,谢谢你。"我仔细回想了一下,是有几次见他疲惫地咧了咧嘴。

代孕在澳洲是合法的。J 找到的代孕妈妈把这件事当作带薪休假一样的好事一桩,让她可以在家陪伴还年幼的儿子,并且从离婚中做个休整。但即使是这样,在我看到有人说"代孕根本不是合法不合法的问题,而是应该判几年的问题"时,还是觉得心惊。那是一篇关于印度代孕妈妈的文章,这个评论得到很多的点赞。

我的确有过短暂的摇摆:如果继续这样的恋爱关系,是不是就默许了向着基列共和国的坠落,意味着对一个共同体的背叛。但另一方面比起眼前这个真切的人,我们之间切实的情感连接,我身处的群体则模糊得像是一个概念而已。

我也第一次想到那些对婚姻甚至伴侣并没有需求只想要孩子的女性,她们可以选择并负担冻卵、精子银行这样的程序成为母亲。那么同样诉求的单身汉呢?如果身在一个代孕不合法,女权意识越来越强的社会,这个群体是什么样的。

而实际上我并不必去站队,我最终只是站在一旁,看到不同的执念和困境。

"我们见面聊吧。"我回复 J 说。

作者后记：

写下这个故事的时候，我刚刚追完热剧《后翼弃兵》，英文原名是 *The Queen's Gambit*，在国际象棋里 gambit 是指一种激进的开局策略：开局就弃子，以局面优势而非子力优势获得主动权。我下棋的时候完全算不上生猛的弃子进攻型棋手，然而写作的过程是一次梳理和回望，才发觉原来这一路其实都在不断舍弃，并期待由此获得一个更为开阔的人生局面。

12 种境况

一种境况 01

父母沉迷麻将，我曾经是"麻将留守儿童"

文 | 嘉禾

我妈的手机每到午饭前就会响个不停。

"无法可修饰的一对手，带出温暖永远在背后。纵使啰嗦始终关注，不懂珍惜太内疚……"童声版《真的爱你》的手机铃声背后，大多是打麻将的邀约。作为老师，爸妈在当地开了一间麻将馆，每年夏天到了放暑假的时候，手机业务更加繁忙。几通电话间，一场下午的牌局已经约好了。

那天在她接电话的同时，三姨父正在我家厨房满头大汗地忙活着中午家宴的饭菜。下周三是外婆90岁大寿，我们决定提前到周末一起庆贺。一遇到这种大家庭的聚餐，一向不善烹饪的爸妈就会自动把自家厨房让给厨艺一流的三姨父。

吃完饭，我妈夹着她那只长长的皮质钱包匆匆下楼。"客户"们快到了，她着急下楼去开门。麻将馆就在住宅楼一楼的车库。

其余的人无所事事地坐在沙发上，被午后的热浪烤得有些昏昏欲睡。三姨突然提议："走，我们也去楼下打两圈麻将！""我们"是指三姨、三姨父、我爸和外公。这个提议一下子提振了他们的精神，特别是外公。近几年他愈发耳背，我们非得要凑到他耳旁大声说话他才能听得见，但"麻将"二字是例外。三姨话音刚落，外公就站起来了："走！"

他们一阵风似的下了楼。每逢节假日或者家人生日，家宴之后似乎都成了我和外婆两个不会打麻将的人的独处时光。连这个给外婆提前庆生的周末，也不例外。

在我老家那样一个没有像样的公园、电影院，更没有任何图书馆、博物馆、展览馆等文化娱乐场所的十八线川东小县城，麻将是人们最为主要的日常消遣活动，在智能手机还远没有出现的年代，更甚。

大街上随处可见的茶馆里总是坐满了人，他们聚在一起并不只是为了喝茶和聊天，更重要的是打麻将。名号和装潢各异的茶馆，其实就是麻将馆，以提供棋牌娱乐为主业，茶水只是他们附带的生意。位于各个居民区内的家庭麻将馆，还有在亲朋好友家中聚起来的牌局，更是多不胜数。

老家是典型的四川盆地气候，冬季阴冷潮湿，偶尔出现的大晴天能吸引全城居民齐齐出门——打露天麻将。冬日的艳阳天里，临近我家的大广场上就会摆满麻将桌，人们一边晒着太阳，一边"应战"或"观战"。远远看去，整个广场上密密麻麻都是人，蔚为壮观。

2008年大地震发生后，广场用作了应急避难所，当地居民在那里搭建了一个个帐篷作为临时居住点。很快，这些帐篷的里里外外也摆起了麻将桌。在大大小小接连不断的余震里，人们每天依然抖擞着精神打上个十圈八圈。

关于四川人对麻将的痴迷,甚至有一个非常俗套的笑话,说如果坐飞机时听到麻将声,那多半是飞在四川上空了。还有一种说法,四川的娃儿们一出生就认得麻将牌,学龄前就能打得一手熟练的麻将。

对于爸妈和学校里许许多多其他老师来说,麻将或多或少都能算得上他们的副业,特别是在寒暑假期间,牌局几乎是一天不落地安排上。

20多年前,我读小学一二年级的时候,我妈还在外公外婆当时居住的小镇上教书,我爸带着我在县城生活。一边当着一群荷尔蒙爆棚的青春期学生的班主任,一边又当爹又当妈地带娃,打牌成了我爸最钟爱的娱乐活动。那会儿他才30出头,精力可真是旺盛啊,可以下了晚自习后坐上牌局,一直打到第二天早上,下了牌桌直奔教室辅导早自习。

我10岁左右,我妈转到了县城工作,也开始融入单位的麻将圈。有一个夏夜,不记得我爸是去了晚自习还是在打牌,就我和我妈在家里。吃过晚饭刷好碗,她给我兑了一杯果珍。《新闻联播》已经播送完了,白天的燥热在一点点退去,晚风从窗户漾进房间。我捧着杯子,闻着果珍的味道,真的甜美。我边喝边想,一般夜场都是下午5点过就组好局了,今天已经晚上7点多,我妈应该不会去打牌了。

想到这里我很开心,放下杯子,拿出新买的竹笛,打算把即将登台表演的曲目吹给我妈听。这个时候电话响了。

挂了电话,我妈匆匆忙忙就向外走。我知道,她一定是被牌友约走了。我最讨厌过了"正常"时间点才邀约牌局的人。在我们那儿,绝大多数夜场都是下午 5 点前就定好的,这种时候我会欣然接受晚上一个人在家的情况。但如果天都快黑了才来邀约,我会觉得这些叔叔阿姨生生抢走了我已经开始享受的亲子时光,而且他们总能抢赢我。

我一手拿着笛子,一手拉着我妈的衣服,哭喊着不让她去。我妈径直往外走,我拽着她的衣角跟着往外小跑了几步。走到门口的时候,我妈突然转过身,一把夺过我手里的笛子,狠狠摔到地上,怒道:"哎呀,你这娃儿咋回事?"

我傻眼了。我妈趁我发愣的瞬间,甩开被我抓住的衣服,快步离开。

我慢慢捡起躺在地上尾部已经开裂的笛子,试着吹了两口,竹笛因为破裂完全走音。我蹲在地上大哭起来,一边哭一边喊着:"我的笛子,我的笛子……"晚上 11 点多,我妈打完牌回来,一位热心邻居提醒她:"赶紧回去看看你女儿鼻子咋了吧,她喊了一晚鼻子了。"她回到家中,叫醒手握笛子靠在墙边睡着的我,端详了一阵说:"鼻子不是好好的嘛。"

后来,我把和我一样的小孩统称为"麻将留守儿童"。到现在我都不能明白,麻将的魅力何以至此,能让这么多爸爸妈妈让渡出孩子最为渴求的陪伴时光,相互邀约着用牌局打发掉一个个本该属于家庭的夜晚?

千禧年之后,我上了初中,学校里渐渐有老师或家属在家里开了小作坊式的家庭麻将馆。一般是在客厅里摆上两桌,或者专门腾出一个卧室来。为了留住夜场的客人,他们通常会提供晚饭,而晚饭的质量又是他们暗中争夺客源的一大筹码。久而久之，牌友们就都会知道，谁家的晚饭质量最高、品类最丰盛。

我妈一向不喜欢做饭，她通常是固定去一家晚饭最丰盛的麻将馆，并会在饭点的时候给我打电话，几栋几单元几楼几号的阿姨家开饭了，叫我赶紧过来。老主顾的孩子过来蹭顿饭，主家也不好说什么。而我妈则一举两得，既不打断两连场的兴致，又解决了自己和女儿的晚饭。我也觉得，那家阿姨的烧菜手艺堪称完美。

挂掉座机电话，我就收好作业，或者关掉电视，准备出门吃饭。"你妈喜欢带你一起吃'赌饭'。"外公外婆那会儿总这么说。

我爸一般不和我妈在同一家玩。因为我妈喜欢去的那家只提供麻将，而且多半是女人们的牌局。她们不喜欢男性牌友在桌上吞云吐雾。除此之外，她们还提出了一系列禁忌，牌桌上搞手段想"诈胡"的、输牌后骂骂咧咧的、给钱不爽快的、找借口开溜的、欠钱不兑现的，还有打得太好把把赢、根本不给牌友任何生机的，都在"黑名单"之列。其中，我妈最讨厌和最羡慕的，是最后一种。

我爸和他的男性牌友们有时候会打打长牌、扑克。一般是去几个老搭子们常去的麻将馆，或者直接去别人家里。我爸的牌友里有很多老烟民，在他们的鼓动下，我爸也会时不时在牌桌上跟他们一起抽两根。

有时候我甚至就在爸妈打牌的那家人家里过夜。洗牌声不断传来，我焦躁地躺在别人的床上或者沙发上，被四处弥散的烟味呛到快要窒息，无法入睡。

最好朝南

有段时间，我爸频繁地打夜场麻将，常常零点以后才回家，引起了我妈的强烈不满。他们为此争吵过很多次。到后来有一阵，我爸出去打牌之前甚至连招呼都不打了。

过了晚上 10 点，我妈就会不停地给他打电话，催他回家。有一次我爸索性关了手机，导致我妈的焦虑症彻底爆发。她在家里来来回回地走，一边哭一边不停地咒骂我爸，路过的地方，什么顺手就砸什么。当时老家特别流行在电视柜的两边各摆一个一米多高的音箱，我家也有，音箱上还摆了花瓶、相框等装饰物，我妈也一抬手全部打翻在地。

我那时大概初二，已经见证了他们十年左右的争吵，起因包括麻将和其他各种生活琐事，但从未见过我妈那个样子。我吓得不敢睡觉，什么话都说不出，只能在客厅里陪着她一起哭。不知道几点，我爸终于回来了。

我妈走上前，瞪圆了眼睛，咬牙切齿地问："今晚去哪儿了？"

我爸察觉到不太对劲，但强作镇定地回答道："去杜勇家耍了会儿。"

"赢了还是输了？"在气急败坏的巅峰时刻，我妈没有忘记她最关心的输赢问题。

"输了点儿。"我爸明显底气不足。

"多少？"我妈的语气已经透出绝望。

我爸说了个数。我不记得是多少了，但一定是个不小的数字。我妈立刻被这个数字点燃，她去厨房拿了刀，要砍我爸。我爸一看，马上把我带到卧室，让我先睡。我害怕极了，哭得快要抽筋，手脚发麻，结结巴巴地让他们不要再吵了，我爸也带着哭腔叫我快睡。

我爸走出我的卧室，关好门。我听见我妈在外面一遍遍质问他，到底去哪儿了，为什么不回家，为什么关机，输了这么多，日子还怎么过？我爸也怒火冲天地回怼道："你管我的？"突然，我听到刀落地的声音，接着是肉体撞击地面的沉闷响声。

"你起来，有话起来说。"

"我不起来，你打电话把校长叫来评评理，校长不来，我不会起来。"我妈躺在地上干嚎。

"我不打这个电话，丢不起这人。"

"那我打。"我妈向来有魄力。她真的拨通了校长的手机，把校长从睡梦中叫了起来。因为都住一个家属院，校长十五分钟左右就到了我家。

听到开门声，我忍不住爬起来冲出卧室，只看到我妈躺在一进门的鞋柜旁边的地上，手边扔着家里的大菜刀。看着她身上的花裙子，我觉得有些眼晕。校长站在门口，借着昏黄的吊灯，他满脸的尴尬一清二楚地映入我眼里。茶几周围，是被砸得一片狼藉的物什。

在我脑中，关于这出闹剧的记忆定格于此，后面便是一片空白。多年以后，再回忆起这些爸妈争吵的场景，就好像在看默片，一点声音都没有，他们说的话似乎全都变成了屏幕下方的字幕。可能是我的记忆强行删除了这些画面的音轨，永久删除、不可恢复的那种。

以前，外婆总是问我："爸妈都出门打牌了，你一个人在家会不会不好耍啊？"

我知道，其实外婆是想说她自己。

20年前，她和外公刚从小镇搬到县城居住。在逐渐适应县城生活的过程中，外公找到了一项固定的娱乐活动。每天午饭后，他就步行到他家附近的老年协会——其实就是老年麻将馆——去打麻将。不识字、更不懂得打麻将的外婆，除了偶尔和邻居老奶奶们在楼下聊聊天，更多时候在家里无所事事地打转。

她开始在阳台上种菜、养鸡。她把每天的剩菜分作两份，一份用自来水泡上一天一夜后浇灌土盆里的葱和蒜苗，另一份则剁碎了喂鸡，就像以前在农村的时候一样。阳台的门关不住馊水和鸡粪混合后的惊人气味，整个屋子闻起来就像是一个养鸡场。

后来，因为实在太不卫生，在子女们的强烈反对下，外婆放弃养鸡，并把菜园子搬到了楼顶，每天傍晚和打牌归来的外公一起提水上楼浇菜。再后来，由于年事渐高，体力逐渐不再能支撑种菜所需的劳力，她最终连屋顶菜园也放弃了。

不种菜了，外公仍旧可以每天打牌，而外婆则又重新陷入了孤独之中。和我一样。

一年除夕，一大家子人在我家打麻将，只有我和外婆坐在沙发上专心看春晚。晚上9点过，外婆困了，想回自己家睡觉，我说我去送送她。我们穿好鞋，我拉着她慢慢走下楼。

外婆有白内障，在夜间只能摸索着前行。我拉着她，感觉她干枯的手因为什么也看不见而紧张得青筋暴起。她缠了一半又放开的小脚在黑影里一点点小心翼翼地向前探。我说："外婆放心，跟着我走没问题。"外婆说"嗯",像是确信似的捏紧我的手。

我们婆孙俩在除夕夜几乎空无一人的街道缓缓走着,幽暗的街灯把我们的影子拉得又扁又长。还不到零点,远处已经响起了零零星星的炮声。我时不时地提醒外婆躲开路上的障碍物,这里需要脚抬高一点、那里需要步子迈大一点……二十分钟后,我把外婆送到了家。钥匙刚插了一半进锁孔里,她就决定再把我送回去,因为实在不放心我一个人独自走夜路。我说不用了,叫她赶紧洗漱了睡觉,但她坚持要送。于是,我们又慢慢地折返回去,一路上有一搭没一搭地聊着闲话。

家人们看到外婆又和我回来了,都哭笑不得,说我们是太闲了才这么在除夕的晚上送来送去。只有我懂得外婆问的那句:"爸妈都出门打牌了,你一个人在家会不会不好耍啊?"

因为在一个以打麻将为主要消遣活动的县城里,和一群热衷于打麻将的家人生活,不会打牌的老人家和不会打牌的小女孩,我们的孤独是一样的。

已经晚上 6 点了,他们还没有回来。我和外婆从沙发上起来,慢慢走到厨房开始准备晚饭。外婆拿过两瓣蒜剥了起来。

"我偶尔去给窗台上的那个啥子浇点水。它长得还挺好的。"

"啥子啊外婆?"

"就是那个长刺的东西,我说不来它的名字。"

外婆说的是窗台上放的一盆仙人球,是现在家里唯一的绿植。

多年来,我家从饭厅通往卧室的拐角处一直摆着一盆巨大的假花,是刚搬家的时候我妈买来的装饰品。扭转式的方形大花瓶,红里透黑的颜色好像从来没有被擦干净过，瓶里插着几根枯枝，张牙舞爪地向外延伸。

大三那年暑假，我实在无法忍受这个插着假枯枝的花瓶，于是上街买了一大盆枝叶长垂到地上的绿萝和一个配套的落地式花架摆在那里，将花瓶连同里面的枯枝一起挪到了书房的角落。我想，绿萝总归是个活物，能给家里增添一些生气。没想到等到春节再回去的时候，只有一个装满土的盆子摆在花架上了，绿萝已经全部枯死。我问爸妈这是怎么回事，他们都说："我们一天天忙得很，哪有时间管它哦？"

我看看家里的茶几，积了厚厚的一层灰，上面胡乱堆着没有系好封口的南瓜子，已经有小虫子盘旋其中的水果，盖子破损的紫砂茶杯，散装茶叶的袋子，还有学校的通讯录和我爸自制的统计表，突然明白了我妈喜欢摆放假花的原因。很简单，就是不用浇水、不用照管。因为他们的精力都在别处。

近几年来，爸妈快要退休，工作已经比较清闲，但他们没有时间研究食谱、打扫卫生，更没有闲情侍弄花草、陪伴家人。在别人家打了多年麻将以后，他们终于开起了自己的麻将馆。

我妈觉得，反正都要打麻将，与其被别人抽成，不如自己来提供这个场所，还能有点额外收入。她把一楼的车库简单装修了一下，安了两台空调，买了两台麻将机、两张普通麻将桌，还有很多副麻将、长牌、扑克牌，还像模像样地置办了茶壶、茶杯、茶叶、小边几、烟灰缸等一系列物品。

这些都是爸妈去别人的麻将馆打牌时观察到的。他们很少在外面学回来什么美味的烹饪方式，或者把家里布置得整洁温馨的方法，但麻将馆里必备的物料，他们都一样不差地牢牢记住了。唯一不提供的，是晚饭，因为做饭实在是我妈的"死穴"。如果那些人一定要吃，她就会去小区门口的小卖部买几盒桶装方便面。

经过 20 多年的争吵，爸妈最终找到了一服"情感黏合剂"——麻将馆，工作之余，他们有了整齐划一的奋斗目标。假期的上午，他们从 9 点多就开始邀约牌友。

爸妈都不是擅长社交的人，对于开口"拉生意"这件事，一开始还有点抹不开面子。但为了下午的牌局，他们也慢慢学会熟稔地在电话里和对方插科打诨，锁定牌友们下午的时间。我爸还专门制作了统计每日顾客、输赢、收入的表格，盈亏分别用不同颜色的笔标记出来。

生意越来越好，竞争对手也随之出现。同一排的车库里，很快又开起了另外两家麻将馆。一家是一对已经退休的老夫妇开的，另一家的主人是一位全职太太。

因为实在受不了吸烟室一样的环境，我很少在家里麻将馆的营业期间进入，却总是路过正位于我家单元门口的全职太太的店。我总觉得这家店里的牌局可能从来没有结束过。不管我什么时候回到老家，任何时间——即便是除夕当晚和大年初一的早上——经过那家麻将馆，厚厚的窗帘里总是透出白炽灯的惨白光线，总是传来麻将相互碰撞发出的声响，总是一样的烟雾缭绕。我不禁自问，是这个房间里的时间停止了吗？还是这些人对时间的使用太慷慨了呢？这种心安理得"浪费生命"的方式，我居然莫名其妙地有点儿羡慕。

随着年纪的增长，因为身体实在吃不消，爸妈渐渐放弃了夜场。他们自己不打，但如果有下午场的牌友们打得难舍难分、要求晚饭后继续，他们会让那些人晚上自己到后厨烧水喝，结束的时候把抽成的钱放在麻将桌抽屉里，随手把门带上就好。都是多年的同事和朋友，我爸妈这种佛系自助式夜间麻将馆的做法，竟然维持了下去。

下午场也常常超时，打到晚上8点是常事。爸妈会在散场之后很快回到家里煮一碗面条吃。因为在极度饥饿的时候，面条这种最便于烹饪的食物能最快填饱肚子。一般我傍晚给他们打电话，十次有九次不是在打麻将就是在吃面。

电话接通的时候，先听到的永远是哗哗的麻将声。我妈总是不耐烦地说："有啥急事么？没有就晚点，我正忙。"隔着电话我都能想象她皱着眉头的表情，因为我的来电很可能打乱她正在飞速计算点数的大脑程序。如果是视频，她会直接拒接，要是接了，那她一定正在吃面。

我老是忍不住唠叨："这样不行的哦，对身体不好哦。没事少打牌嘛，多出去运动运动，你以前不是打太极拳和玩柔力球吗？现在怎么不练了？有时间还可以看看书、练练毛笔字嘛，和外公外婆大姨他们多玩玩……"

"晓得了晓得了，我吃完了要洗碗去了。"还没等我说完我妈就直接掐断了视频。

几个月前，外公外婆因为年事已高，搬去和爸妈同住。老人家的到来没有对麻将馆的营业造成任何影响，仍是牌局邀约不断。每天中午前响起的手机铃声是最能刺激爸妈神经的声音。

每个他们双双在麻将馆鏖战的下午，外公外婆都因为实在无法等到晚上 7 点以后再吃晚饭，便自己在厨房摸索着捣鼓，最后也就只能煮出两碗寡淡的面条来。

我曾问过我妈，仙人球是哪里来的，她说是当年装修时买来吸附甲醛用的。作为目前家里仅存的植物，只有外婆还记得它，会时不时地去照料一下。绿萝的盆和花架早已不知去向。我妈又把那个红黑花瓶和里面的枯枝搬回了原处，还在花瓶里另插了两把颜色和外形都更加不搭的假花。

老式高压锅的阀门"哒"地一声落下，米饭已经蒸得了。我切好了菜，外婆也剥好了蒜，理好了葱。她放下手里的活计，走到餐厅，手扶着餐桌，艰难地辨认着墙上的时钟。

我跟着看了一眼："已经 7 点咯，外婆，你饿不饿？"说着我拿出前两天从网上买了直接邮寄回家的点心，"要不要吃一点？"

这个时候，我听到钥匙插进锁孔里的声音，是我爸和外公他们回来了。"我妈呢？"我问道。我爸习以为常地说："还在打，不用等她，我们开饭吧。"

这是我妈的又一次缺席。

作者后记：

一直想写家庭生活，尽管只是一个侧面而已，但对我来说，已经是一次非常好的尝试了。

写作真的是一件有意思也有意义的事情，特别是非虚构，可以记录下此时此刻、彼时彼刻的真实经历、真实情感，颇有点用个人之笔书写历史之感。只不过这里的历史，并不一定是宏大的、全局的，它可能只是在整个宇宙不断向前的过程中攫取的一个小小侧面。但也正是这千千万万个小小侧面，最终汇成滚滚的历史长河。

其实，总体来说，在我的整个成长阶段，父母已是尽己所能给了我良好的关爱和教育。前几年家里遇到了经济危机，适逢我正在经历人生的低谷期，他们咬着牙省吃俭用拼命攒钱，再靠着麻将馆带来的额外却也有限的收入，支持我换了工作，又在我工作的城市为我买了房，并迅速还完了外债。可以说，我没有资格去指摘他们开这个麻将馆。我只是不懂，麻将何以能成为比陪伴亲人和生活品质更为重要的存在。

一种境况 02

从留守女童到乡村教师，我经历过的那些梦魇

文 | 秀红

我出生在一个普通的农村家庭，据奶奶说我刚 1 岁时爸妈就出门打工了。

7 岁那年，我挂着两条蜂蛹似的鼻涕拖着书包见到了照片中那个女人，我一眼就认出了她。但她变了，披着的头发扎得高高的，照片里绣着菊花的红大衣也不见了。见到我，她咧开嘴招手喊："那是谁家的姑娘娃儿，长这么高了，快过来。"

那一刻，我突然感觉到我好像有了大孩子嘴里的"长大了才会烦"，莫名的悲伤涌来，愣了愣扭头就跑。她在背后的呼喊被风吹得一个字儿都没落到耳朵里来。

我一口气跑上山去看套在树边的大黄牛，心里练习着该怎样喊妈，是轻轻地喊一个字的"妈"，还是像电视里那样甜甜地喊两个字的"妈妈"？

"妈！""妈，妈妈？"……我的脸越来越胀，快要热得炸开，心脏似乎要跳出来劈开那个挡住家的山弯。天黑了我不得不牵牛回家，绑绳儿、关门儿、放苞梗儿。做完这一套动作后我终于下定决心就喊一声"妈"，谁让这是我第一次见到真妈呢，总不能

太自来熟了。

推开用木炭歪歪扭扭写着"婆婆,我放牛去了"的木门,它照例用"嘎吱"一声向里面的人宣布外来者。

"你往哪里去了现在才回来?喊你你听不到是不是?是不是没长耳朵?来来来!我用火钳把它烙掉别用了好了!"那个我打算喊一声"妈"的人拉着我就往火坑边去。她像拎鸡似的一把将我甩到噼啪作响的火堆旁,左手揪着我的耳朵,右手毫不迟疑地抽出烧得通红的火钳,我吓得又哭又喊拼了命地往她胯下钻。

她的面容开始变得模糊不清,脑海中浮现出了表哥们口中吊死在半山腰的女鬼,惨白的脸,血红的眼,尖牙长指甲……不,她比鬼可怕一万倍!那一刻恐惧早已剜掉了七年的思念,它同那狰狞的火、撕心裂肺的哭喊一样吞噬、嚼碎了那个字。火钳最终没有烙掉我的耳朵,但我再也没有见过比那晚更可怕的鬼,原来会割人耳朵的不是只有用手指过的月亮。

经历像死过一回的劫难,她晚上却好似什么都没有发生过一般要我和她睡。她抱了我,我挺直了腰杆一动不动,数着呼吸,有了人生中的第一次失眠。

随着她渐渐突起的肚子,我迎来了弟弟。可弟弟刚满周岁,他们又走了,我的生活除了多个和我一样孤单的小孩,其他又恢复了"正常"。

"手伸出来。"那时候每天最怕的便是这四个字。"呼——啪!"我能清晰地听到细竹条和空气摩擦落到手臂上的声音,"啪啪啪啪啪",身上的肉像打了气似的一条一条鼓起,有的好像为了点缀似的开始渗出些红，一阵阵剧痛传遍全身，人却不敢躲，甚至不敢抬头看一眼那个每天笑着对奶奶说"我喊妹妹一起去放牛"的表哥，可明明我们是亲人。

那时候我竟然想，要是能把"打"换成像上回一样"骗我去挖他们拉的屎"就好了。我依稀记得他拉着我说要带我去挖泉眼时的兴奋，他说挖成了还可以做个小水池，是我的水池，只有我家的牛才能喝。我满怀期待却挖到一手恶臭，他在一旁捂着鼻子笑弯了腰，像看见了世界上最好笑的人。

"打你是为你好"，每次噩梦的结束总带着这样一句安慰和"你要是敢回去说你就完了"的叮嘱。反抗不了原想过躲，可我至今也忘不了当我再三向奶奶请求今天不去放牛时，他在窗外斜着眼睛瞪我的样子。奶奶背对着他笑着说："他们都在等你呢。"

而越往后长大，才知道原来世界上还有比"手伸出来"更可怕的事。

一进那个黑屋子，我便闻出了屋里有我和表姐新采的像丁香一样的山花，是十字形的，会结成一摞摞躲在绿叶下。我刚想开口找她要些，便被一双手推倒。"我们带你玩件好玩的事。"她的声音从背后传来。"你去把外面的门闩上了再来，我先找个东西蒙住她眼睛。"她对着她的弟弟轻声讲道。"姐……我不玩，我怕……不行……"我的话似乎被吸入了无底洞，随之而来的是那句"裤子脱掉"。

钻心的疼痛袭来，一滴、两滴、三滴……第六滴的时候我终于忍不住叫出声来。"别喊，快完了！"一滴落下被按住无法动弹的身体会随之一抽，可越抽他们好像觉得越刺激，紧接着是几滴

最好朝南

连着倒下,像是一锅滚开的热油泼来。

那一截蜡烛燃完时我的大腿内也结了一层厚厚的蜡油,余热还未散去便是突然大力地撕开,我似乎感觉到皮肉分离。"你猜她的能放几支笔进去?"表姐用好像在说过年会得多少压岁钱一样的口气对她弟弟说,笑意溢满了我的耳朵。

空气中小花的清香和燃尽的蜡油味在相互纠缠,衣柜里樟脑丸的味道也变得张狂,屋里越来越黑,我的头开始剧烈地疼痛。

"穿上,回去了敢和大人讲打死你!"我小步走出去,心里期待着此时家里的牛已经吃饱……

那一年我9岁,读小学三年级。

日子一天天过去,痛苦一天天翻新,我也慢慢因他们加诸我的痛苦变成了人尽皆知的坏孩子:带表妹逃学,在上学途中抢别人钱,让小孩去池塘踩冰块,把全村母鸡生的蛋扔茅坑,拔掉全村人刚长出的玉米苗……最后我的童年在被父母接去浙江管教两年,不,是打了三年中结束。

三年后我回家,到县城最好的初中开始了鸡飞狗跳的青春期。家里离县城远,每个月才能回去一次,一到周末就只能满大街晃悠。初中三年我逃学、上网、看小说,顺道结识了一位社会大哥,他认我当了妹妹。

因为他没钱用,我就拿出自己的生活费给他,还怕他不接受,做了张贺卡偷偷粘在背后。他知道后感动得热泪盈眶并约我去市里玩,转身联系人着手准备把我卖掉。后来我因他身边人的一通电话没上车而躲过一劫,挂电话之前那个人说:"别告诉别人,你不应该和我们混,我们是坏人,回去好好读书。"

高二时我妈因为打工的厂生意不好，留在家中和爸爸种植烟叶，也是那一年，我和我妈的沟通开始了。

记得每次忙完都已是深夜，那天回家的路上月亮很亮，我和妈妈的影子被投在黄泥巴路上，一长一短。

"我好恨你们，屋里对我来讲就是一个旅馆，总有一天我会离开。"记不清是由于什么原因我看着妈妈的影子讲出了这句话，接下来就是长长的沉默，只听见山林中传来"咕咕"的鸟叫声，她不像往常听完就扯开嗓子骂我没良心。

晚上她又一次要和我睡。

"你和我讲一讲嘛，为什么这么恨我们。我们出门打工是为了你们啊。你讲一哈，我们是亏你吃了还是亏你穿了？"她的手慢慢从被子中间伸过来，挨着我却没敢握住。

我回想起她前些日子到县城学校给我送李子，大热天舍不得花钱坐车，也不知道我学校在哪儿，一路边走边问，到了后又等我半小时，待我下课后笑嘻嘻地把怀里快热熟了的李子给我。她只是笑，最后讲了句"快回去上课吧"便走了。

我突然感受到了她的小心翼翼。眼睛一热，所有从小到大受的委屈呼之欲出。

"你……"我刚想张口却发现什么也讲不出。

手臂上一丝丝的血印，大腿间一块块的殷红，身上一处处的淤青，欺凌者丑恶的嘴脸，拿到 90 分后一句句"你是抄的吧"，每个无家可归的周末，无人问津的发烧夜，独身一人的中考，从没有人去的家长会，家里没电话时为了到街上接几个月才打一次

最好朝南　　211

的电话在大雨里跑半天，最后还是没接到的失望……这一个又一个让我感到孤独无依的瞬间全涌上心头，如鲠在喉。

最终我什么也没讲。不是不想，只是再恨又何尝愿意伤害他们呢？我不愿看到父母知道后的心疼内疚，也不愿一直与人为善的他们，为了我和亲人闹翻，更不愿让他们看到身边的黑暗。我更宁愿是他们眼中"不懂事"的我。

后来想想到底是什么支撑着我继续读书，大概是文学的力量吧。

我仍记得儿时叔叔给我带回的第一本课外书，巴掌大的《作文精选》。我凭着抄袭那本书中的一篇作文第一次获得了老师的"A"，从此以后看书便成了我躲避现实的良方，我从开始的仿写慢慢试着自己写，往后写作文拿"A"也成了我在班上唯一能找到归属感的事。

因读书成绩太差我上了职高。高三那年在职校当语文老师的叔叔兴冲冲地把我叫去办公室商量报考农村教师的事。

"毕业后有编有岗，你不知道现在有个安稳的工作多难！"

"可是我想学汉语言文学，那是我从小就喜欢的……"

"你学了出来能有现在这么好的机会？"

我沉默了，那几天的一分一秒都度日如年。我想起了第一次领奖状看到"作文之星"的骄傲，想起了一笔一划誊抄作文贴在展示区的认真，想起为了看书偷手机躲在被窝里看韩寒的深夜，还想起了放假上数学补习班时，偷偷溜去隔壁书店一窝就是一整天的快乐……没有人会理解写作于我的成长而言有多大的影响。

生活在阳光中的人们从来不会知道，一丝光亮于深处沟渠中的我来说有多宝贵。我凭着它得到了老师的欣赏，得到了人生中第一张荣誉证书，得到了别人的掌声，得到了父母的夸奖……那时候我仿佛就是一个充满希望的女孩，做着文学梦，我的童年从不曾有恶魔。

可最终我还是放弃了心里所爱，一方面我清楚地知道以我的成绩不会考上一所好大学，以我的水平也成不了一名作家，我的梦想只会是爱好，而不是将来靠以谋生的手段，与其去追一个不确定的未来，不如把握好能确定的当下。

自小缺失的安全感让我从来不愿反抗，也不敢反抗，无论对别人还是对命运。

现如今，我已经从一个别人口中一无是处的坏孩子，成为站上讲台的乡村教师，开始试着和我的孩子们笑着讲我的过去。

"你们猜我一挖下去是什么？"我突然压低声音，攥着的拳不由得伸出一根手指故作神秘。

"是一下就喷出来的泉水！"

"是给你埋的一朵山茶花吗？"

"说不定把他的臭袜子藏里面啦！"

孩子们兴趣极高，把他们的奇思妙想都放在了那个用湿泥土覆盖住的土坑下。

"不，是屎，是一泡稀屎！当时我的小拇指上还巴着颗没消化的玉米粒！"

"哈哈哈哈，老师你也太惨了……"下面传来学生们一阵阵大笑。随后我在他们的日记中见到对我这样的描述：她把这么丑的事都告诉我们了，看来是真的想和我们做朋友。

我曾不止一次思考过，到底是什么能让我把这一切对着孩子们讲出来？那些痛苦的过往曾无数次撺掇着我从楼上跳下去，它使我从小到大自卑得从不敢大声笑，让我学不会交朋友，做不到同别人亲昵，让我在谈恋爱的过程中过分依赖也过分歇斯底里。

它甚至把自私、多疑、敏感、缺爱、悲观刻进了骨子里，让我从不敢相信什么东西会永久属于我。直到我会因为他们好而快乐，因为他们不上进而悲伤，我才明白这就是爱吧，我确信是爱。

班上的孩子大部分是留守儿童，照顾他们的爷爷奶奶们要么过分溺爱，要么将大人自私又狂躁的一面全展现在他们面前；有的是单亲家庭，缺爱的环境让才上小学的他们开始"谈恋爱"；有的从出生到现在还不知道妈妈的名字和相貌；还有的会在作文中写："我知道我是抱来的，爸爸妈妈为什么不要我呢？"所以我爱他们，仿佛是在爱儿时那个没人爱也没朋友的自己。

我开始同他们交心，把我所经历过的一切全告诉他们，让他们穿越到二十年后以父母的身份给自己的孩子写一封信，信中大多写着"不管发生什么，我会一直陪着你""我不要你读书有多厉害，但你一定要做一个好人""我会给你取一个好听的名字，你一定要好好地爱我"，等等。

他们在字里行间表达着对父母的思念，也透露出对大人教养方式的不认同。我试着以此同他们的家长转达孩子们的想法，可几乎没有一个家长愿意同样坦诚地回一封信给孩子。

给他们上性教育课，将那些我都不好意思看的图片展示在大屏幕上时，班上一片哗然。那堂课我硬着头皮讲了生命是如何孕育，男女生如何注意私处的清洁卫生，如何防止被性侵等，办公室的老师戏称我在上"小黄课"，但我觉得这些非常有必要让他们知晓。

我希望他们不要经历我所经历过的一切，有个纯真的童年；我希望他们长到20岁也依然可以笑得天真坦荡；我希望我所缺失的童真和纯洁他们都能拥有……

妈妈用"走狗屎运"来形容我的今天，只有我自己知道我经历了多少折磨和自我救赎才找到支撑点。艰难长大的过程中每个时期村里都流传着我的谣言，那些伤害过我的人成家立业结婚生子，我却是亲人口中的没有前途的反面教材。这种现象直到他们听说我在当老师后才有所收敛，见面只说：你看看这娃，没声儿没息的怎么就成了老师呢？

我想，大概是走了"狗屎运"吧。

作者后记：

在我们这边的山区学校，有太多农村留守女孩儿，她们要面临的不仅仅是父爱母爱的缺失，山区求学条件的艰辛，还有可能要遭受隔辈亲的溺爱或偏心，面对身边熟人的侵犯，等等。而大多数人都会像我一样选择沉默不语，那些伤害会化为梦魇纠缠、撕咬着敏感又自卑的自己，一边痛苦一边自我救赎却又不愿同任何人说起，极小的一点失败都可能成为压倒骆驼的最后一根稻草。

我所能做的只有把它写出来，把它告知给除我父母亲人以外的任何人。农村有淳朴也有丑陋，它给了我们爱好洒脱自由的天性，也给了我们伤害和束缚。它是个故事，也是我同过往、同父母亲人、同自己和解的宣告。我愿我的孩子们听起这个故事后只会觉得好笑，不会有感同身受，毕竟这个"狗屎运"来得实属不易。

一种境况 03

菜市场里的姐妹家常菜馆，和进进出出的女人们

文 | 大满

和府东街菜市场隔一条马路，有一家门面房。两块掉漆的朱红色门板凑合着拼在一起，这是大门，正对着人行道。里面是纵深的空间，用木板隔断，靠近大门的是客厅，恰好能容下围坐一桌吃饭的人。再往里，同样是用木板隔开的两间卧室，一间给大人，一间给他们的三个孩子。这是小吴的家。

我常去她家，主要因为饭菜香。爸妈在菜市场卖卤菜，后来转卖白条鸡。入冬后，买年货的人多了，中午没时间做饭，小吴经常把我带回自己家。她有三个孩子，都比我大。小吴家吃饭的流程复杂，规矩多。吃饭前要把桌子从墙边搬到堂屋正中央，这样才能保证每个人都围坐在桌边，而且，也只允许坐在桌前吃饭。小吴熬得一手好汤，每次吃饭必上一碗汤，顿顿不重样，再根据人头数量炒几个小菜，清炒豌豆米、酱烧茄子、红椒莴苣、玉米南瓜羹，五颜六色。菜全上齐了，给我爸妈留好了足量的饭菜后，才能开动。哥哥姐姐为了抢自己喜欢吃的菜而争吵，吃饭的时间因此变得漫长。

我渐渐迷恋这种复杂的吃饭仪式，它打消了我对吃饭这件

最好朝南

的恐惧,恐惧来源于我家没有一张可以吃饭的桌子,也来源于妈妈"快点吃,吃完好洗碗"的催促,更来源于吃饭过程里漫长的沉默。

吃饭变成了我去小吴家的常事,对菜市场的几个结拜姐妹而言,这更是自然不过的事。

二十多年前,我们家入驻府东街菜市场,首先要寻找的不是顾客,而是熟人,能依靠的同盟者。本地人在菜市场驻扎了几十年,对新来事物总是保持最高的敏感。马上就有人上门探访,走到摊位前聊几句今天的天气。这样的互动给爸爸带来了一些牌友,给妈妈带来了一帮姐妹。我也开心,多了几个能留守的家,爸妈忙到没时间做饭时,我可以去蹭块西瓜、蹭顿饭。

最先认识的是华芬。她是赵棚(安陆下属的一个村镇)人,和丈夫带着一儿一女来到县城,在菜市场卖干货。华芬喜欢社交,说话时脸上带笑。谁都喜欢爱笑的人,菜市场里卖肉的男人们更是,这笑容让他们举起手上的砍肉刀时变得更有力气。她丈夫说话语速慢,喜欢看《楚天都市报》,我喊他叔叔。天刚蒙蒙亮,华芬和丈夫从三轮车里拿出装有干货的塑料袋,解封,卷起袋口,按照顺序在摊位上摆放,红的、黄的、黑的,间隔排好,干货自带的颜色是它们最好的装饰。

摊主们还留有清晨的睡意,出摊的过程漫长而枯燥,有一两条新闻给人醒醒神是最好不过的了。

"昨天报纸上说,有个高二的学生参加高考,考上了清华,没去,准备回来再读一年,他爸爸就是安陆一中的老师。"周围人瞬间被拉醒。"真的啊?怕是读书把脑壳读魔了,考上了清华都不去？这他爸爸不亏大了？"

我竖起耳朵，想从大人口中获取更多后续。

"那可不见得，像那么聪明的孩子，去了清华说不定对他来说也不一定是好的。"叔叔准备继续补充说明。

"莫在那瞎说些没用的，快点出摊，哪个跟你一样，天天看些乱七八糟的新闻？"华芬及时制止。华芬性格直烈，丈夫温和儒雅，对她百依百顺，是菜市场公认的模范丈夫。

对话终止，菜市场的清晨真正到来。

水果摊

在菜市场周边，能和华芬的老公并称为半个知识分子的，要数小吴的老公了。他姓朱，大家都叫他朱医生，青年时曾在镇里学过一些医术。

知识分子的家中总该有书，朱医生尤其喜欢到天桥底下的地摊上淘书，《明朝那些事儿》《从头到脚说健康》《史记》，他家玻璃柜里常年堆放的就是这几本书，柜子的另一边是贴着标签的瓶瓶罐罐，蒲公英、黄芩、苦地丁、板蓝根，磨成白的、黄的、黑的、灰的粉末，排队站好。他吓唬我，说这些粉末专治不听话的小孩，如果我不听话，就要吃这个药。我被吓得不轻，不敢在他家胡作非为。的确有些"不听话的小孩"被爷爷奶奶抱到小朱家，他从酒精瓶子里掏出一根铁片，按住小孩的舌头，小孩立马大哭，利用这一瞬间，朱医生已经查出了孩子"不听话"的病因，进房里开药，用他收集的广告传单包好不同的粉末，交给小孩的爷爷奶奶。

后来，我才知道，小朱的工作是专门给小孩治疗手足口病。来看病的大多都是生活在菜市场周边的小孩，他们由爷爷奶奶带养，舍不得去医院看病，或者不知道去医院看病的流程，选择来到小朱家的私人诊所。

光靠这个诊所，实在难以支撑一家五口。小吴决定去菜市场路口卖水果。

夏夜，路口的夜市亮起，广场舞的节奏拉响。小吴也在水果摊上挂起白炽灯，召唤每个夜归的路人。爸妈此刻正在菜市场收摊，我来到小吴家的水果摊，找两个姐姐玩，打发无聊的夜晚。我们比赛跑步、丢沙包、踢毽子，玩到再也跑不动了，就瘫倒在水果摊前，劈开一块西瓜，一人分一半，秉承吃瓜不吐籽的规则，比赛谁能吃得快，最后再用西瓜皮洗把脸，夜晚的疲倦到此收敛。

跳广场舞的女人们也累了，聚到水果摊前乘凉。"哎哟，吃瓜不吐籽，小心晚上睡觉肚子里长西瓜！"我知道，又是那个穿红衣服的胖女人在吓唬我。她每晚都会来路口跳广场舞，每天都换不同的衣服，每件都是大红色。她是广场舞人群里最显眼的那个，身材最胖，每迈一步，身上的肉都抖一擞，但跳得依旧有力。她也是最勤奋的那个，从一开始脚都不知道往哪里放，一直跳到成为广场舞领队。小吴热情招呼她，喊她淑珍姐。妈妈和华芬收完摊也来到这里，淑珍拉着妈妈说要教她几个新的舞蹈步子，妈妈拘束，笑着推辞："我算是不行，哪有淑珍姐你这么放得开，做了一天的生意，累得很，跳不动，跳不动。"淑珍拍拍自己丰满的胸脯，又照例拿出她的人生信条："那话可不是这么说，人生得不得意都要尽欢！活得快活比啥都重要！"水果摊前的姐妹们被她逗笑。笑声延宕整个菜市场的路口。

淑珍在姐妹里年龄最大，排行老大。她的老公是司机，常年在外跑车，女儿在外读大学，大多数时候淑珍都一个人租住在菜市场里，但你在她身上看不到苦难的痕迹。跳舞是她最喜欢做的事，白天没事她就在家对着镜子练习舞步，偶尔还跑来菜市场展示给妈妈看，往往引来的是一群人的围观。也因此，越来越多的人跟着她学跳舞。晚上，她换上喜欢的大红色衣服，拎着从菜市场杂货店里淘来的音响，带着舞蹈队来路口跳舞，完了就坐在水果摊前和姐妹们聊天，有她在的时刻，大多都有笑声。

早点摊

可惜的是，水果摊除了成为几个姐妹的常聚地，似乎并未给小吴家带来更多的收益。2007年夏天，持续的暴雨让菜市场涨水，小吴家一屋子西瓜全烂掉。姐妹们一人买四五个回家，送亲戚送朋友，可这远远补不上小吴的亏损。偶尔再去小吴家吃饭，餐桌上的小菜开始按半个人头的数量计算，也不再熬香喷喷的汤了，餐桌上的哥哥姐姐变得安静，不再为了一块肉而争吵，因为谁也找不到盘子里的肉。

面临困苦的，不止小吴。华芬的老公死了，在夜里睡死了。白天，他还在摊位前看报纸，给我买了根棒棒糖，晚上，他就死了。蹊跷的事情总是来得突如其然。华芬在姐妹面前哭号，感叹自己命苦。姐妹们跟着抹眼泪。不久，菜市场有人说，华芬的老公是有人在晚饭里下药害死的，不然哪有人年纪轻轻就睡死了？不疼不痒的。华芬无心做生意了，转让了摊位，闲散在家。很长一段时间，淑珍都让华芬到自己家来睡觉，担心她一个人在夜里想不开做出什么傻事。为了给姐妹们一个照应，妈妈经常买一些小菜，再把卖不完的卤菜带到小吴家，一起开伙，叫上华芬、淑珍来吃饭。

有天，我们照旧在小吴家聚集吃饭，妈妈随口开玩笑，三姐（小吴）厨艺这么好，搞得我们天天像在上馆子。

这样一句随口的玩笑，造就了一家早点摊，主卖粉面早点，炒河粉、手擀面、热干面、麻辣瘦肉粉，附带着卖些小炒菜，小吴掌勺，华芬帮忙打下手。不跳舞的白天，淑珍也经常过来帮忙洗菜、擦桌子。淑珍在广场舞队里的名声越来越大，每次和舞蹈队里的伙伴晨练完，她都会把大家带到小吴的早点摊前。舞蹈队的女人们穿着红红绿绿的排练服，脸上涂着过分的脂粉，拿着舞扇，聚在早点摊前喝汤吃面。这是最好的宣传图。

姐妹传姐妹，越来越多的女人们都聚到这里过早。女人多的地方自然会引来男人，早点摊的生意渐渐有了起色。

小吴的老公嗅到了新的商机，租下隔壁的一间门面房，开了家麻将馆。舞蹈队的女人们时间闲散，吃完早餐，约朋友到麻将馆里消遣一上午，中午留在这里吃几个小炒菜，下午继续和牌友切磋。

淑珍不怎么打麻将，只负责带新客来麻将馆，毕竟她的人脉广。麻将馆的服务工作大部分落到了华芬头上，除了端茶倒水上菜，牌友人数不够时，她还帮忙凑角。起先，华芬只陪女人们打，后来，开始陪男人们打，再后来，只陪那个男人打。那个男人是什么时候来麻将馆的，我不清楚，只知道他经常独自带着一儿一女来这里。女儿染着一头黄里透白的头发,化着浓艳的眼妆,儿子常在马路口飙摩托车,到菜馆门口了,总要露出邪魅的笑容,逗弄我两下。后来我条件反射,听到摩托车的嗡嗡声,就躲进小吴的卧室里把门反锁,看《还珠格格》。男人进了麻将馆,首先找的就是华芬,华芬也应声从菜馆出来,两人话不用多说,去隔壁撑开桌子,就开始切磋。

慢慢地,华芬从麻将馆里切磋到了男人的家里,很少出现在早点摊了。偶尔过来,也是挽着男人的臂膀,进出隔壁的麻将馆。她似乎变成了客人,直到最终,彻底消失在我们的生活里。

麻将馆

华芬的消失让小吴感到气愤。"走了就走了,管她去哪呢?姐妹难不成还少她一个?"淑珍赶紧接过话:"哎呀,她过得开心就好!开心最重要!三妹(小吴)你也莫生气伤了和气嘛!"麻将馆里缺人手,妈妈收摊后也会过来帮忙。

似乎应了小吴所说的,姐妹总有人补上来的,这个人就是彩虹。华芬还在麻将馆里时,彩虹就经常来这里打牌,带着她的老公小兵。

小兵的脸是一部殴斗史。嘴巴微微往左撇,那是被人打歪的痕迹,脸上有块浅疤,看得出来是经过缝补后留下的。被劳改的脑袋,顶中央烙着块刺青,形状参照了麻将牌里的五饼,听说自从烙了这块刺青,小兵每次摸牌都准,想什么来什么。彩虹也是他在某次摸牌的瞬间抬眼看到的,高挑,清冷,衣服虽然穿得简单,但和麻将馆里其他女人绝不是一类。小兵决心把彩虹追到手。

从那后,他俩双双出入麻将馆,彩虹的穿着不再简单,但气质依旧没变,她打牌时从来不说话,赢了牌也不笑,像个沉默的花瓶。偶尔小兵不在麻将馆,彩虹独自一人成为牌桌上的观赏物,她知道,自己的老公正在外忙业务,忙着放贷、要债、打杀。终于,小兵被砍了。

小兵死了,留下一岁的儿子。姐妹们感叹,早知是这样的结局,彩虹就不该委屈自己生下这个孩子的。彩虹经历了三次尝试,得来了这个儿子,取名叫"小三儿"。

刚结婚时,彩虹和小兵努力了无数次,怎么也怀不上,婆婆开始威胁她,再过一年如果还怀不上个儿子,就要把她赶出家门。小兵开始对她烦躁,动手打她。小兵离过一次婚,就是因为女方怀不上孩子。彩虹央求着去医院检查,小兵这才对外声称,是男方女方都有问题。接着,有了第二次尝试,他们准备做试管婴儿,小兵乐呵,小心地搂着彩虹的肚子,啧叹说,我儿子在慢慢长大哟,马上就能出来跟爸爸见面了。孩子在子宫外膨胀,膨胀,直到爆炸。妈妈向我形容当时的场景:小兵吓得用被子去堵住流血的地方,被子马上就被浸湿成鲜红,彩虹被送到武汉去急救,肚子上钻了七个洞才侥幸捡回一条命。从此,彩虹在家的地位更低了,几乎是白养了个不能生孩子的病号。她心一横,坚决要去医院再试一次,小兵为她的奉献而感动,对外人连夸她勇敢。这样,才拥有了"小三儿"。儿子出世后,彩虹的家庭地位直线上升,儿子也被视为至宝。

妈妈说,小兵死后,彩虹一滴眼泪都没掉,第二天就抱着孩子一起来麻将馆找她们。她很平静,像个被松绑的小孩儿。牌桌上渐渐能看到彩虹的笑容，总有男人想和彩虹凑一桌，一起打牌。彩虹拒绝，她只愿和女人们打了。姐妹们经常帮彩虹带孩子，时间长了，彩虹也变成了姐妹里排行最小的五妹。

几乎每一次妈妈和我讲到彩虹生孩子的经历，都止不住侧过脸，仰头流泪，最后感叹一句："女人嘛，哪个不命苦？"我明白她潜藏在背后的回忆。

那是个夏天，爸爸还在菜市场，一边照看摊位，一边和他的牌友切磋。我放学回家，本该在家做饭的妈妈却躺在床上，撒开两条腿，光溜溜，身下还额外垫着块小毯子。见我进门，妈妈慌忙拉过床单搭在自己腿上，但似乎依旧难以翻身。她让我去早点摊找小吴，随便吃点什么。出门前，她告诉我，吃完了帮她把王医生叫到家来。王医生家就住在府东街，像小吴的老公一样，她也在自己家里开了私人诊所，不一样的是，她几乎什么病都治。住在府东街的男女老幼，只要不舒服，第一个想到的就是她。

我去到早点摊，给姨妈们讲了这些。小吴匆匆炒了菜让我吃完午饭，叫上淑珍和彩虹一起陪我去找王医生。对妈妈的病情，姨妈们似乎早已心知肚明，她们向医生焦灼又小声地解释着，像在说什么不可告人的秘密。医生也懂，拿上装备，一起往我家赶。到家了，妈妈让姨妈们反锁了门，唯独不让我进房间。隔着门板，我听到医生的安抚：好，现在放松，把毛巾咬着，马上就好。"啊——"我听到一声嚎叫，我不确定那是不是妈妈的声音，它已经完全变了形。我的身体不自觉打了个寒颤，试图敲了门，却得不到回应。不知等了多久，淑珍道着谢，送医生出了门，我趁机溜进了房间。床边，彩虹紧紧攥着妈妈的左手，右手挂着吊瓶。

看到那一幕，我几乎要昏厥：妈妈裸着下体，阴部和腹部被包扎着厚厚的纱布，身子下面的小毯子已经被血铺满、浸透。小吴在一旁清理被血渍污染的床单被套，不停掉眼泪。我不知道手脚该往哪里放，找不到哭泣的起点。妈妈催我去学校，我木然着走出门，看到淑珍靠在墙边，抽泣。

日子越来越长，早点摊的菜式依旧不变。我开始念初中。弟弟在我家出生，我从姨妈们的口中得知，妈妈在怀上弟弟之前，也怀过一次孕，只是那年下暴雨涨水，妈妈和爸爸忙着从水中抬起几百斤重的脱毛机，还有几十个鸡笼子。流产了，但没流干净，身体一直难受。不懂事的爸爸多多少少觉得妈妈在无病呻吟。于是那天中午，她选择了独自在家中做刮宫手术。

爸爸在菜市场里打牌的笑声在我耳边回荡。

姐妹家常菜馆

2013年，彩虹的孩子开始念学前班，我进入大学。消失了近九年的华芬突然回来，带着她的第三任老公，还有一帮不认识的男性朋友。她眼角的纹路透露了年龄，但透明的黑丝袜和浓密黏稠的睫毛膏却在暗示姐妹们，她活得更有风姿了。

华芬请姐妹们吃饭，由小吴掌勺，姐妹们叫回淑珍。淑珍七年前回了老家，后来女儿出国读书，她趁机跟着女儿一起去美国溜了一圈，学会了纯正的"How are you"。她依旧穿着大红色的衣服，做了洁白的烤瓷牙，用一口练习过的普通话和我打招呼："啧啧，姑娘都长这么高了，在哪里读大学啊？"我几乎已经不认识她。华芬啧啧称叹："大姐这是去哪儿发财啦！"接着，给我们一一敬酒，介绍身边的男性朋友。妈妈穿着十年前的破棉衣，从菜市场收完摊后赶过来，吃了两口菜，又匆匆离去。

2017年，早点摊被拆迁，小吴的老公小朱被检查出肾病，日渐消瘦，诊所几乎关闭。姐妹们找关系，联系到隔壁的社区，预定了即将建成的新门面，由小吴和彩虹合资，准备正式做成一家菜馆。门面还没装修好，招牌已经定制好了，红底白字：姐妹家常菜馆。开业那天，屋檐下吊了八排红灯笼，妈妈送去花篮。可明显的，少两个人，淑珍和华芬。

自从2013年的那次聚会后，淑珍重新回到了老家，华芬挽着男人臂膀，继续消失在我们的生活里。妈妈笑说，你淑珍姨妈啊，她一辈子是个快活人，在老家组了个腰鼓队，天天这个村里那个村里到处跑。提到华芬，妈妈却使了下眼色，低下声，告诉我，华芬现在重新跟了个老头，六七十岁，老头给了她几套房。"欸，她也算是个有本事的人，说几句好听的话，别人就能给她房子，像我们这样苦拼半辈子，到现在连自己的家都还没得。"妈妈感叹。

晚上，菜馆里亮了一夜灯。小吴拿着酒杯敬大家，说："前世不做亲姊妹，今世更比姊妹亲。"终于，姐妹们为十几年的友谊找到了一块体面的招牌。

菜馆改头换面，锅碗瓢盆焕然一新。女人们进来吃饭，找姐妹们聊聊生活的悲喜；男人们进来消遣，看看今天的菜式有没有变。小吴换了新的工作服、一顶厨师帽，潜伏在厨房的火焰堆旁熬汤炒菜。彩虹将披散的头发扎起，高挑挺立，在菜馆的各个包间穿梭，端盘子、擦桌子、扫地。妈妈偶尔过去帮忙洗菜，和姐妹们倾诉生活的艰辛。更多的时候，她依旧在菜市场卖白条鸡，将手里的货物递给顾客的同时，还不忘带上一句：我两个姐妹在对面开菜馆，姐妹家常菜馆，有办酒席的，可以过去找她们，便宜优惠。当然，菜馆也成为我们家逢年过节聚餐的首选地，即便是在不提倡聚会的疫情期间，帮衬菜馆渡过困难时期。

去年10月，我在辅导机构当老师，彩虹给我打了个电话。这是她第一次给我打电话，目的是给念初二的侄女找个靠谱的辅导老师。话语里透露着悲怆，电话里，她倒像个晚辈。我自然满口应承下来，在电话里报出自己的微信号，让她加我，方便联系。可挂下电话后，她也没再加我。

彩虹给我打电话前的某天，家人在菜馆里聚餐，中午那餐饭却没看到彩虹的身影，这是十多年来她首次缺席。彩虹唯一的亲哥哥突然去世了。中午，我赶到菜馆吃饭，厨房里传来抽泣的声音，我探过身，看到妈妈不停抹眼泪，控制不住地抽搐。小吴戴着厨师帽，手里握着炒菜勺，锅底的火还烧得旺，身上的围裙适当遮住了她天生的肥胖，让她的抽泣变得不再明显，只是哽咽。小吴对妈妈说："彩虹命苦啊，身边能有依靠的亲人也就一个离了婚的哥哥。前一天还又吃又喝，喝了不少酒，第二天白天就脑充血，死了，留下一个女儿。"他女儿成绩不好，彩虹给我打电话，就是为了给她找个辅导老师。那天中午，彩虹去奔了个丧。晚上就回归工作岗位了，顶着双哭肿了的眼。我还记得，小兵死时她一滴泪都没掉。

"如果当初没遇到姐姐们，我不晓得自己会在哪一天过不下去，就这样撞死算了。"彩虹泣不成声。姐妹们早已哭得不成样子,没有一个人再多说一句话。妈妈攥着彩虹的手,小吴取下厨师帽,用手抹眼泪,他妈的,怎么都抹不干净。旁边的沙发里趴着她10岁的儿子,他正沉醉在手机里的游戏,"double kill",游戏的外音差点盖过了当晚的悲伤。我走到小三儿面前,让他去抱抱妈妈,他说,等下,我把这一关打完。没有人会责怪这个孩子的冷漠,大家默认他和其他小孩儿不一样,他是彩虹用三次生命换来的。

彩虹终究没加我微信。但加了又怎样呢?我的帮助阻挡不了任何东西,比如华芬老公突然的死亡,比如涨水的那个夏天小吴家烂掉的西瓜,比如妈妈的独自刮宫,比如,彩虹的这次哭泣。如果小兵还在,彩虹总得要去找他讲讲理的,比如,问问他是否爱过自己。总该得到一个解释的。悲伤过于隐匿,它属于彩虹,属于小吴,属于妈妈,属于在这里进进出出的女人,谁会不懂呢?小三儿不懂,菜馆厨房里燃烧的炉火不懂。

可能比起孤军奋战,她们更需要的是共鸣,不靠知识,靠古老的经验。比如说,一起开家菜馆,再为它上个招牌。故事继续上演。

* 文中人名均为化名。

一种境况 04

走入无边人海里

文 | 意阑

哪怕隔了快 20 年,我依旧记得第一次见到向月的场景。

进入初一前的夏天,新生在校园里军训,每个人都穿着短袖上衣和塑料质感的白色长裤。队列练习时,向月就站在我身边,于是休息的间隙,我们自然地搭起了话。白日灼灼,我端详她的面容,觉得眼熟,不禁问道:"我们见过吗?"

她摇头。那时她的脸还有些婴儿肥,阳光下脸颊有一层细细绒毛,嘴巴上唇薄、下唇厚,眼珠乌黑,说话时,眼睛微微从下向上看人,显得有几分凶,声音却十分细弱。

我盯着那双深如潭水的眼睛看,好奇地想分辨出瞳孔和虹膜的界线,徒劳无功。开学后,座位排好,向月和我隔着一列课桌,课间碰到时会聊天,停留在"比较早说过话"的同学关系。

我们成为真正的朋友,是初一时第一次英语考试。从一个曾经普通而破旧的小学进入区重点,我发现自己在英语课和数学课上一头雾水,成绩一落千丈。午休拿到英语考试的分数时,我伏在桌子上哭,感到绝望,也害怕回家被骂。

同学们不知所措地看着哭泣的我,偶尔有女同学过来拍拍我,安慰两句，目光中流露出同情。只有向月走到我身边，把我拉起来，带到教室外的阳台，拿起一本英文小说塞进我手里。

"你来读读看，不会的我教你。以后我们可以每天读。"

她塞进我手里的是《爱丽丝梦游仙境》。我从眼泪里看她，她也在看着我。在她的注视下，我磕磕绊绊地读起那些陌生的文字。向月时不时纠正我的发音，告诉我生词的含义。向月给我的补习小灶并没有维持多久，也许是我们都觉得有些不好意思，但我开始加倍努力地学习英语，并在几个月后，跟上了其他同学的进度。

我和向月成为了形影不离的朋友。中午坐到一起吃午饭，课间结伴上厕所，在图书馆一起借书，互相分享看过的小说；我们在各自的本子上涂涂画画，她画的总是漫画人物和猫科动物，而我画的是自己设计的刀与剑。放学后，我们一起走出学校，她家就在附近的胡同里，而我要坐公交车。我总是和她一边聊天一边走到她家的小路口，再独自坐上公交车。有一次，我们聊得太过忘情，我一头撞上公交车牌，让向月惊诧之余笑了很久。

我很快意识到，如果班里那几个尖子生是几颗明星，那么向月就是银河，只是她生性低调，不愿轻易展露。她爱动漫，能用自动铅笔画出笔触纤细、眼神灵动的人物；她对历史、音乐、文学都了解很多，像取之不尽的宝箱、令人着迷的漩涡。我曾经自视看书很多，却发现与她的渊博相比，自己的知识储备少得可怜。

为了放学后也能交流，向月给我注册了人生中第一个邮箱，以她喜欢的漫画角色命名。我们用幼稚的网名上同一个论坛，在同一个博客出没，讨论同样的漫画——只不过向月把漫画通通看完了，而我没有获取漫画书的途径，全靠听她讲和分享。我迫切地想了解向月喜欢的一切事物，变得像她一样聪明又博学。

向月把藤崎龙的《封神演义》介绍给我，还打印出两个男性角色的同人文，给我介绍什么是 BL（Boy's Love，耽美）。我在课间慢慢阅读那篇故事，纯情的主角彼此遥望，爱而不得。爱的故事里只有爱是重要的，我并未因为两个主角的性别相同而感到奇怪。后来向月又看了 CLAMP 的《圣传》，迷恋上了乾达婆王与苏摩这对女性。说起自己喜欢的事物，她的眼睛发亮，手舞足蹈，整齐梳起的发辫外，额头新生出的碎发支棱着。

"为什么强者会爱上弱者呢？"我问。《圣传》里，乾达婆王作为一个强大的天将，偏偏喜欢上了实力不如自己的苏摩；而现实中，我隐隐渴望从向月口中得到一丝希望。

"因为弱者也有自己强悍的地方吧。"

"比如说？"

"比如在恶劣的环境里活下来。"

很快，我和向月的友情便因为一篇言情小说出现了裂痕。

小学五六年级时，父亲买了一台台式机。那时还是拨号上网，能看的网站也没有几个，页面简陋，但对于一个小学生而言，就像是突然打开了一扇大门。父亲给我的限制是每天可以上网一小时，我在自己认知能力范围内做的第一件事是上网搜索小说。网页上出现了一些言情作者的名字，有于晴、席绢、琼瑶等作家。我就是在那时读了琼瑶的《窗外》。

早期言情作家的写作还很克制，亲吻在书里是一件大事，床戏委婉得看不出来发生过什么。那段时间，我的阅读速度得到了飞速发展，一个小时看完一本言情小说不在话下。

初一时，我终于看到了写得具体一些的床戏。书里充满了对身体部位的隐喻，比如"黑森林""蓓蕾"，看完我脸红心跳、又羞又惧，但仍不明白怎么回事。带着分享猎奇、解答疑惑的欲望，我把这段情节分享给了向月。

默默读完那段文字后，向月面沉如水，周身明显散发着低气压。还在看清水文的她大概同样受到了冲击，在不知所措之下，她把那文章一扣，不悦地说道："太肮脏了。"

自此之后，向月开始和我保持距离。她从未说过什么，但不再与我同行、交谈，态度冷淡。她和另一个喜欢漫画的女生走得很近，时常下课聊天，体育课也站在一起。我虽然有其他喜爱武侠的女同学可以聊天，却突然意识到我没有对任何一个女同学产生过对向月的那种迷恋。这痴恋不知何时而起，不肯轻易平息。我嫉妒而痛苦地看着向月和其他人说笑，唯独不肯将目光投向我的身上。

我已经看过了几百本言情小说，可以看到开头就猜到结尾。我看了一些同人文、一些同性文学，它们都关于男人与男人的相恋。《圣传》里的苏摩和乾达婆王，相爱相杀，双双死去。在生活中，影视里，文字里，我不知道自己和另一个女性的未来在哪里。

有几次，我鼓起勇气给向月家拨打电话，不是没人应答，就是我出于紧张匆匆挂断。独自回家的公交上，我用黄色边缘的车票叠一颗心，放进袋子里。在绝望于自己的单恋时，我曾在独自一人时用美工刀在胳膊上划出一道道痕迹，想要缓解内心的痛苦。

最好朝南　　233

我给她写了一封信，倾诉自己对她的在意，她拿走后依旧什么也没有说。

经历了半学期的僵持，车票叠成的心已经攒了一盒子，向月似乎终于不再介意，又开始和我说起了话。

也许是因为我们都迈过了初次了解性的尴尬和冲击，这一次和好，让我们比从前更加亲密。

下午放学后，我们常结伴去学校附近的书店，消磨上一两个小时。我的父母从我有记忆时起便争吵不断，住在胡同里逼仄的平房，家里发生什么事情，四邻皆知。我不愿回去。开着空调的书店，安静、宽敞、明亮，一走过玻璃门，放下厚厚的塑胶门帘，外面街道的喧嚣顿时隐去。我和向月在一个个书架前流连，她似乎很清楚自己要找什么。有时是古诗、古代传奇小说，有时是考古文献或图鉴，有时是医学书籍。我在她身边徘徊，找自己感兴趣的书，坐到她附近的台阶上。她专注看书，我则屏住呼吸，一半精力看书，一半精力留意着向月的动静。等到晚上五六点，向月要回家吃饭，我才不情愿地和她分别。

学校外的路口有一间报刊亭，放着很多新出的漫画和青少年杂志。站在那些封面各异的杂志面前，我们伸着脖子垂涎地看着，抽出一本翻两下又塞回去。遇到特别想看的，我们就翻起零钱包，一起凑钱。向月手头总是更宽裕一些，于是书属于她，但我可以长期借阅。我们买过《漫画世界》《新干线小说》，也买过画集和其他小说。某天，我们买了一本新出的漫画杂志，站在路边一起看，翻到了直白的床戏画面。向月和我仔仔细细盯着那些镜头看了一番，商量后，杂志由我带回家藏起来。

有一次，在旧书店，我们同时看上了一本1977年出版的《李贺诗歌集注》。我们轮流抚摩翻看着灰蓝色的书皮，读着里面的诗句。"灯青兰膏歇，落照飞蛾舞。""红罗复帐金流苏，华灯九枝悬鲤鱼。"书要30元，我买不起，向月咬牙买下了书。知道我心里惦记着那本诗集，她用了一暑假的时间把所有诗都打成了文档发给我。几年后，我在旧书店又见到一本1977年的李贺诗集，已经涨到50元，我还是买了下来。这样我和向月手里就有了同样的书。

秋天我过生日时，向月送给我一只黑绒布袋，里面是一块她亲手绘制、又喷过清漆的石头。后来，她还送过我蓝色珠子与银色贝壳的发绳，我人生中的第一对银耳环。在此之前，从未有人送过我这么美丽精致的生日礼物。

学校随着季节调整我们跑八百米的时间，夏天在早上，冬天在下午，所有学生排成两队在学校外绕着大街跑。我和一个男生总是暗暗较劲，比谁跑得更快。向月站在终点冲我张开双臂，笑着迎接我，而我直接冲进了她的怀里，比男生领先一步。后来，中考跑步前，我调笑着让向月亲我一口，没想到她真的在我脸上亲了一下，在我心里激起地动山摇。

我从未鼓起勇气告诉过向月我对她的情感，害怕因此连朋友都做不成。然而那些亲密无间的时刻，让我总是在猜测和试探，她是否也有几分喜欢我？

我很早就看到了自己和向月之间的差异。她是楼房里长大的女孩，家教良好，轻声细语，不像我满口脏话，稍没注意就抬高音量。第一次去她家做客，我羡慕地看她小小的卧室，衣柜门上的全身镜，琴架与琴谱。那时我还和父母挤在一张床上，如果他们打起来，就只能缩在一角。

下午阳光正好，照亮淡青色窗帘。向月打开电脑，兴致勃勃教我如何用 Photoshop 画好人物眼珠的光泽。很多年后，我画起人的眼珠，还是用她的方法。晚饭时，向月父母都在。她的父亲自然地放起关于考古的纪录片，全家人时不时讨论两句。我不敢大声出气，静静地听他们聊天。这是我家里从未有过的场景。

比起我时常说起自己家里父母的争吵、我感受到的痛苦和挣扎，向月很少谈起家人的事情。只有一次，我的父母快要离婚，向月提起过她父母琐碎的争执，母亲给过她的压力。如今回想起来，她并不是一个愿意倾吐心事的人，我们之间的对话大多天马行空、风花雪月，那大概已经是她少有的自我暴露。

初三时，我的生活发生了不少改变。比如，我发现班里有一对女同学在恋爱。也许因为我们班是特长班，氛围原本就开放，她们在课间拥抱亲吻时，大家都笑嘻嘻地起哄，并没人因此刁难或去汇报老师。这是我在现实生活中第一次见到女生之间的亲密关系，而我从没想过这样的关系可以发生在我和向月身上。我们对未来最远的想象，就是将来如果我们都没有结婚，可以合租住在一起。这对女同学中有一位后来成了我的好友，白霖。白霖是个言行爽朗幽默的姑娘，我和向月都很喜欢她的性格，我们三人自然地交往起来。

同期，我的家从胡同搬到了楼房；父母的关系迅速恶化，突然以极为暴力又残酷的方式离婚。母亲搬走后，父亲忙于工作，我更不愿一个人回到空荡荡的家里。冬天放学后，外面下起薄雪，白霖一时兴起，从学校跑出去买了三瓶小二锅头，背回教室。同学都已回家了，我、向月和白霖就在教室里围成一圈，对瓶喝起了白酒。向月大概是我们三个里平日最低调安静的，喝起酒来飞快豪迈，让我目瞪口呆。几口喝完后，她把玻璃瓶往桌上一放，有些得意地瞥我一眼。我们三个出了学校，白霖往另一个方向走，我则与喝酒后脸红微醺的向月揽着胳膊，送她到楼道。昏暗楼梯间，我看着她的脸，柔软，可爱，克制着自己想要亲上去的冲动。她冲我挥挥手，扶着墙继续上楼。

之后，喝酒成为了我们共同发现的一种排解情绪的手段，向月也变得大胆起来。一个下午课间，她拉着我到楼道角落，从衣兜里拿出两瓶她从家里翻出的袖珍烟熏威士忌。我们两个拧开瓶盖，一口干掉。嘴里涌起浓烈的煤炭味，我忍住了皱眉的冲动。打破禁忌的快乐远比禁忌本身有趣得多。上课铃一响，向月把两只小空瓶塞回口袋，我们若无其事、内脏烧灼，静静地回到教室。

某天放学，白霖邀请我去她家吃晚饭。父亲并不那么在意我在哪个同学家玩耍或过夜，他忙着做自己的事情，有几次我喝多了回家，他都没有察觉。白霖的妈妈是位亲切又爽快的阿姨，完全知晓女儿的性向，也支持她。阿姨上夜班后，屋子里只剩我和白霖。那时她已经和女友分手，向我表白。我的内心一片混乱和震惊，很直接地拒绝了她，但白霖并不介意，只是邀请我和她一起看电影。

我们喝着啤酒，聊起她的家庭。白霖打开 DVD，放《蝴蝶》

给我看。那是我第一次看描述女性爱情的电影。关了灯的房间里，影片在回忆和现实中切换闪烁。真真和阿蝶在屏幕上亲吻，白霖坐得近了些，眼睛被照得明亮。我装作没有看到。

天蒙蒙亮的时候，白霖和我站在飘窗，脸贴在玻璃上看外面的街道。她点了一支细细的女士烟，抽一口递给我，冲我吹出一团云雾。我接过她手里的烟，也吸了一口，我们就这么交替着抽完了一支烟。之后，白霖依旧是我和向月的好友。

向月的画越画越好，下笔时不再是犹豫纤细的线条，而是流畅清晰的轮廓。我尝试写了武侠小说、科幻小说、耽美小说，在晋江注册了账号，成为了一个小透明作者。课间和午休，向月与我头挨着头，在我的设定本上给想象中的国土画地图。因为有向月这个忠实而又犀利的读者，我孜孜不倦地写着新的章节、新的故事，竟也有一些读者会给我留言催更。有空时，向月为我的小说画了插图。虽然我的小说陆续成为了大坑，但她从未嫌弃。

快到填报高中志愿时，学习委员挨个收取同学的志愿。我知道成绩优秀的向月要去 S 中学，而我大概率考不上，但还是写下了 S 中学放在最前面。看到我的志愿时，学习委员调侃地对班里另一个成绩很好的男生说："她也想去 S 中学呢。"我的脸烧起来，一把从她手里抢过纸条，撕了个粉碎。

不出意料地，我没有能够和向月考上同一所中学，只能靠隔段时间的电话聊天、写信交流，以及在邮件中传递我们看到的有趣内容。寒暑假，我们依旧互相探访。虽然经常和向月一聊就是一两个小时，然而听着电话里向月的声音，我时常对我们的距离感到恐惧。

向月依旧是我最亲密、最特别的女性好友，而我也渐渐接受了我们可能只能以这种关系相处下去。我有了暗恋的男生，这种暗恋其后维持了三年。

高二那年，父亲再婚，我的家庭进入了艰难的磨合期。继母是个要强的职业女性，为人慷慨诚挚，但我们三个人，都没有学会如何爱，如何交流和表达情感，在我的高中时代直到大学都不断发生着冲突。我的父亲并不知道如何协调矛盾，每次的争执都以他大骂我，而我嚎啕大哭着道歉结束。

多年后看到 17 岁少年与母亲争吵，拉开车门跳下桥的新闻，我想起自己也有那样的瞬间。高中的一个傍晚，父亲与继母和我在回家的高速路上，忘了因为什么吵了起来。我那时情绪经常大起大落，难以自控，说了句粗话，父亲暴怒，劈头盖脸地骂起我。我头脑一热，手几乎放在了车门上，只听"咔嗒"一声，警惕的父亲瞬间锁住了后座的车门。

家对我而言只是一个睡觉的地方，很多夜晚，我连睡觉都做不到，只是等待着黑夜结束。我常常在夜晚十点多、十一点时，以散心为由，出门抽烟。父亲睁一只眼闭一只眼，并不干涉。小区里有一处偏僻的高地，两边种草，中间一排台阶可以登到顶上的平台，我就爬到最高处坐下，点起烟慢慢抽，望着被城市灯光染成灰紫色的天空，深蓝的游云，闪烁的几点星辰。我观察着每栋楼上的一个个小窗，有的黑着灯，有的是深深浅浅的黄或白，大多数窗户在那时都空着。我想象着每一扇窗里的人们，他们过着什么样的生活，是不是比我幸福快乐，在那样的时刻意识到自

最好朝南　　239

己的孤独。

高中的暑假,我和向月时常一起出来。书市开放的时候,向月约我去看。到了她家,发现她家的两辆自行车都太大了,我骑不了。向月骑上深粉色自行车,让我坐到后面,摇摇晃晃地带着我,一路骑到了书展。那天她的脚崴了,竟然也就这样把我平安地带去带回,后来回家被她父母呵斥了一顿。我在后座轻轻揽着她的腰,不敢把脸贴上去。向月身上的味道我记得深刻,是种闻上去很干净的幽香,而她则调笑说我有种牛奶和荔枝混合的味道。

我们去白霖家一起炒菜,喝酒,看电影;打电话时像谈论我们共同的孩子或妹妹一样,谈起我们对白霖的关切和忧虑。我们沿着公园、书店、步行街、老街长久地走着,或是在她家附近的书店流连。有天兴起,我拉着她去超市买了两听啤酒,坐在街边喝起来。向月笑着说我把她带坏了,我瞥她,你自己什么感觉?她继续笑:"我乐在其中啊。"

高中时的一个夏天,向月到我家做客,父亲依旧不在家。下午时,我们一起看了王祖贤和宫泽理惠演的《游园惊梦》。比起《蝴蝶》,《游园惊梦》更加暧昧委婉。看完时天色接近黄昏,画面暗去,林忆莲唱的主题曲响起,歌词像惊雷击中了我。

  ……明明握在我双手中/怎么却成了空
  明明含在我的口中/怎么还没跟你说
  爱情最美丽的时候/都存在回忆之中
  华丽如绸缘的触摸/不冤枉年华锦绣

错过的爱还在心头/不肯说守着伴梦……

向月和我坐在沙发上,手离得很近,但没有触碰,空气中颤动着一种幽昧的情绪。我故作镇静地点了一支烟,向月也要求抽一根。那是她第一次抽烟。

到了大二,我和那位高中暗恋过三年的男生成为了恋人,虽然我们连手都还没拉过。当我第一时间告诉向月这个消息时,她发来信息,说感到自己好像要被抛弃了。她用了可爱的表情符遮掩情绪,可我依旧能感受到她那一刻的错愕和难过。握着手机里那条短信,我突然感到一种难以形容的痛苦,意识到我曾经的喜欢也许并非单恋,而那些我曾经不断猜测的时刻,也并非只是我的自作多情。

在此之前,初中结束后的某天,向月来我家吃饭,我们都喝多了酒,在半开玩笑半是挑衅的情况下,她吻了我。然而,我心中长久暗涌着的期待和渴望,在她柔软嘴唇印下来的那一刻,并没有带来欣喜,而是巨大的惊惶和恐惧。之后要怎么办呢?在当天的日记上,我没有记录这个吻,只是欲盖弥彰地写道:"我们都喝醉了。"我们从未再谈起过那件事,仿佛都想刻意忘记那时的慌乱和迷茫。

我们似乎始终不知道该如何理清我们的关系,向哪里走,而我又始终处在一种深深的自卑和自厌中,不相信我喜欢的人竟然也会喜欢我。我既早熟,却也晚熟,在这样的事情上总是后知后觉。

多年之后,我常奇怪于为什么自己大学期间突然停止了小说写作，现在再回想，那正是我与向月的关系开始疏远的时间。

我和她的情感到底该如何定义呢？对于青春期的非正式"浪漫情感"，人们将其称为迷恋/crush/puppy love，认为这种迷恋是深厚情感的早期雏形，是潜伏、稍纵即逝、幼稚的情感；又或者，视之为进入异性恋前的"同性依恋"。然而，浅而短的怦然心动，我在小学已经体会过几次。对向月的感情，是完全不同的。

和向月的交往，彻底地打开了我的视野，改变了我的人生。因为她，我对漫画、医学、考古、历史、中外文学和性别议题都产生了兴趣，也对写虚构故事产生了动力。我们在设定本上创造世界，从现实中逃离。我有很大一部分的创作激情来自于想要写出她欣赏的故事。

那时，论坛开始兴起，网络监管还没那么严格。我和向月在晋江文学城的耽美区流连忘返，互相推荐好看的故事，补习着关于性和性少数的知识。我看了一些香港的古装三级片，但那时的三级片拍得十分夸张，喜剧效果大于情色效果。

高中和大学时，我看了更多的小说，更多的情色和色情电影。我知道人的身体可以摆成各种奇怪的姿势，也早就学会了自慰，但是那些电影里更多是猎奇，是男性视角下对女性或者另一具身体的凌虐。那些性里没有情感，没有愉悦，没有爱。

我不断地探索和渴望了解女性情感的模样。然而，不论是我曾经看过的各类言情小说，还是相对比较新的网络文学，或是初中时我喜欢的武侠小说，女性的角色都是单薄无趣的。后来我喜欢的耽美，提供了一种新的女性幻想写作，跳脱了传统言情小说中贴合男权社会中女性刻板印象的叙事，也跳出了主流的异性恋霸权叙事，其中不乏直击社会现实的、可以称为同性文学的作品。在当时的社会氛围中，"同性之爱"本身就带着禁忌及悲剧的底色，这也使得这些故事天然带着反抗意味。

随着时间推移，对网络创作审核的逐渐收紧，后期的耽美作品已经失去了可以深刻的空间，接受了主流的规训，也因此不再"好看"。耽美的困境，或者说现实中的问题始终是，女性的身体隐去了，女性的生命体验在各种叙事中被抹去。

我渐渐意识到，在那些耽美作品、情色影片中，我始终寻求的不是"色"，而是"情"，是女性身躯对世界的感知、情欲与情感。

大学时期，不上课或者翘课在宿舍的时间，我看了很多自己感兴趣的香港影视作品。这些港片是我对女性情谊向往和探索的启蒙。《东方三侠》《现代豪侠传》里潇洒的女侠形象，《刀马旦》里叶倩文、钟楚红和林青霞搭档，港陆合拍的《新天龙八部之天山童姥》，以及《自梳》《青蛇》等电影里女性宿命般的纠缠，都成为了我的美好回忆。我把这些作品，也都安利给了向月。只是，由于这些作品的年代较早，对于现实中的我而言，似乎仍然无法提供太多可以借鉴的经验。

大学时期我和男友的恋爱，一开始就是靠发信息、电话和写信联系的。我们身处两个相距一千多公里的城市读书，只有寒暑假可以见上几天。这样老式慢热的相处方式，对于我而言，却比天天黏在一起自在。

童年时目睹了父母的婚姻，我看到了人在一段亲密关系中原来可以彼此仇视到何种地步,而我对人性丑陋和复杂的理解,都是从他们的撕扯中领悟的。这使得我对进入一段亲密关系感到紧张不安;但如果说这些经历给我带来了什么好处,大概就是我知道自己"不要什么"。

对于异性,我有两个期望,一个是不像我父亲那样话多、言语刻薄,一个是不要太多"男性气概"。男友是位温和有礼、毫无攻击性的人。在相处期间,我从未听过男友对任何女性评头论足。他不会轻浮地动手动脚,不求回报地默默帮助身边的人,尊重家人,但也会维护我们情感的边界。他从来没有挑剔过我,不论是性格还是外貌,只会支持我的一切。因为男友的稳定情绪和无条件的接纳,我的暴躁和因为家人的伤害而变得激烈的棱角,慢慢地转为柔和。

大学初期,向月依旧会写信来。有时是亮蓝墨水,有时是洒金信纸,有时是五线谱上洋洋洒洒的好几页文字。我拿着那些美丽的信,反反复复看,被她对文字的驾驭能力震撼。我想如果她决定从事写作,我是断然不可能超越她的。

八九年后,我收拾旧书信,看到我在一张纸片上想要写给向月却没有寄出的回信草稿。我写道,你是我真正爱过的第一个人。在向月的上一封信里,她说,你不知道我有多么痛苦。我好像从没有机会也没有勇气问过她,她的痛苦是什么。暑假我们见面,总是精心打扮,挽着胳膊去看花,逛书店,在咖啡厅聊天,逛博物馆,从早到晚。

大二之后,我已经戒掉了烟,向月反而成为了那个带着打火机过安检被拦住的人。她平淡地告诉我,做实验太无聊,她和同学常穿着白大褂在间隙跑到楼下一根接一根地抽烟。我对她陌生的那一面感到不安，毫无底气地劝她"少抽几根"。

有段时间她也交了男友，我便感到自己不需再背上背弃的压力，但又不禁感到失落。向月脸上的婴儿肥早已经褪去，下颌弧线清瘦，眼神明亮锐利，是不容忽视的美丽。我暗自猜想一定有很多人追她，然而向月很少向我讲起自己的情感或是内心的感受，我也不愿想象她与另一位男性热恋的样子，后知后觉地意识到她所说的嫉妒与心碎。我们谈论的总是我们之外的世界。

我常会回看徐克拍的《东方不败》系列。那是一部带着酷儿色彩的颠覆性改编。第二部里，林青霞和王祖贤的感情戏，让于荣光的角色显得多余且讨厌。第一部的结尾，李连杰扮演的令狐冲紧紧拽着将要坠崖的林青霞，追问与他一夜缱绻的人到底是不是她，甚至想要不顾一切地随她一起坠下去。他最爱的不是任盈盈或是小师妹，而是真正理解他孤独的东方不败。但他被身边人拽住，只能带着所谓的责任，在惯性里活下去，到最后也很难讲到底是因为责任感，还是懦弱。

大学毕业后，我先工作，又自己申请了国外的学校，并被其中一所录取。拿到录取通知书后，我十分兴奋地告诉了父亲和继母，得到的却是父亲的责骂。他们认为出国读书的费用会给他们的生活带来巨大的负担。我仿佛被迎头浇了一盆冷水，心里苦笑自己还在期待什么？

工作后第一次在外面租房，因为自己的存款不够付押金，我找父亲借了几百元，被大骂一顿。之后我吃了很久的馒头腐乳，

最好朝南　245

搬去地下室住，没再向家人求助过。我有一天很想回到自己的卧室休息一晚，继母告诉我他们也有自己的安排，希望我以后回家提前告知，于是我当夜冒着风雨打车离家，很久都没再回去过。

我决定向几位要好的同事和朋友借钱，完成存款证明后就马上把钱还给他们。开口时，我十分恐惧，害怕自己与朋友的关系就此破裂，但每个我问过的同事、朋友，都毫不犹豫地把自己手头的钱借给了我。向月那时也工作不久，收到信息的第二天，马上打了几万元到我的账户。那一刻，我感到我们青春期的情谊跨过了成人世界的考验，到达了一个新的节点。只是我没意识到，出国之后的几年，我们见面越来越难、联系也越来越少。

各自工作的几年，我们常在微博@彼此，分享有趣的内容。后来向月参加了一个漫画的衍生比赛，她是画手，要与一位写手组队，一起参赛。但显然，没看过那部漫画也没写出什么名堂的我，并不能与她组队。活动期间，她认识了一些新的朋友，渐渐淡出微博，转去推特，我不再清楚她喜欢什么、画些什么；我也不再把新写的故事发给向月，为她的生日专门写小说庆祝了。

出国后的五年，我回过国两次，两次却都阴差阳错没能见到向月。除了每年例行的生日祝福，我们几乎没有任何互动了。

向月于我的意义，要到我继续成长，经历过更多痛苦和孤独，爱过更多的人，并在她自我生命中隐去后，才能足够理解。

第一个爱上的人，总是或多或少地影响了一个人如何看待情感。在我贫瘠而黑暗的童年和青春期，没有其他人如向月那样耐心地指引我，珍重地对待我。她塑造了我如今的审美和许多喜好。

从初中起，向月总会在我过生日时，送上精心准备的礼物：自己绘制的贺卡、水粉画、给我小说配的插图；黑丝绒袋子里串着银贝壳蓝珠子的发绳；银蛇耳坠怀抱粉色宝石；系着薄荷绿丝带的萤石项链；镶嵌着大片花瓣的手镯；金粉勾线的画；五线谱上的信；她在我脸上用冰冷的墨与胭脂画一张花旦的脸。美只为美而存在。

寒冷的冬天，我们曾一起站在街头肆无忌惮地喝烈酒，脸颊滚烫摇摇晃晃地挽着胳膊走路。那些叛逆、痛苦、疯狂的青春时期，如果没有她，很难想象我会成为一个什么样的人。我们在本子上构建虚构的国土，又从故纸堆里寻找血肉与爱恨留存过的痕迹。

她把我带到家里，家人便也郑重地招待我。我们拿着各自的乐器，在她的卧室里演奏，读着诗配乐，笑成一团。当夜我在她的单人床边架起行军床，却久久难以入睡，在昏暗的房间里看她沉睡的样子，而她第二天起来笑我睡觉的姿势。

高中时，我们抱着玫瑰与她的家人一起去公墓，然后两人在一排排墓碑中散步，偶尔停下来读逝者的生平。在死的静寂里走在她身边，我感到自己在活着。我最早在人生中感到的诗意、梦幻、辽阔、激情、疏狂与苍凉，全部都来自她。

向月曾说起她的一位女性长辈，在结婚时有一位好友调笑新郎："如果我是男人，哪里有你的份。"我说那你结婚的时候，大概我也会说同样的话。多年后我在异国结婚，父母不在场，更没有向月。向月在那时已经从我的生命中远去了。

其后我也爱过许多人，不再执着于任何形式的占有。然而当我有天夜里突然想起向月，想起她曾给我的绚丽，我的软弱与辜负，以及我们的疏远，依旧感到心痛难以抑制，无法入眠。因为人生中爱过一个女性，我得以有力量去抵抗自己生命里的黑暗，慢慢地接受自己作为女性的存在。

每一年到了我们的生日，我们仍会给彼此发送祝福，准备一份礼物，像一种责任和习惯。我送她浮世绘的图册，雨帘般的镶钻耳坠，小小的赤金走龙，徒劳地想要弥补曾经贫瘠时无法回馈的情意。我想和她多聊几句，却很快意识到那些曾经从日常中堆积的情感，已在日复一日的彼此缺席中渐渐枯萎。

深恋她时，放学后我们常在她家的路口分别。我总是望着向月的背影渐渐变小，而她从不回头。她总是清楚地知道向何处走，紧紧守住自己炙热奔涌的灵魂，像是从不会心碎或留恋。她曾是我的师长、姐妹、挚友、爱人，我对她仍拥有无限的眷恋和温情。然而，我也知道，分别的路口已到，只能道一声"幸会"，各自走入无边人海中。

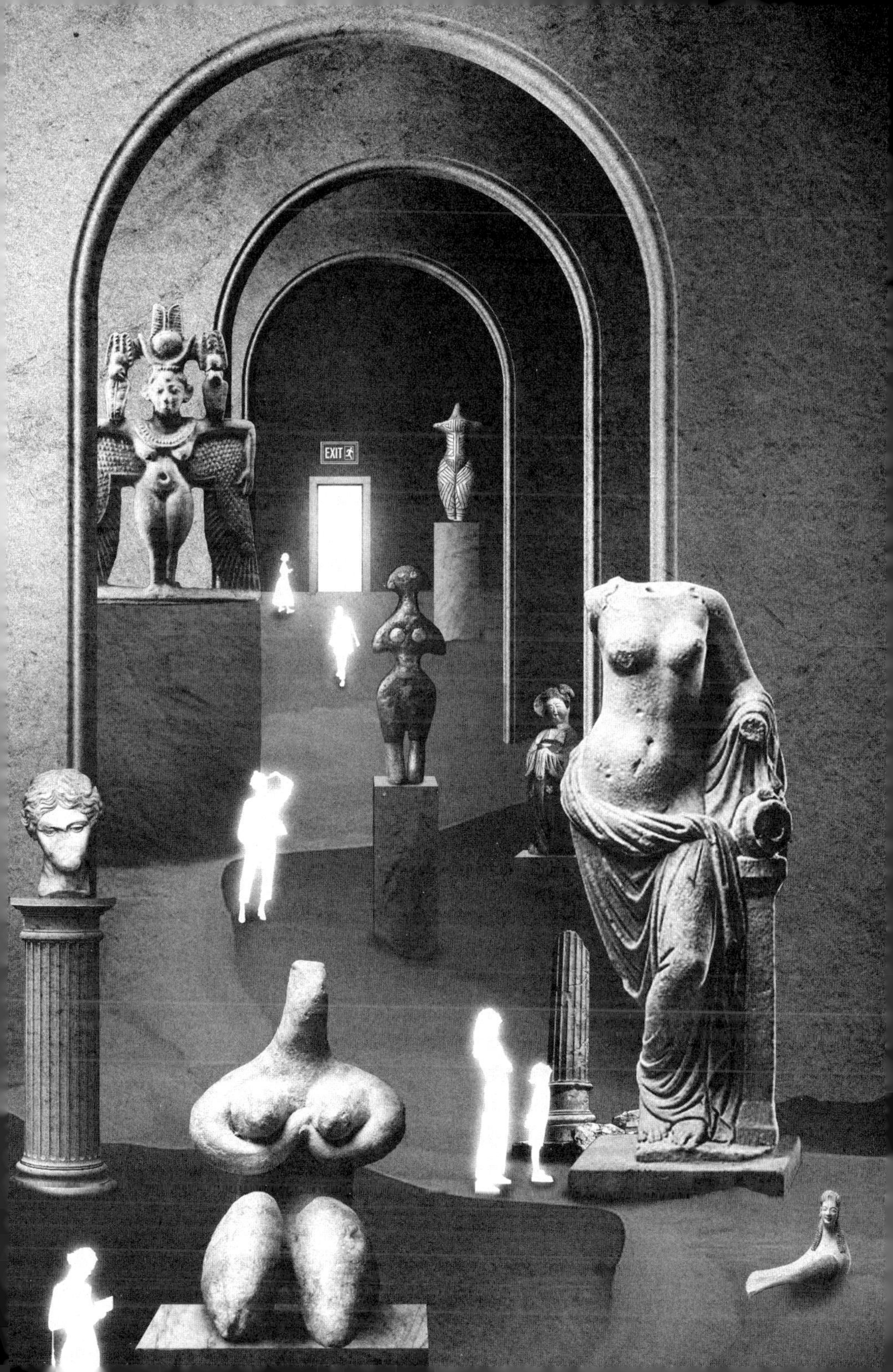
EXIT

一种境况 05

一间诊所和三段跨国婚姻，我们是同事、姐妹和家人

作者 | W 医生

2001 年夏天，我告别父母亲友，以及一起工作了五年的医院同事们，以闪婚的方式移民美国。2005 年，我在新泽西州考取了针灸和草本药剂师执照，开了诊所，专攻西医各科疑难杂症里的保守疗法。诊所和药房几次搬迁，目前位于新州一座小镇。

在国内时的那所医院，我第一个轮转的科室是心内科老八楼，在那里结识了小徐和花姐两位护士，情同姐妹。如今她们也在我的诊所上班，所以我们称诊所为"老八楼海外部"。我们仨，一个是当年相当被看好的医生，另外两位则是科室里最能干的护士，这样的组合，优势互补，是最强大脑加上最强执行，抢救危重病人时总能配合默契。

就工作量而言，美国诊所不能和国内门诊相提并论。我在急诊就曾经有过一个大夜班接诊八十八个病人及连续出救护车五次的记录。我学的是西医，兼修中医，在国内时是急诊科内科医帅。新州的针灸界有这样工作背景的医生并不多，所以诊所经常很忙，处理的都是相对复杂的医案；小徐和花姐的助力，使我如虎添翼。

即使已经离开医院多年，我依然会梦见值班查房交接班和抢

救危重病人的情形。小徐和花姐也一样,梦里总有许多以前工作时的记忆碎片:监护仪、显示器、氧气管、安瓿瓶、来来往往的人。

老八楼在 2001 到 2009 年之间,出走了三位员工,先是我,接着是小徐,再后来是花姐。我出国后,小徐和花姐一直单身,于是先后由我为她们做媒,嫁到了美国。这辈子我就做了两次媒,都是我的闺蜜,而且都还成功了。大家来到美国之后,各自经历了许多事情,分分合合,终于在去年的疫情期间,于诊所重聚,再现了当年的雷霆三人组。

老刘主任曾说:"老八楼一下就走掉了我的三名猛将。"

"是三朵花。"我纠正他。

"你们仨在美国要互相帮助,好好工作生活,我们都会很想你们的。但她们有你,我是放心的。你们都很聪明能干。"

老主任的话让我的鼻子一阵发酸。刘主任是亲自把我从院长办公室领到老八楼的人。假如当时院长问我选科意愿的时候,我首选的不是心内科,也许后面的故事就不一样了。

1997 年,我从医学院毕业参加工作,初涉江湖,第一站就是那所医院老八楼心内科。彼时,小徐和花姐已经在科室工作了五年。

上班的第一天,查完房,我坐下来写医嘱。组里一位小实习医生凑上来,小声对我说:"老师,你要小心这里的护士,心内科的护士都非常厉害,很凶的,尤其是四大恶人,千万不要得罪她们呀。"他用下巴指了指护士站,并努了努嘴。我顺着他的眼光看过去，只见护士站那边一片袅袅婷婷，哪有什么恶人？

"过些时候你就知道了，总之要小心啊。"实习医生语重心长。我笑而不语。

几天下来之后，我开始理解他说这话的意思。

在心内科住院的病人很多，病床总是不够，监护室也不闲着。早晚交班查房，收治病人一刻不停，还有各项诊疗操作。开医嘱很体现医生水平，如果医生对病情判断不准确，对护理程序不了解，就会开出很多令护士难以执行的长期或者短期医嘱来。护士要三查七对、过医嘱、执行医嘱、发药、抽血、护理，工作量非常大，不上道的医生会使护士们非常恼火。但大部分护士即便心里再不爽，对医生说话还是很客气的。

唯独心内科的护士，脾气大，而这里面脾气最大的，又非"四大恶人"莫属。小徐和花姐位列第一、第二大恶人，只要她俩在，实习医生们人人自危，就算是科里的医生，一个不留神也要挨骂。她俩心直口快，嗓门最大，对事不对人，也从来不给谁面子。小徐来自湖北武汉，高冷大方文艺腔，皮肤白皙爱看书，扎一个马尾辫，额头光洁饱满，爱穿高跟鞋，唱王菲的歌，不笑的时候，显得很凶。花姐来自广东农村，天生是一个炮仗，性子又急又烈，直肠直肚，一言不合就开骂，火爆的性格全院闻名。这两恶人的护理技术十分过硬，几乎从不出差错，任何时候都镇定不慌，抢救时甚至能顶一个医生用，救治能力十分突出。

我经常暗中观察她们的言行举止，对她们敢说敢做、刚直不阿的性格很欣赏。因为我从来都是大家眼中的乖乖女，服从全员指挥，老好人一个，明明那么的优秀，却又那么不自信。

最好朝南　　253

很快我就适应了心内科的工作,并顺利获得了同事们的认可。小徐和花姐与我搭班最多,我羡慕她们的无畏,甚至觉得,假如我够自信,也会毫不犹豫成为像她们那样的"恶人"。在工作上,从一开始我就神奇地从没有被她们骂过,为此我也问过她们原因。

"我们骂的是那些又蠢又懒的人,那些自以为是还不知所谓的人,不是你这种又聪明又什么都做得好好的人。"

"跟你上班省心啊,还舒心,你没那么多稀奇古怪的医嘱,又什么都愿意帮我们做,你在我们都很舒服。"

"因为你工作上让人挑不出毛病,还是个奉献型,当然不会骂你。唯一的缺点就是工作太积极,害得别人想偷个懒都难。"

"你没架子,人特别好,爱操心,对谁都恨不得掏心掏肺。又软柿子一样,没个脾气,谁都能捏。"

缘份是奇妙的东西。三个个性完全不同的同龄女生,竟成为了无话不谈的闺蜜,一起度过了很多彻夜长谈的夜晚和一起出游的白天。

我们谈原生家庭、成长经历,谈看过的书、电影以及遇到的各种人,还有对未来的梦想;下了班,又可以约着去逛街、下馆子,或者回到宿舍继续聊,追韩剧,补眠,烧饭吃。逛街时,她俩并排走,我跟在后面给她们拎包,看她俩试衣服、砍价,做跟班。听她们说医院的八卦,我发现她们总是那么一针见血,令我眼界大开,给我恶补了很多社会知识。

共事的几年,我们一边成长,一边互相支持。一线医疗人员的工作生活三班倒,很辛苦,除了强度很大的工作之外,我们还要共同面对科室人际和医患关系的压力,每天如履薄冰,结下了极为深厚的情谊。我是文艺女青年,性格敏感,多愁善感,小徐的共情能力很强,我的任何情绪她都能稳稳接住,理性地帮我分析,总能理解我并支持我。花姐不吃我们这一套,大白话简单粗暴,不管是否利于行,先忠言逆耳再说。我们聊得最多的话题,还是婚恋。这是一个我们没有办法统一意见的领域,关于爱情、婚姻、遇人、择城,每个人都有自己的理解。

那几年,我们作为未婚女青年,都明里暗里地陆续被热心人安排很多相亲饭局,仿佛女青年的单身是一种病,人人得以治之而后快。不过我们都不爱去。

被拒绝了好意的人觉得我高冷,其实我是一个在有着极强控制欲的母亲管控下,不知道自己想要什么、能要什么的人。而她俩则因为心性清高,并不愿意随波逐流,看穿很多所谓的媒人其实都是为了来看热闹而已,故此更加不为所动,高质量的单身生活不香吗?而且她们也不是软柿子,所以敢前来硬捏的没几个。有些不自量力自以为是的媒人,话还没有说完就灰头土脸地被轰走了,恨恨啐一句"四大恶人"。

我始终没有她们那么坚强。2001年,我以闪婚的形式逃跑了,逃离了那些我改变不了的所有,我总是以为,逃离是最直接有效的新的开始。然而越到后来,我越加意识到,一个人如果自己没有改变,是无法通过外力来获得拯救的。真正的救赎,必须源自内心的觉察。

当时"四大恶人"里已经有两个出嫁,只剩下花姐和小徐,因为单身,在别人眼里恶度加倍,走到哪里都是话题,压力可想而知。那几年，她俩焦虑、沮丧、压抑的心情，我不止一次在电话和电子邮件里感受到。

　　转眼我已来到美国几年。不同的体制、国情，不同的环境，一切都是新鲜而令人兴奋的。美国的生活节奏很快，但我适应得也很快，很多方面可以说是如鱼得水，唯一困扰我的是我的家庭关系。父母选择来美国和我们同住，出发点是来帮助我们，尤其是孩子还小的时候。但一个屋檐下没法同时有两个主人，我原先希望用婚姻来逃离原生家庭的计划落空了。

　　几乎是盲婚哑嫁地和Z先生组建了家庭之后，我性格里的硬伤无可避免地开始浮出水面。面对不能理解自己的伴侣，沟通不良的亲密关系，以及来自原生家庭的持续压力，我的抑郁症多次被诱发。

　　所幸的是我和小徐一直保持着联系，在分开的将近五年时间里，每天电子邮件或者信件、电话从没间断过。我们无话不聊，隔着重洋共生。在那些焦虑无助的时刻，小徐就是我的树洞和定心丸，任何时候只要我需要倾诉，她都会在那里倾听，不断给我陪伴和共情，也给出行之有效的建议。可以说，没有当年的她，就没有我今天的安然无恙。她对于我的意义，可能大到她自己都难以想象，使我相信世上总有一些人是为我们而来的，就像我们也为他们而来一样。有一次我抑郁发作达到最低谷，情绪已经涣散，给她发邮件的时间比平时晚了几个小时，她就立即拨打了越洋电话，敏锐察觉出我的异常。即使电话费那么贵，她还是一直耐心隔空陪伴，直到我情绪稳定，握着电话睡着了。我永远记得她对我说的那句话,"最艰难最想放弃的时候,请再多坚持一天。要相信多等的这一天,会使很多看似无法改变的事情改变。"她要我发誓会这样做,她才能放心。这句话从此成为了我的救命锦囊。

我已经离开了医院,在异国生儿育女,重回校园和考场,一路过关取得了相关的医疗执业资格,着手准备开办自己的诊所,她俩却依然"水深火热"。值不完的夜班,应付不完的考核,铁打的单位流水的领导,纠结的医患关系,苦大仇深的医改政策都是不变的话题。她俩后来都升了护士长,在医院的急诊科和外科各自独当一面,性格还是那么直,也成为了"剩女",高不成低不就。

医院里的风言风语使她俩疲于应付。小徐成熟一点,选择含蓄沉默,一笑置之。花姐则总是把不怀好意的媒人骂回去:"要你管!"在别人眼里越发显得怪异了。转眼她们就进入30岁,不是被介绍一些大龄离异男,就是丧偶男,还有一结婚就得给人做后妈的。她俩被气得没了脾气,本来各自买了单身公寓,生活自得其乐,偏偏医院里总有不少人对她俩指指点点。

2004年的一封邮件里,小徐写道:"自己的心,就像沉到了河里的石头,虽然感觉得到水流在身边匆匆经过,却对自己无能为力。"这句话使我心疼,我的冰雪聪明的女友啊,我第一次萌生了给她做媒的念头。我试探她的意愿,择偶已经够折磨人,出国做过埠新娘则是更大的决定,意味着更多未知的人生。

她第二天回邮件说:"好。如果我们能再在一起,我愿意。"她同时叫我也帮花姐留意一下,并且说:"我相信你看人的眼光,你不是用眼睛看的,你是用心去看的。而你又是那么了解我们。

有你在那里，我们不怕。"一种使命感顿时油然而生。就要以一己之力，把我最好的女朋友带到我的身边了，我开始用打猎似的眼光看身边的人，一见到熟人圈里有貌似合适的单身男子，我就主动上前询问。估计我当时的样子像极了卖保险的。我自己已经随便嫁了，姐妹们可不行，我不允许。

有一次一位杨姓老师聊起他有一名学生，广东人，人品不错，银行工作，年龄也合适。我立即请老师帮我牵个线。我手上没有小徐的照片，就把我们视频对话时她的头像打印了出来，黑白、朦胧，扎个马尾辫。

我把这张纸交给老师，他皱了皱眉头："你不是说她和你长得很像吗？怎么不是鹅蛋脸，是个大圆脸？"但老师还是把他学生的电话给了我。我像揣着宝贝一样把写着电话号码的纸条带回了家。

晚上，强压剧烈的心跳，我深深吸了一口气，拨打了电话，单刀直入："请问你是杰吗？我是杨老师的助教W，我是一个很善良很好的女生，现在我想把我最好的女朋友介绍给你。她人在中国，是她那所医院最年轻的护士长，希望你能考虑和她交往。"

我不歇气地可能讲了五分钟，把小徐的情况详细介绍，从她的人品，她的才情，到她的爱好，等等，讲完才发现自己握电话的手心都出汗了。这毕竟是我第一次做媒。电话那头一直是沉默的，最后只说了一句"谢谢你"就没了回音。我正在暗暗着急，又一句话传入耳中："我们见个面吧，容易说话。"我心里那个高兴啊，就像自己中了什么大奖，兴奋得一夜未眠。

那个周五，这位叫杰的男生，约我在纽约的一家日本餐馆吃寿司，见面。他不是一个外向的人，问一句答一句。但是我的直觉告诉我,他适合小徐,小徐也适合他。我仿佛看见了他们以后幸福的样子。我记得自己恳切地对他说了一句很傻的话:"我对你很满意。请你看看我怎么样?如果你喜欢我这样的,就会更喜欢小徐那样的,我们个头差不多,但她样样都比我好,比我有趣,还会弹钢琴。"对面的男生温和地笑了,和我交换了邮件。我又把小徐快递寄来的照片,交给了他。

回家的火车上,我激动地打电话给小徐,说:"看了看了,我给95分。"后来小徐对我说,你这个人,为什么对自己严格要求,对别人那么宽松?这是95分吗?最多65分。但小徐还是和他开始交往了。她的第一封信是这样写的:"我最好的女友已经找到了她的幸福,我为她开心。她也希望我得到幸福,我信任她,但愿你会是那个对的人……"

一开始他们的邮件会先转发给我,仿佛不是交友信,而是等领导批阅的文件。我总是看着这些邮件傻笑,简简单单的几句寒暄话,我翻来覆去读,愣是脑补出了爱情小说的样子。搭上线几天后,我就识趣地退出了,让他们自己联系。我会每天早晚查房一样问小徐怎么样怎么样,她都说不怎么样。我又问杰怎么样,他也说不怎么样。分别聊了几次之后,我发现他俩的沟通没有在一个频道上。小徐说,感觉像"温水煮青蛙",没有激情也没有太多共鸣。我只能在中间帮忙解释,做他俩的桥梁,白天和杰聊,晚上和小徐聊,操碎了心。

这么不温不火谈了几个月,双方都淡淡的,眼看没戏了。两人都对我表示感谢,小徐说不要太累了,不要勉强了,彼此太多不了解,算了。我很难过。

一天，忽然福至心灵，我把这几年我和小徐的信件全部打印了出来，这里的内容涉及我们的三观，对时事的看法，对人生的理解，大到风花雪月，小到芝麻绿豆的生活小事，无拘无束的语言，嬉笑怒骂，无遮无掩，是我们的原色。当我把这厚厚一沓信件交给杰的时候，我对他说："请你看一看这些信件，看完了之后，假如你还是对她没有感觉，就算了。"

这件事我没有告诉小徐，但正是这一动作，使他俩的关系火速升温，大概是因为他懂了更多的她。而她也惊喜地发现"他怎么忽然就开窍了"。缘分的桥，终于搭起来了。

2005年3月30日，小徐来到美国。出嫁的时候，小徐是在我家穿上的嫁衣，盘起头发，我给她打的伞，送她上的花车。我自己没有婚礼，没有穿过婚纱或者晚礼服，却在闺蜜的婚礼上穿了。晚宴前她在休息间补妆的时候，司仪对我说，等下你代表女方讲几句。我的眼泪一下子冒出来，小徐也是。我们泪眼婆娑地对望着，司仪说，千万不要哭，妆会花。

小徐的第一个家，安在镇上离我家车程五分钟的地方，走路可达，我们是一碗汤的距离。和我一来美国就开始上学考试找工作的做法不同，小徐从嫁过来的第一天就做起了全职太太，仿佛医院的这些年消耗了她太多，终于可以缓一缓。我虽然很希望她能来我的诊所上班，这样我们就可以天天见面，但她尊重她先生的意思，专心在家相夫教子，说是"嫁鸡随鸡"。这是我一开始没有料到的。我没有想象过小徐做全职太太的模样，以为她会和我一样重回职场，然而她没有，只在我诊所某些非常需要人手的时候，客串帮忙过几天。

也许是因为她先生性格沉稳，情绪稳定，小徐结婚后改变很大，不再锋芒毕露，为人处世也没有了原来的那种尖锐。她对我说过她的原则，就是明确关系中的边界感，然后"对自己低要求，对别人也低要求"。在这一点上，小徐比我聪明很多，婚姻家庭关系里能做到游刃有余，"既然结婚了，就图个平安长久，若需要改变，就改变，人总要往前走的"。因为住得近，我们经常互相走动，做什么好吃的，都可以送一碗到她家；有什么事情喊一声，几分钟他们就能来到家里。那段时间，我很幸福。

后来小徐随丈夫工作的变动，2008年6月离开美国，在中国香港和沙特之间往返，我们又要分开了。他们启程离开新州前一夜，我辗转难眠。凌晨四点，月亮西斜，我悄悄起床，蹑手蹑脚走出家门，发动车子开到了她家楼下。五点多钟，屋里亮起灯光，里面的人起床了。再等了大概半小时，我上楼敲门，她先生开门看到我很诧异，因为他也正准备送小徐到我家和我告别，没想到我先一步来了。小徐刚洗好了澡，顶着湿漉漉的头发。我们拥抱在一起，彼此的脸都湿湿的，她摸摸我的大肚子，埋怨我冲动。那一天是6月2号，离我的预产期还有一个月，小徐也刚刚怀上了二胎。

这一分开，就是七年。我们又回到了天各一方的以前，还是每天靠邮件和电话联系，话题总围绕着孩子和家庭。沙特的生活很不一样，除了买不到猪肉之外，蔬菜的品种也不多，她上超市还要按照穆斯林的规矩蒙上头纱，以及在祷告音乐响起的时候抱着孩子离开商场，"落荒而逃"。在香港的生活则和内地差别不大，只是居住的地方很小，街道上广告牌的霓虹灯在夜晚闪得公寓里的人失眠。

2015年年初，因为小儿子有自闭症，在香港无法得到良好系统的治疗，家里气氛开始绷紧，小徐和我不断讨论着对策。恰好我家老三也是高能自闭症，因为学校以及教育局给了无微不至的关注和师资扶持，孩子恢复得很好。于是，深思熟虑后，杰和小徐决定由她带着三个孩子先回美国，并委托我为他们寻找合适的房屋，一定要和我家一个学区。"就全部拜托你了。"

那时我已搬到另一个小镇，找房子和做媒一样，全凭了解和勇敢。一天，我看到家附近路边一个"吉屋自售"广告牌，心念一动，就把车开了进去，沿着蜿蜒的小路，一直到了这间大小合适，位于小山坡上的独立别墅面前。前门有一棵很大的茱萸树，我仿佛看见小徐在树下朝我招手。于是我敲门，见到了屋主夫妇。我说："我就住在附近，现在我想为我最好的女朋友一家找一个合适的房子，不知道你们愿不愿意带我参观一下。"

这次小徐再次与我住同一个镇上，新家离我家依然不到五分钟，还是一碗汤的距离。从找房子到看房子、办理贷款、找律师、验屋、维修、讲价钱、交屋、购买家具，以及联系她家老三上学的学校，安排好自闭症评估和入学等一系列事情，都是由我和小徐的先生沟通，我全权代理。几个月后万事俱备，小徐和三个孩子从香港飞回来，拎包入住。

2016年小徐的姐姐和妈妈来到美国探亲，姐姐摸着家里的家具对她说："没有谁能够做得到像W这样对朋友的，真没见过。"

而我后来也真的看到了这幅画：小徐在那棵门前的茱萸树下，

向我招手。阳光从树梢透射下来，洒满整个前院。

小徐结婚后多次跟我说起，要开始留心帮花姐介绍了，我们两人都离开了，她一个人在那里要顶住医院和家里那么多压力，其艰难可想而知。花姐说："实在是没有选择了，一刻都不想待在国内了。被生活吊打，太辛苦了。"

我分析她的火爆性格，觉得不大好找，一个人单身越久，就越难改变已形成的思维定势和生活习惯。她年纪不小，假如男方是传统的亚洲人，会对生育力有更多考量。亚洲男生娶妻求淑女，喜欢女方温良恭俭让，花姐性格这么烈，嘴巴又不饶人，找中国人实在有点悬。而美国人的婚恋观和亚洲的大不同，虽不介意年纪和职业，但重视感情体验，自由度大，婚姻状况错综复杂，没结婚却有好几个孩子且孩子的母亲都不同，是常有的事情。经济上也多数是 AA 制，这样的搭伙过日子的方式，加上文化和语言不同，我不确定花姐能否接受。

我再一次开始了物色。我留意到一对菲律宾患者夫妇，来看病的时候，经常有他家的孩子陪着当司机，男生沉默寡言，其貌不扬，但性格似乎非常沉稳，坐在候诊室等待的时候，就像老僧入定。能孝顺父母的孩子，总坏不到哪里。一聊起来，我得知这儿子在银行工作，三十大几，还是单身。我一听，马上灵敏地嗅到了可能性，就把花姐的照片给他们看，又对花姐的为人和性格一顿夸。夫妇两人看后都表示很喜欢，答应拿回家让儿子看看。

两天后，他们的儿子 Van（我们管他叫中巴）亲自来到了诊所，要和我面谈。因为彼此都比较熟悉，他就直接问了我一些问题，我也问了他一些问题，相互交换了信息，就像在谈判，气氛还挺正式。我最关心的两个问题，他的答案均令我满意。一是我因为担心花姐的年龄，影响婚后生育，就问他："你会希望有小孩吗？"他回答："这个事情，以妻子的意愿为主，想不想生，生多少个，都她说了算。"另一个问题是："经济上你会和她 AA 制吗？""不会。我的钱和她的钱，都是她的。"亚裔，单身，没有生育焦虑，没有 AA 制压力，除了外型当真配不上花姐之外，其他都让人觉得这似乎是个不错的人选。

当晚，这对夫妇和中巴还特意来到小徐家，和小徐也见了面。因为知道我们和花姐是最好的朋友，他们主动提出让小徐也看看，如果我们两人都觉得可以，中巴再联系花姐。既然媒人的担责风险减半，我自然十分愿意，于是小徐也充当家长，再问了中巴家里人几个问题，大家都感觉还可以。送他们一家人下楼后，我和小徐马上视频了花姐。

一听说是外国人，花姐急得哇哇叫，连声说："不行不行，不懂英文怎么交流？""翻译软件呗。"我们说。"你们这是赶鸭子上架。"中巴的类型，绝不是花姐心中的理想型，她最不喜欢的，他几乎全占了。小徐说："你要相信 W，她看人不是用眼睛，而是用心。"花姐长吁短叹，答应交往看看。

我的印象中，中巴是个非常慢节奏的人，没想到这一次他居然是个行动派。很快他就给花姐发出了第一封邮件，并抄送我。我还记得中巴是这样写的（英文）："你好！我是 W 医生的朋友，我父母是她的老病人。她是我父母最信任的医生，而你是她和小徐最好的朋友，我已经从她们两人口中了解到了一些你的情况。

现在她俩希望我们能够认识彼此,甚至组建家庭。我是一个好人,你也是一个好人,我认为我们应该认识一下,好人就应该和好人在一起。如果觉得合适,我会尽快到中国与你见面。"我印象中,这是沉默寡言的中巴最勇敢的一次行动。他俩也是邮件联系,这次我还是"师傅带进门,修行看个人",看过他们几次通信后,一横心就没再管他们,随他们扑腾去。花姐真的用了翻译软件,那么蹩脚的翻译居然也聊出了点感觉。中巴第一次去中国,拿不准带什么过去,我帮他买好了花姐最喜欢吃的巧克力,装了满满一大箱。

  花姐在后来总是感叹,这些年她相亲的次数,没有一百次也有五十次,很多相亲对象的条件都比中巴好,为什么最后却没有成功,完全不能解释,只能信命。听说他们的交流主要靠肢体动作,没有了语言优势,花姐的表达力被严重限制,也许第一次尝到了"有话说不出"的苦,就算骂人,也没人听得懂。中巴是惜字如金的人,中文一个不懂,却也不畏生,非常随和。当花姐带他和其他亲友见面,他只负责埋头苦吃;回到花姐农村老家,中巴能陪家里的小孩玩,也能按照老人的要求帮忙干活。这样只做不说、吃饭不挑食的性格,深得老人家喜欢。花姐说,那一刻,她知道:"完了,这就是命。"她说得最多的话就是:"人越不想要什么,老天越要给你什么。年轻的时候最讨厌秃头矮胖了,结果绕了一圈,还是找的这样的,除了头没秃,别的都是自己最不想要的,这就是命。"

  花姐在 2009 年的 12 月 15 日抵达美国,第一次见到了大雪。

最好朝南   265

我去她家探望她的时候,她正拿着个小铲子,在前院玩雪,兴奋得像个小孩。老天似乎知道花姐的宿命论需要助力,婚前她还总担心自己高龄不易怀孕,结果以闪电般速度怀孕了,生了一个可爱的男孩,小巴,和中巴像一个模子刻出来的。

花姐怀孕期间,和婆家同住,一开始大家总是客气的,毕竟她初来乍到,脾气也都还收着藏着。但相见好同住难,在中巴的家人面前,因为语言不通,花姐在一些关键事情上无法准确表达自己的想法,暴脾气没有地方发挥,加上淡定的中巴对她的脾气也基本是免疫的,年纪轻轻就患了选择性耳聋,随她怎么暴跳气出内伤,他也巍然不动。花姐没招了。

爆发的导火线是花姐发现中巴对婆婆千依百顺。平时有求必应也就算了,明明月子里的产妇更加需要帮手一起照顾新生儿,他却事事以婆婆为先。花姐需要他的时候,他人影都不见,原来被婆婆派去做别的事了,使她委屈至极。外国人家里爱养宠物,小狗小鸟扑棱个不停,人抱狗,狗亲人,花姐对此深恶痛绝,这完全超出了她洁癖的底线。远嫁已经够孤独,月子里还落下病根,生活习惯那么不同,一切都使她非常郁闷。

大概在小巴四个月左右,花姐再一次和婆家发生了争执,中巴没有坚定站在她这一边,花姐爆发了。她决定什么都不要,离婚,买机票,立即回国。那个下午,中巴颤抖的声音从电话中传来,说花姐正准备去机场,他已经藏起了她的护照。我正在上班,被惊得目瞪口呆,连忙联系了我们另外一个好朋友帮着劝,先稳住花姐再说。朋友冲到花姐家,家里正乱成一锅粥,花姐在哭,小巴在哭,朋友也哭。听说才几个月大的小巴就仿佛懂事了,明白妈妈要走，就用小手抓着妈妈的衣服，眼泪大颗大颗往下掉，哭得撕心裂肺。

朋友把花姐直接带到诊所，我也放下了手里的活，陪着她。从来没有见过这样的花姐，失魂落魄，双眼哭得通红，看了让人心疼。我抱着她，拍着她的肩膀。她呜呜流着眼泪对我说："还不如不结婚，还不如在国内单身，如果没有小巴，我真的不想在这里了。"

我也有点手足无措，只好安慰她："没事，委屈你了，不行干脆搬出去吧，你自己有个家，完全是你自己做主的，就好了。不要说傻话，我们已经是母亲了，怎么能不管自己的孩子呢？如果搬出去还不行，再考虑回国。"

中巴来诊所接她的时候，我也和中巴长谈了。他同意和花姐搬出去单住，只要不离母亲家太远就行。花姐卖掉国内的单身公寓，付了新房的首付，很快从婆家搬了出去。我和她去家具店看家具的时候，她已经神清气爽。

有了自己的小家之后，一切顺利了很多。花姐为了对抗大小两巴，用功学英文，嘴上的功力渐渐恢复，唧唧起来，无人可敌，于是我们又见到了那个熟悉的她。她依然能干，操持家里的事物井井有条，一开始不大会烧饭，逐渐也得心应手，嘴上虽然总说当初嫁给中巴是多么不得已，却在日复一日的平凡生活里活出了真滋味，三不五时发个圈，撒点狗粮，夫贤子孝。中巴有时说，真的很感激 W 医生，使他有了个家，换来花姐的抢白："我可不谢她，如果不是……我才……"翻来覆去那几样，刀子嘴豆腐心的女人。

除了小巴上幼儿园前在家带他的那几年，花姐从空降美国的第三天开始，就一直在我诊所上班，我一直需要一个非常能和我配合的人，而她需要一份工作。花姐是农村孩子，骨子里不服输，当年在国内一个人拼搏，来了美国也如此，学开车，学英文，重回学校上课，并考取了护士执照。

花姐刚来到美国的时候，小徐已经回了香港。小徐特意交代她，要好好听 W 的话，有事情多和 W 商量，不要轻易发脾气，暴脾气能改就改；记得 W 现在是你的老板，注意尊重她，不能让 W 难做，一定要常怀感恩，多想想她对你的好。小徐又对我说，花姐单身时间这么久，在医院又做了那么多年的护士长，肯定已经形成了自己根深蒂固的一套行事风格，不一定能够改变，况且有性格的人之所以有性格，是因为幸运地被很多懂她的人爱着，嘱咐我一定理解花姐。假如在以前，遇到什么事情，我们仨还可以把话都摊开来讨论，现在大家都有自己的认知，实际情况也比单身的时候复杂，所以更加要注意沟通。

小徐很细心，她一直在我和花姐之间发挥微妙的调解作用。她仿佛意识到，从无话不谈的闺蜜变成上下级，没有她在中间协调，粗枝大叶的花姐和细腻敏感的我之间要重新磨合，需要一段时间。她的担心是有道理的。

有好几次花姐在工作上和我意见不合，有些话也没有挑开来说，彼此都闷闷不乐，甚至一度觉得，可能在一起共事不是最好的选择，并各自和小徐私聊。多亏了小徐能够分别站在我们各自的立场来周全考虑，合理分析和解释，为我们及时消除了误解。

小徐对我说："对花姐，你要有一说一，不要含糊，不要让她猜，原则是怎样就怎样。她虽然脾气急，性子直，等她回过神来，她就明白了。"又对花姐说："你现在已经不是以前单身时候的你了，你现在是在美国，我们回不去了，只能朝前走。我们总要成熟的，成熟就是既有能力接受自己，也有能力改变。"

于是我们良好合作至今。如今花姐的脾气改了很多，还升任诊所经理，把诊所管理得妥妥当当，让我看病没有后顾之忧。小徐于 2015 年 11 月回到美国，这样，我们仨又重聚了。

由于小徐是单枪匹马带着三个孩子回到美国，生活里没有她先生在场，她必须从学开车开始，一步一步，重新适应。这次，是我和花姐不分彼此轮流去帮助她。我陪她练车，带她去考驾照，安慰她考不过不要紧，安全第一，再接再厉。花姐去买菜总帮小徐多买一份送过来，我们平时也常在她家聚会，聊聊天，说说往事，再看她有什么需要帮忙的事情就顺手帮她做了。

重聚后的每年，我们都在各自生日时安排一起出游，美名其曰"充电"。去过宾州，进过赌场，爬过山，下过海，迷过路。有一次在去手指湖（Finger Lakes）的高速公路上，因为聊天开车太慢，我们被警察截停了。帅帅的警察走上来一看，车里三个傻大姐，一脸无辜，一查，既往行车无任何不良记录，于是挥挥手放行，叮嘱："到了目的地葡萄园不妨多喝点酒。"

一年冬天，小徐因为干衣机使用不当，竟然着火了，浓烟滚滚，她吓得赶紧打电话给我，我们让她快点报警，并催她带着孩子以最快速度离开家，要注意穿好衣服保暖。中巴和 Z 先生都第一时间赶到她家支援，我们随后也去把她孩子接来我家。可以想

最好朝南　　269

象消防车呜呜朝她家浇水的时候，寒风中的小徐是多么彷徨。她一个人带三个孩子在美国四年之久，但自始至终没有抱怨过，总是随遇而安，这一点她是我们的榜样。

小徐的先生几年前从香港回到美国常住，正当我们为他们一家终于团聚而开心的时候，却不料他心脏突发不适，进了急诊。那天早上小徐打电话给我，说先生胸闷，血压量不清楚，让我过去看看。我拿上听诊器就冲到了他家，仔细检查后，认为有室上性早搏的可能，应该马上去医院。在社区的医院做了一个心电图，救护车就把他转到了心内科医院，幸好及时处理，情况还算稳定。和小徐在医院的咖啡厅吃饭的时候，我们都有点唏嘘，不知不觉我们就已经进入了多事的中年。

无独有偶，前年中巴忽然身体不舒服，来我诊所看了之后，诊断是急性胆囊炎、黄疸，需要转专科，急诊手术。但他不愿意手术，花姐很着急，要我帮忙劝，中巴总是很听我的。我陪着中巴进了急诊，安顿好了，直到花姐来接班。那几天，我和小徐看到了一个完全不同于以前的花姐，在中巴面前说话那么温柔，轻声细语，柔情似水，简直无法和她平时的形象联系起来，我和小徐下巴都惊掉了。过后，花姐对我们说："那有什么办法，就是命。"中巴做完手术的那天，我们三人在医院外面吃饭，席间都默默的，各自想事情。

她们两人，在各自的婚姻中度过了磨合期，进入平稳期。我却反其道而行，在不和谐的婚姻中，努力为自己而抗争，结束了22年的婚姻，搬进了单身公寓。说来也是好笑，三人里我第一个结婚，后面又给她俩做了媒，一路"保驾护航"，老母亲一样操碎了心，没想到最后，要恢复单身的竟然是我。这个反转让她俩无所适从。花姐希望我原谅Z先生，像她那样认命算了，只要还能过下去，就不要想太多。小徐则希望无论我做什么决定，都能遵从自己的内心，只要最后的结果是我得到内心的平静。

花姐说："难道不是宁拆十座庙，不毁一桩婚吗？人生几十年，算了，忍忍也就过去了。唉，反正我是认命了，没办法。"

小徐对她说："你不要用你的标准去衡量她。她好不容易能够站出来为自己说一次话，而不是软柿子一样，你就应该支持她。她那么能忍，肯定是已经忍无可忍了才这样的。我们要天然站队她，完全地相信她有能力过自己想要的生活。她还要当圣母到什么时候？怪就怪她以前太没有边界感，总是无视自己的感受。"

有一天我忽然悲从心来，坐在诊所的休息间里流眼泪。花姐刚好经过，怔了一怔，连忙走过来，把我抱住，就像当年我把她抱在怀里那样，轻轻拍着我的肩膀，急急地说："不哭，别傻，没事的，想开一点，没事的。你看连我都变了，我也不去想那么多了。"她的声音里也渐渐有了哭腔，安慰人一直不是她的强项。

2020年疫情，诊所停诊三个月，6月1号缓慢复工。工作细碎而繁琐，和疫情前相比，有很多改变。花姐因为要在家照顾上网课的小巴，暂时没有办法归位，其他员工也有同样的问题，诊所人手严重不足。小徐义不容辞地出山来帮我了。那正是美国疫情最严峻的时候，疫苗还没有出来，个人防护也不足，一线工作的风险很大。她冒险来诊所上班，我心里感激得无以复加。她说："有什么好谢的，怎么能够让你一个人战斗？关键时刻我们不都是

最好朝南　271

一个战壕里的吗?"

几个月后,疫情趋向平稳,花姐归队。我们三人,终于再一次真正意义上地重聚,完美再现了当年老八楼的紧密协作。诊所有了她俩的加持,我看起病来更加心无旁骛。看着她俩疾走的身影,听着她俩对话中的医学术语,我仿佛又回到了老八楼。哦,这里是老八楼海外部。

休息时,我们有说不完的八卦和往事。八卦有益健康,小徐总结。我的记性很好,这一点对她们来说有时简直是灾难。很多痛苦的往事,或者糗事,说过的傻话,她们都说自己早已忘记了,而我还记得一清二楚。她们对此很有意见,要我忘记那些不愉快的事情。经过她俩的一番说教,我开始怀疑,也许人生真的根本没有什么苦,只要你肯健忘。忘掉那些刻骨铭心的我执,不要去追究谁对谁错,放下那些令我困惑的问题,只努力爱自己,过好当下,让时间去说明一切。命运的齿轮就是这么严丝合缝,沿着既定的轨迹一直往前,终会到达它应该到达的地方。

3月8号是小徐生日,她们来我的单身公寓聚会,同时也为我暖屋。她们在公寓每个角落视察,在沙发"葛优躺",因为满室阳光明晃晃,她俩还夸张地戴上了墨镜,并且说,以后这里就是常聚基地,也是离家出走时的暂居之所。她们举杯庆祝我恢复单身,祝彼此平安、幸福、自由、快乐,并强调说:"不开心的事情要忘掉,说三次。说的就是你!以后怎么开心怎么来。"

4月25号花姐生日,我们再次在公寓聚会,重申了"余生以快乐为本"的闺蜜精神。

轮到7月份我生日,她们问我想怎么庆祝。我说,我想去跳伞，试着做一件从来想都不敢想的事情。她俩毫不犹豫地说，陪你。

作者后记：

我在诊所写完这篇故事的那个下午，初夏正好，窗外那棵金银花的香气，在空气中随风铃摇荡。小徐和花姐在护士站聊以前的事情，笑声一阵阵传到我的耳朵里，使我觉得很幸福。我幸运地拥有很多非常有个性的女友们。每当我回想起和她们在一起的时光，以及她们对我说过的话，给我的爱，我都很温暖快乐。走在她们中间，我仿佛在近距离地欣赏世上的美好。

一种境况 06

对相亲对象的要求，家人只有四个字：男的，活的

文 | 杰西

28 岁开始，我就像案板上快过期的猪肉一样，被家人安排参加了好几场无疾而终的相亲，他们对对方的要求只有四个字：男的，活的。

不为别的，就因为在山东农村老家，大家一般二十五六岁都结婚了，而我 25 岁才研究生毕业，又一直在外工作，所以这些都比别人慢一步。而即使这样，如果 30 岁还没对象，自己和家人都会经常被人议论。

"别再挑了，趁还没到 30，快找一个吧。"奶奶每次见我，基本都会重复这句话，而家里最开始着急的就是她。在村里开了商店的她就像一个大喇叭一样，遇人就提我的事，恨不得发动全村人给我说媒。可是我们老家在北京工作的人少得可怜，农村认识的就更少了，所以奶奶对人家也没有任何的要求，什么学历、长相、工作，在奶奶眼里都不是问题，只要能找人"接收"我这个老姑娘，比什么都强。

我三婶住在隔壁村，她邻居家有个儿子 37 岁在北京工作，比我大 9 岁，奶奶一听很兴奋，立即让妈妈问我要不要见见。那时

候爸爸还是有要求的，觉得大太多了，先替我回绝了。两年后，我30岁，男生39岁，奶奶依然还会时不时提起他，让我不要挑。

我毕业晚与我上小学晚有直接关系，当时在村里的小学，校长为了平衡两届学生的人数，让我这种生日小的留到下届再上学，所以我虚岁9岁才上一年级，后来中学大学的同学们平均都比我小一两岁，社会经验少也让我的心态更幼稚一点，喜欢跟比我小两三岁的人玩。但是老家的人却总有一个思想，女生要比男生岁数小，之前有人介绍一个在北京当兵的男生，比我小一岁，但对方家庭听到我比他大一岁，联系方式都没给就直接回绝了，觉得不合适。

某年过年的时候听人说有个年龄相仿在北京离婚有娃，娃跟前妻走了，奶奶又再次兴奋地跑到我家找我，而不问清楚情况的她只知道人家长得帅条件不错，我再细问介绍人才知道，这男的比较爱玩，前妻生完孩子后抑郁症，坚决要跟他离婚，把孩子带走了。

虽然我对离婚没偏见，但是周围不乏有同学在怀孕生娃期间老公出轨所以离婚了，一听到哺乳期的女人强硬要离婚，我这心里也很不是滋味。与其找一个让你生气，磨灭你所有光彩的人结婚，真的不如单身过得舒服。

在村里完全没有任何资源的奶奶实在没人可以给我介绍，只能一遍遍去找我爸妈诉苦，让他们催我。一开始我爸还好，可29岁要步入30岁这年，他突然"崩溃"了，开始接棒奶奶的催婚。

与奶奶不同，作为有点大男子主义的山东男人，爸爸脾气有些急躁，经常为我找对象这个事"放狠话"。有次他喝了点酒，打电话说我:"你们 90 后就是不负责任,你妈像你这么大的时候早就成家立业,你都打酱油了,你不要回家了,这是我跟你妈的家,你去找你自己的家吧!"

晚上妈妈知道后又给我打电话解释:"你那些发小都没有上大学,都结婚生娃了,你爸看到人家的小孩都会抱过来让人家叫他姥爷。而且他经常晚上睡不着觉,要么早上早早起床坐着,一直感叹,闺女找不到对象可怎么办,就是太想你赶快结婚了。"

理解父母的良苦用心,也确实圈子局限一直没遇到合适的人,所以我同意积极配合他们的相亲安排。但却不曾想,我爸在面对相亲介绍人的时候也是这么"大男子主义",什么条件都不问,男的、活的,就把我手机号给人家了。什么都不问,所以大概率也都是不合适的对象。

比如我爸的一个同事要帮忙介绍,发过来的简介把"北京户口"四个大字放在第一位,这在老家人眼中是不得了的条件,但我却并不是很在意。照片发来以后实在有点看不入眼,不想见,迫于压力还是约见面了。对方是很有礼貌的一个人,简单吃了个饭,互相都知道不合适,就再见了。

后来我爸的另一个同事要给介绍,他又直接把我手机号给人家了,白天一直没告诉我这件事。那天刚好公司搞活动,我的微信作为小助手添加家长微信,他也是其中之一,添加以后一直没跟我说话,我以为他是家长,还发微信问"家长你好,孩子在哪个学校几年级",但没人回复。晚上爸爸告诉我这件事我才对上号,但对方一直不发信息,可能也是被逼相亲的吧。

再后来我爸一个客户给介绍他老家邻居家的儿子,是一段孽缘的开始。

第一次见面约在了老北京炙子烤肉，男生又是擦桌子又是擦凳子的，看起来很洁癖，第一眼看过去就没有眼缘。然后我选了大众点评上的一个套餐，结果阿姨过来扫码验证，他坐着一动不动，我只好当场买了套餐结账。虽然他又要请我吃晚饭，又联系我说东说西，我都直接拒绝，毕竟第一顿饭都不会主动要买单的男生，我是接受不了的。

过了半年，过年回家走亲戚的时候，另一个介绍人介绍的又是他。介绍人比较会说话，强调这就是缘分，他也说过去这么久了，做个朋友吧。我想毕竟在北京算老乡就同意了，结果回家后他就发信息问我："你妈同意咱们交往了吗？"我也很简单回了一句："我都没同意，我妈同意什么。"后来即使他又打电话、又发微信、又直接去机场接机种种，我都不想再联系他。

过了许久我爸又去那个客户家里，被问到为什么不合适，实在的我爸直接跟人家说："第一次吃饭就让我闺女买单，这样的男生我们不能找。"结果那个介绍人把话直接传给了对方。那天深夜三点我听到手机响，打开一看又是他的"小作文"，总体意思是在数落我，最后强调一直不明白我为什么说不合适，现在明白了，他跟我确实不是一路人，我跟我爸专门背后说人坏话，他们家的家教不会。我当时回信息想骂他，发现他已经删掉我了。

因为这个事情我跟我爸诉苦，觉得他这样直来直去对外人说话不合适，而且他介绍人都不问清楚条件和背景，也让我很累。我爸深切感受到我的烦躁，接下来的半年多都没再提介绍对象的事，当然主要还是因为没资源，所以只剩口头催婚了。

迫于压力，加上自己也抱有一丝脱单的希望，我主动去参加相亲会，也从相亲网站上找。

第一次相亲会是来自北京的一个红娘机构，对学历有严格限制，要求985、211毕业。我想他们做了第一轮的筛选，应该是靠谱的。相亲会定在人民大学的一个咖啡厅，进去以后每个人领一个表格，需要填写自己的学历、毕业院校、工作职位、薪资水平，是否在京有房、有车、有户口，父母的工作、保险等信息，最后一行才是性格爱好。我看到这个表格也觉得无语，完全都是物质条件的罗列。

但不得不说，做了这样的一轮筛选，里面的女生确实都很优秀，很多清华北大毕业的北京人，甚至还有女孩穿着晚礼服一样的服装盛装出场。但优质的男生很少。相亲会的整个过程是七分钟的快速Dating（约会），男生带着自己填好的条件表过来跟你交换，先看条件，满意就多聊聊然后加微信，不满意就没什么话说，当时印象深刻的是一个UCLA本科毕业的男生，大概175 cm的身高，戴着眼睛很清瘦，一副"理工男"的感觉。他坐下扫了一眼表格后一言不发，跷着二郎腿，一直吃零食，直到七分钟结束，这给了我深深的挫败感。在这样的环境中，我感觉自己一无是处。

这场相亲会虽然没有遇到合适的男生，但却让我对自己有了更清醒的认知，相亲市场没有爱情可言，不要抱着期待爱情的心态去相亲，那样只会失望而归。进入相亲市场，那些我曾经并不看重的北京户口、车、房才是硬通货，一腔热血没用的。

结束后我打电话把这个情况跟爸妈都说了，而也正因为此，我爸让我回家。当然我听到的是我妈加工后委婉表达的版本:"在家里当地我们可以挑着找对象,但是在北京,人家眼光都高,我们啥都不是,人家看不上我们的,楼那么贵,我们多少年也买不起。"

虽然我也觉得这些话很有道理,但在当时,我并没有那么着急找对象,工作也比较满意,所以并未理会。

爸爸终于消停,我妈又开始了。

事情起因还是我妈去舅姥姥家的时候被批评,舅姥姥说:"孩子找不到对象,你这当妈的要负主要责任。"这句话让我妈晚上睡不着觉。她觉得她一开始没有着急帮我找对象是她的不是,开始积极让人家帮我介绍对象。

先是我们村里一个老太太找了不远处另一个村的老伴,想介绍那个老头的儿子给我,也在北京工作。2018年过年时我们见了一下,87年的,长相不错,但是条件真的一般,职业学校毕业,在我们老家都没有买房子。而且通过跟他的沟通,我感觉他没啥事业心,一心想做编剧演员,想一步登天,工作没有什么定性和发展。前两年有一个小影视公司的老板来我们这儿的海边拍戏,他跟人家去了北京,后来公司做不下去关门了,他又去应聘教育公司,还打电话问我关于留学的事情,应聘之前对工作完全没有做过调研。

我问妈妈这条件是不是有点太差了,我从来不想要在北京买房子,但是我们老家几十万的楼也买不起,看他对事业的样子,人生估计也定型了。妈妈表示,买不起我们两家出钱给买嘛,只

最好朝南 279

要我们过得好，他们怎么样都行。但我觉得接受不了，所以还是不联系了。

回想起来也觉得十分好笑，在落入相亲市场之前，我的前男友可是没车没房、父母双亡，但我都不在乎，觉得这些硬性条件都不足以阻挡我们在一起。经历相亲之后，我却潜移默化地成了这场游戏的参与者，变得无比尊重这些规则。

后来表姐要给我介绍她工厂一个同事的儿子，也是在北京工作，妈妈直接把我手机号给了人家。添加之后我才了解到，他在北京做投标工作，专科毕业，一个月才6000块，公司包住，也没啥事业心。看了照片我也真的有点接受不了，他跟我说他不是看脸的人，我心想："不好意思，我是。"失望又加重一点，他们的介绍都是完全基于年龄，并不在意其他条件。

恰逢疫情期间舅姥姥加入了一个我们本地相亲群，让我妈编辑了一段关于我的介绍，内容大致如下：89年底，160 cm，49公斤，硕士毕业，在北京做新媒体工作，父母做个体，有一妹妹读大学，家庭和睦，希望找一个条件相当，有责任心、事业心，善良孝顺的男士。

电话留的我妈的，所以好多人打电话联系她。鉴于之前的经验，我也学聪明了，开始指导她如何要对方的资料，比如姓名、身高、学历、工作、楼车情况、家庭情况，还有照片等，也因此遇到了两个看起来都不错的男生，一个大学毕业后去迪拜工作过两年，现在回老家做虾养殖，感觉非常拼；另一个是大学毕业，在烟台市区上班，在老家都有房子。不是富贵家庭，但是基本条件都算不错了，第二个跟我基本上没有交流，说等到回家见面再说，跟第一个交流比较多，感觉还比较聊得来。

本来想五一回家，但是疫情影响，北京直到 4 月 30 日才放开政策，机票价格也随之翻倍，我就没回去，也跟他们说明了。5 月去上海出差的前几天我还跟第一个男生有沟通，结果后面几天突然他也不发信息了，我再发过去他就说忙，后续我又发了一个表情包，他也不回复，我就知道什么意思了。应该是同时在家里相亲遇到合适的了，反正跟我又没见面，不想说破，就不了了之了吧。本来爸妈很高兴，以为我终于遇到合适的对象了，没想到又是一场空。当我跟妈妈说的时候，她也只能释然，表示就是没缘分吧。

为此我也对自己做了深刻剖析，因为之前工作忙，休息日完全不想出去社交，所以自己没有主动拓展社交圈，自己不会玩男生喜欢的恋爱套路，所以不太容易吸引男生注意，经常把男生都变成了哥们儿。其实相亲的途径还是适合我这种性格的，起码一开始我不会表现得像哥们儿。

疫情后半年我的工作受到影响，也索性辞职回家了。回家父母自然是开心的，觉得终于可以正经找对象了，甚至这段时间不工作他们都无所谓。不只是他们，我老家的好朋友们也很积极要帮忙介绍对象，一个同学联系了当地一个婚介大哥帮忙介绍，这位婚介大哥刚刚开始做这行，所以介绍都是免费的。但通过跟大哥沟通，我发现其实他对双方都不甚了解，就是让互相写个简介给他，基本也是根据年龄在介绍。

我先是见了一个高中毕业当兵回家工作的，目前开了个直播传媒公司，长相还可以，但人家根本不在意我是研究生毕业，我听到的反馈是对方觉得我没有照片漂亮,他没看上。后来又是有个同样北漂回家的,身高180 cm,之前在北京做小语种留学顾问。因为我做教育媒体,所以比较了解他的工作,本以为这样比较有共同话题,但是加了微信后他一言不发,和介绍人反馈觉得我不合适。

没想到两年后回家相亲,会比当年在北京的相亲还让人受挫,我也不禁跟朋友吐槽,为什么这些男生"明明看起来那么普通,却可以那么自信"。

一个体制内朋友直接道出了真谛:"你先考公务员吧,有编制才好介绍条件不错的对象,否则现在我也没办法帮你介绍。"确实,在老家,编制这两个字尤为重要,大家都在问有没有编制,如果我是公务员或者事业编,那给我介绍对象就是另一个层次。而没有编制在老家,人家总有一种看不起的感觉,没人觉得你从北京回来有什么了不起,没有编制你就不配找个有编制的家庭,更何况我还是大家眼中没工作又大龄的,就更不好找了。

老家小县城的就业机会确实少得可怜,原来做新媒体的我在老家更难找到匹配的工作,想来想去,我还是加入了考编大军。正逢疫情,很多岗位只针对应届,我能报名的少之又少,但没办法,不然我不但找不到大家眼中体面、稳定的工作,也没人介绍靠谱的对象。

记得当年从香港毕业的时候,我有好几个同学选择回老家考公务员,而我听到后都是满脸问号,在香港读书然后回去小城市考公务员?当时的我对他们有多不屑,就对我此刻的处境有多么无奈。现在想想真是讽刺。

一种境况 07

36 岁，我在大厂 996，和先生养育"互联网孤儿"

文 | Viola

晚上 10：30，我下班了。打开滴滴，前面有 163 人排队，后厂村的一天在此刻开始接近尾声，之后陆陆续续，延绵至后半夜。最终我放弃快车的激烈竞争，打到了专车。那辆车在路口堵了十分钟后来到我面前，司机说："抱歉久等。"我说："没事的，这个路口每天都如此。"

不到一年时间里，我见证过这里 11 点的晚高峰，深夜一点的焦灼，以及凌晨五点的清冷。此刻我的手机微信弹出消息，是我妈发的：孩子睡了。牛奶在微波炉里，你回来喝掉。我回复：我打到车了，二十分钟后到家。

这就是我的生活，36 岁，有一个不到 3 岁的儿子和一个同样在互联网大厂的爱人，因为无法照顾孩子，便和妈妈生活在一起。

在车上，我打开播客，这是一天中为数不多属于我自己的时间——除了睡觉，便是上下班路上的一个小时。节目里讨论海淀妈妈鸡娃的事情，我不禁焦虑起来，以我的工作强度，是无法全力鸡娃的。虽然海淀黄庄离我家只有十五分钟的车程，但我断然不可能在他上小学时有时间接送或者旁听那些奥数课程。不过我又一想，小孩离上小学还有三年，这三年会有多少变化谁也说不好。也许失业了呢？但我不想失业。

曾经我是个非常随意的人，并不在乎失业。我先生也如此，26 岁时，他结束了四年写代码的工作，一个人骑行到尼泊尔思考人生。认识我时，他刚刚来到北京，在一个"小而美"的公司做自己喜欢的事情。那时我们有大把的时间一起看电影看演出，保持着平静而稳定的恋爱生活。直到有一天，他的公司宣布开始狼性策略，而他去夏威夷跑马拉松的年假被无情驳回。他选择辞职，认为人生绝不可以被 996 吞噬。我当然是很支持的，毕竟自由的灵魂不能受到一点点禁锢。那时我刚刚结束一段创业，回到已经退居二线的互联网公司上班，31 岁，工作琐碎但不繁忙。

相当长的一段时间内，我们都觉得这样的心态没有太大问题，既不想过多付出什么，也不期待工作回报我们更多。我们结婚了，虽然这个议题在我们看来都略显艰难，但大概是因为不会给彼此压力，倒也出奇顺利。结婚那年，他 28 岁，我 32 岁。

半年后，我怀孕了，超过传说中的黄金怀孕年龄四年。这又是一个计划外的体验，但由于我和先生对人类幼崽天然热爱，我们决定把自己升级为父母。孕期的我除了旷日持久的孕吐，其余都非常省心。孩子在体内按时长大，而我依然行动灵活，精力充沛。甚至在孕期，还完成了一些大项目的上线，那时我想，也许所谓的职场魔咒不会降临到我头上。直到怀孕八个月时，我的父亲去世了。

他身体向来不好，但我没想到那次住院会成为他生命的终点。

时至今日，当我路过他去世的那家医院，都还要确定一下这件事的真实性，事实上从他去世那天到现在，我没有一天停止过对他的想念。我总会想，如今的我是不是让他满意和放心呢？在深夜回家的路上，这个问题又出现在我脑中，但依然和往常一样，我给不出准确答案。

父亲去世后，我来不及悲伤，甚至没有大哭一场便迎来孩子的出生。于是生老病死，在2017年全部完成，而我也彻底变成一个"大人"。

长大并不是结婚或者有了孩子，而是失去至亲，那种感觉就像心中的靠山突然倒塌，而你必须站上家中C位，决定着自己及生活中的一切。我用很长时间思考，如何像大人一样生活，我想，起码求生欲要强一些。我应该变得更强势、更积极、更主动，让别人觉得，我"很厉害"。我决定在产假结束后把这些作为自己努力的目标。

而此时，我的爱人已经在一家互联网大厂工作。我怀孕期间，他向一些大厂投去简历，在拿下offer的一天，他有些忧伤地对我说："我大概要开始996的生活了。"我很清楚，这是一个曾经随心所欲的少年对生活的妥协。我告诉他："注意身体，你放心去加班，我在现在的公司，应该可以顾家。"从那时开始，我们都不知不觉，被现实一点一点改变着自我意图。但我相信，这就是出于本能且自愿的求生欲的激发——为了养育人类幼崽的共同事业，我们可以放弃自我，还有自由。

产假那段时间，我带着新手妈妈的神经质严苛而缜密地排布好一天的日程，按时记录着孩子吃奶、睡觉的时间，晚上洗完澡后,坚持进行抚触按摩,一个动作也不能落下,一共十分钟,不能多一分,不能少一分。我妈妈看着过于紧张的我说:"这样下去,怕是弄得小孩也会跟着紧张吧。"我说:"哎,你哪里懂,早期教育最重要的,不能蒙混过关,趁我能亲自带他,最好把他调理得好一点。"

现在想想,虽然那时的我有些神经质,但说的话也是不无道理的,至少那段时间,是我和他相处的为数不多的时光。

上班后,我被调岗,开始做一些毫不擅长的事情。由于在哺乳期,我的工作更清闲,也没有团队可以带。我花大量的时间用来背奶和育儿,身边的同事和我谈论最多的是孩子,尽管大家都是出于善意,但终归,我还是不太适应自我身份渐渐被掩盖。是的,我可以为孩子放弃自我,但却无法放弃某些坚持的身份,比如一个鲜明的个体,以及对既定生活的强烈不适。我想哺乳期之后,我一定会离开这里吧。这样的纠结持续到孩子快 2 岁,我终于收到了大厂的面试通知。

在面试时,面试官问我:"这个年龄是不是已经有了孩子?"我说:"我小孩快 2 岁了。"面试官笑了一下说:"我没有别的意思,只是觉得,做了妈妈的人都比较能忍,那么疼的事都过来了,还怕什么呢?"后来我得到了这个 offer,我说不清是因为能力匹配多一些,还是比较能忍多一些。但那一刻我是开心的,我看到鲜活而巨大的未知,这让我兴奋,在按下 offer 确认按钮的一刹那,我觉得我又可以了。

我是在远程办公时入职的,带着新员工的亢奋,和同组的同事们一起开启了大厂生活。大家在工作群里用表情包进行欢迎之后，便投入到各种数据中，一个月后，我迎来第一次焦虑，我觉得所有人的效率都比我高，思维都比我清晰，并且比我能熬夜。久而久之，这种焦虑会不定期地袭来，我告诉自己，焦虑是因为自己不够好。

我不断挑战自己的极限，花更多时间"让自己变得更好"。有时很绝望，因为不知何时才能追赶上同伴。但当我全情工作的时候也是开心的，一个为工作全情投入的 36 岁女性身份，比"孩子的妈妈"在那一时刻更让我认同。这并不是说我不喜欢"孩子的妈妈"这个身份，只是我不希望这是我唯一的标签。

不久，我接到了一个新项目，需要立刻收拾行李出差的那种，只订了去程的机票，这意味着归期不定。算了一下，那次出差有十五天，而我没有给孩子打过一个电话，我怕他在电话那边哭闹，而更多的时候，我忙到忘了自己有个孩子。

回到家里，我妈开始责备我和她联系的次数过于少，我告诉她，除了上厕所的时间，我真的没有一刻是停下来可以打个电话的。后来我把这个困惑和同事分享，她苦笑着告诉我，出差的时候，她就像失踪人口一样，不仅想不起来给家里打电话，甚至会挂掉家里发出的各种视频邀请。

我的工作强度使得先生成为育儿主角。白天，小孩的日常起居由我妈和阿姨全权代理，快一年的时间里，我对她们的要求从按照精确时间表执行变成孩子"能喘气就行"。先生为了多陪孩子，每晚 8 点准时下班，而 8 点，通常是大厂人大显身手的时间，至今我不敢问他在离开工位时承担了怎样的压力。只有在我偶尔休息的时候，我们可以一起带孩子去早教班上课，这通常是我们全家最开心的时间，孩子意识到他依然是父母双全，而我妈也可以在家看看电视剧。

在一次难得的聊天中，我先生把小孩称为"互联网孤儿"，这让我突然意识到，孩子在悄无声息地长大，而我缺席了他的 terrible 2（可怕的两岁），他变得有些焦虑，并对妈妈没有从前那样信任。他尝试用各种不近情理的方式确认妈妈是不是还爱他，比如我在家的时候摔玩具，故意挑食，然后斜着本来就不大的眼睛，偷偷从眼角观察我的表情。

小孩对我早上换衣服这件事充满警惕，总会问一句："你要去上班吗？"我的答案通常是肯定的，然后他就瘪起嘴，快要哭出来。接下来的十分钟是我们相互撕扯的时间，但最后我们都发现了一个有趣的事情：如果他坐在阳台上，是可以看到我从楼下经过的。于是现在我出门之前，他都要拿一个自己最喜欢的零食坐在阳台上等我，看到我走过去，就大喊："妈妈！"而我则站在楼下喊他的名字。我们隔壁的邻居养了只八哥，久而久之，那只八哥学会了叫"妈妈"。所以现在每天走在楼下，就能听见我儿子和八哥此起彼伏的呼唤。

我赋予了这份工作太多意义。毕竟人生上半场留给我的机会已经很少，而大厂相对健全的制度也让做一个螺丝钉这件事变得没那么困难。公司的高速发展，让我自己拥有了一些"不被时代抛弃"的专业能力，我甚至因此获得价值感的认同。但最重要的是，我不确定36岁的自己还拥有怎样的可能性来维持生活的表面稳定。有时看似很多选择，但其实最终只有一条路可以走。

我懂得人生的任何决定都需要取舍，但有时依然会困惑，飞速成长的背后需要用哪些来交换，这是数据、指标、OKR 都无法衡量的。就如同在这里我确实变成了一个大人。一个即使内心崩溃，也依然面容平静的人。

在公司园区里，如果看到和我年龄相仿的互联网女性，我都有一种拉住她问一下如何平衡工作、家庭与自我的冲动。但冷静下来之后我又在想，这个问题过于私人，我们面对的环境相同，但个体背景和面临的问题却千差万别，别人的经验几乎无法复制到自己的生活中。而这段经历在漫长的生活中到底是一种奇幻的体验，还是决定着某些宿命的开始，如今我无从判断，唯有经历和感受。即使是痛苦和无奈，也构建着属于我和我家庭的生命体验。

如面试官所预料，我确实发挥了超乎寻常的抗压能力在工作和家庭之间不断跳跃着角色。但因为压力和焦虑，我在一周之内瘦了十斤，去医院检查，被告知需要立即手术排除癌变。术后第二周，我终于可以坐起来休息，于是就自己找了个酒店住了一天，没有带孩子和家属，只有我一人，用一天时间拼好了一个两千块的乐高。这一天我不是妻子、女儿或妈妈，也不是互联网大厂打工人，我只是我自己，静默而专注地度过一整天。

最终的切片结论是良性，我回到公司继续工作。复工的早上，我突然想起二十多岁时的疑问：那时我也在互联网公司，工作强度远没有如今这般，但身边已经鲜有 35 岁以上的同事。那时我想，他们都去哪里了呢？也许是因为不够努力而无法追上时代了吧。如今我的年龄刚好可以回答这个问题：这些人背负了很多责任让自己显得有些不酷，但他们依然努力生活着，为了家庭、工作和自我，并不得不生机勃勃。

一种境况 08

离婚是因为一个妈妈想活着，想活得更自由

文 | 程大富

离婚原因怎么写？他在离婚协议书上摩挲着笔，转向我看一眼，然后写：性格不合。

"狗屁，你应该实话实说，写：性生活不和谐。"

"别闹。"

对面办手续的大妈猛地抬起头，用隐藏在滑落鼻翼上的老花镜背后犀利的眼神扫了我们一圈。"可想好了啊，孩子还这么小，没有原则性问题，不要离婚。"什么叫原则性问题？小三、出轨、家暴？经济纠纷？购买第二套房？同性恋隐婚要出柜？

我们离婚，没有传统意义上必须要离婚的诸多戏码。

"那你俩到底为什么离婚？"好友问。

我们相识于 2008 年。他是杂志的摄影师，那一年负责拍摄杂志周年庆的封面照片。初冬时刻，寒风萧瑟，给我拍照的时候，他说："你这也太土了！短裙下面穿这么厚的黑袜子，看一个女人性不性感，关键看脚踝好不好看，高跟鞋要穿透明薄款丝袜！你看看那谁……"他顺手指向公司最高挑最好看的姑娘。

我觉得这是一种羞辱。他摄影师出身，擅长市场营销，辩才无碍，深得老板器重。刚毕业进公司第一次跟大家集体活动，在公开场合就被他这么一顿说，我觉得自己完了。

在那本行业杂志写了一年的稿子，我辞了职跟一个朋友合伙互联网创业，折腾了一年，半死不活，纠结到不知去往何处的档口，他居然鬼使神差地在同事的推荐下跑来游说我回去继续跟他一起合作搞杂志，我负责内容原创，他负责市场营销。

我们见了两次面，第一次我选餐厅我主导，他听完我的经历，筛选了他自己类似的经历，说："咱俩绝配。"第二次，他带着一捧百合花来我公司请求我加入他的团队。

他是北方人，身高只有 168 cm，长相一般，但是聪明有趣，擅长洗脑。在共事的一年多时间里，他充分激发了我的闯劲——不管三七二十一地信任欣赏，绝不会管我怎么完成稿件，只是告诉我想要的稿件类型，给我足够的线索支持，陪我一起找到采访对象搞定采访。"你很聪明，一点就透。我不用多说，你给的就是我想要的。"

进入工作状态后，他直接忽略我有男朋友的事实，开始猛烈追求我，用奇丑无比的字写一页页满满的情书，给我买衣服买礼物，每天去地铁站接我上班，送我回家。

说实话，我受宠若惊，搞不明白他喜欢我什么。

"他对你是很好，但是对你好远远不够。他不适合你，他不了解你的潜力有多大，我更适合你，我知道你的能力，也有能力可以帮助你做更牛逼的事儿。"我因为这个"牛逼闪闪的未来的自我"，背叛前任，投奔他。这种背叛，有犹豫不舍，有愧疚自责，但对未来无限可能性的向往裹挟着骄傲和自私，刺激着我赌了一把。

他熟悉人性。家里做生意，从小就跟着阅人卖货，轻易能摸准对方的命门，给出精准的一击。这种洗脑的功力，既能让对方相信自己的潜能无限，也能让人对自己的弱点哑口无言、自卑退缩、任由摆布。这取决于对方的自我认知程度，以及他想达到的目的。

翻手为云覆手为雨的能力，变化多端的态度，聪明有趣的性格，在恋爱期间，都是甜蜜的原材料，当它们经由岁月的熬制变成砒霜的时候，我只能饮鸩止渴。因为我不知道自己真正想要的是什么，我不了解对自己来说，真正的适合是什么。

"我怀孕了。孩子你要吗？"

我发短信问他，想的是：不管你要不要，孩子我会要。但是希望你愿意要。

那时我们在一起了快两年。度过了最初半年的甜蜜期，个性鲜明的两人矛盾冲突不断升级，言语上非暴力伤害指数一直在飙升。我们争吵的焦点就是对彼此的主导权。他希望我可以按照他为我设计的通往牛逼的路埋头前进，不要怀疑，只管去做，而我不断地质疑他对我的尊重、理解和是否有足够的爱与耐心。

受不了正面交锋，我逃了，去一家杂志当记者，常驻外地，不断出差写稿。他继续在上海当他的杂志主编。我跟他讨论工作，吐槽压力，就会引发强烈批判——

"你选择这个平台是没有格调的，你跟一群傻瓜在一起。你能得到重用吗?"

"是我选择了他们,我就是一路人。"

"看你的八字,你这就叫木多火塞,聪明思维活跃有想法,可惜出生在冬天,冬天里的一把火,火弱,烧不旺。没有行动力,不落地。"

"有道理啊,但说的尽是屁话。大师,你给指条明路,告诉我该怎么办?"

"你就听我的。"

"为什么你就不能关心一下我的情绪,安抚一下我呢?"

"情绪有用吗?我告诉你怎么做,你就去做。"

"我很难过,觉得自己很没用。"

"你每次都把外面的反应内化成对你自己的苛责,然后来攻击我。你以前不是这样的,没想到你是这样的人。"

"我以前哪样你不知道吗?真是谢谢你改变了我!!!"

"我很厌恶你的情绪,不想再接受你这些莫名其妙的情绪了。"

我被气得一句话都说不出来,胸口生疼呼吸困难。

2012年5月一个周末,他去杭州找我,我们在回上海的高铁上又开始鸡同鸭讲地吵架,我说不过他,同时把他对我的指导内化成了自我批判——我不够好,不配得到更多的爱。从吵架到静默,到站的时候,他很轻松地拍了拍我的肩膀:"咱俩不合适,早散早轻松,对彼此都好。"转身走了。

雷击一般,我站在原地,眼泪就掉下来了。他妈的,说合适的,是你,说不合适的,他妈还是你。你到底要怎样?

我们开始自觉地彼此疏离。6月份,我从采访目的地回上海,发现自己怀孕了。我有些恐慌，我不存钱，赚钱能力有限，要养一个孩子，心理上、金钱上我都没有准备好，一点都没有。我一定不会打掉这个孩子，但没有勇气承担起独立抚养孩子的责任。

"我怀孕了，孩子你要吗？"那一刻，我怂了。

"卧槽，孩子是我的吗？"他以半开玩笑半认真的态度回。

因为这个孩子的到来，我们成为了合法夫妻。

婚姻对我们生活的改变微乎其微，我们仍然用吵架的方式相互沟通。最后的紧箍咒成了：都结婚要当父母的人了，为了孩子的胎教是不是可以收敛一下。洗洗睡，明天会好的。明天从来没有更好过。日复一日的摆动，可以精准计算的对话雷区，谨慎小心地躲避，压抑悄然聚集在这个即将迎来一个孩子的小家里。

她选择和爸爸一天生日的那天来这世上报到。那一年，他正好 30 岁。

孩子出生的时候，我给他订的生日蛋糕被转送到了医院，谁都没顾上吃。他在医院里陪夜，换尿布冲奶粉，为了支持我尽早亲喂的愿望，请了开奶师，跟我母亲做思想工作，五天里瘦了五斤。我们迅速将生活的重心切换到了孩子身上，我们成了一条绳子上的蚂蚱，要共同面对这个初来乍到的小怪兽，没有空余的时间去衡量自己作为一个人情感上的需求。

我想自己带孩子，没有让家里老人过来帮忙，也没有找保姆，于是辞了职，当起了家庭主妇。他支持，主动承担起了养家的重任，开始创业。2014 年我们在他家举办了一个很小型的婚宴，邀请了亲人来参加。一岁四个月的孩子是我们的证婚人，她的手里没有戒指，扬着一张百元大钞，他主张的。

手忙脚乱却相安无事的第一年、第二年。我照顾孩子，他负责赚钱。生活就像一面镜子，没有波澜的时候，就可以透过它看见内心的焦虑，即使穿着华丽的大衣，也弥漫着忘穿底裤的窘迫与不安。这条生活的底裤，是日常的柴米油盐，细碎的情感交织，相互的沟通支持。

五年时间，家里的车从10万换到30万再到50万，他越来越忙，回家的时间从7点到十一二点，到后来是夜里两三点。一家人很少有时间可以一起吃饭，我做饭的动力越来越小，家里总缺个人，我变得越来越无所谓。从等待他回家吃饭，到习惯不再问"今晚你回家吃饭吗"。

我把全部的身心投入到了养育孩子身上，我逼迫自己享受和孩子在一起的时光，尽量避免在男女情感上的过分诉求。我们仍然听得懂彼此说的话，理想现实，人文商业，谈笑风生，被朋友羡慕。但我们都很明白，我们作为夫妻的情感，出了问题——生完孩子之后，我们都失去了性别，我们没有了性生活。

我不甘心就这样败给婚姻。

我想是不是自己因为生孩子，不够注意打扮让他失去了兴趣，索性去学了化妆，但发现自己并不喜欢。而即使穿得更好看，化了妆，生活，还是继续延展平行趋势。

我想是不是我们缺少单独相处的时间和空间，于是2014年11月底，我安排了一起去西藏旅行。我们参加了一个叫家庭系统排列的家庭治疗，和其他六个人一个小组，由一个老师现场指导，想看看是否可以通过家庭系统排列了解并改变彼此的关系。

家庭系统排列（Family Constellation）由德国心理学家贝尔特·海灵格（Bert Hellinger）最早提出，通常使用的方法是导师指导一个小组，小组成员可轮流通过不同的人物代表、位置移动和感觉变化来探索个人问题（我们的问题就是关于彼此的亲密关系）。

那是我们结婚之后第一次两人单独出行。我收拾行李的时候，特地放了很多杜蕾斯，一边收拾我一边打趣他：再不用就要过期了。

在藏区他的高反很严重，反复梦魇，呼吸困难，一夜一夜无法入睡，我半夜要爬起来让他吃药，给他倒水。走在拉萨的街上，十指相扣，怕他晕倒。

"金钱、食物与性，是构筑亲密关系的三种渠道。你们之间的亲密关系，没有什么问题啊。夫妻二人手拉手，有身体接触，这样已经很难得了。"课程上的老师根据自己的观察指出。这个十指相扣的动作，如此久违，我都不禁怀疑自己是否在梦境里。不管食物与金钱如何构筑亲密关系，我执着地认为——没有性生活的夫妻关系是不值得过的。

离开西藏的时候，在飞机场，我把带来的杜蕾斯全部扔进了垃圾桶，气鼓鼓地说："这一次用不上，以后也就不用了吧。"

"这次用不上，扔了干吗？太浪费了。"

即使是杜蕾斯，保质期也只有五年。过期的，就得扔掉。

我什么都没有要，带着孩子搬走了。离婚之后，我们仍然像普通朋友一起吃饭，聊生活里的八卦，谈论创业的艰辛与无奈，没有因为身份带来的期待，因为对彼此的了解如同知己。

他告诉我们在西藏上课时的心理学导师，自己离婚了。老师回答：这几年我偶尔会看到你的朋友圈动态，在我印象里，你常常发自己和孩子的照片、记录父女之间的玩耍互动，但从来没有看到过你记录夫妻之间的点滴。那种感觉就是：孩子是你的情感核心，妻子并不是第一重要的，这样的生活难免产生不满和压抑。

而他在我的朋友圈也是隐形的。我用文字塑造了一个"网红"孩子和育儿好妈妈的形象。"在亲子关系中，夫妻关系是第一位的。"所有的育儿专家都喜欢说这句话。每次听见，都好像自己考试作了弊，可总是无人发现。

"妈妈，你还爱爸爸吗？"五岁的孩子问，"你们为什么要离婚？"

还爱吗？结婚五年，心照不宣地都不戴婚戒，将另一半当成睡在上铺的兄弟，做任何事情都可以无所顾忌，包括无节制地爆发情绪。我已经没有办法在这段关系中发展出更好的自己了，只能小心翼翼避免不要成为更坏的自己。

"你就像一个情绪黑洞把我吸进去，我败下阵来。我承认自己搞不定你。"他抗议道，认为婚姻对他来说同样是一场梦魇，我是一个失职的老婆。

五年来，我就像一朵被精心修剪过的玫瑰花，插在越来越好看的花瓶里，只能闻到日渐枯萎的死亡气息。我想扎根到泥土里，长出活着的样子来。花瓶的主人不解：为什么你总是不满足呢？我赚钱养家，你可以做任何你想做的事情，难道还不够吗？你到底想要什么呢？

不知道，但我清楚婚姻这个形式带来的财产和安全感不是我需要和仰赖的。我想要的自由，更需要独立的经济能力来支撑。

不离开我会死掉的。

在电影 *The Hours*（时时刻刻）里，布朗夫人决定从"圆满幸福的生活"里离开，她要逃离如钟摆一样重复的生活。她决定离开的时候，生活一切照常，做好早饭，跟丈夫吻别，送孩子上学，将儿子寄托给邻居，跟孩子认真告别，去了另一个国家当了一名图书管理员。那是她期望的生活。

离开，不是要奔向美好的另一段爱情，或者另一个安排好的更优渥更有把握的生活，是一无所有，是未知，是冒险，是不确定。接受所有的断裂，随之而来的才可能是自由和独立。无论是肉体或是精神，我都要活着的样子。

离婚是因为妈妈想活着，想活得更自由。

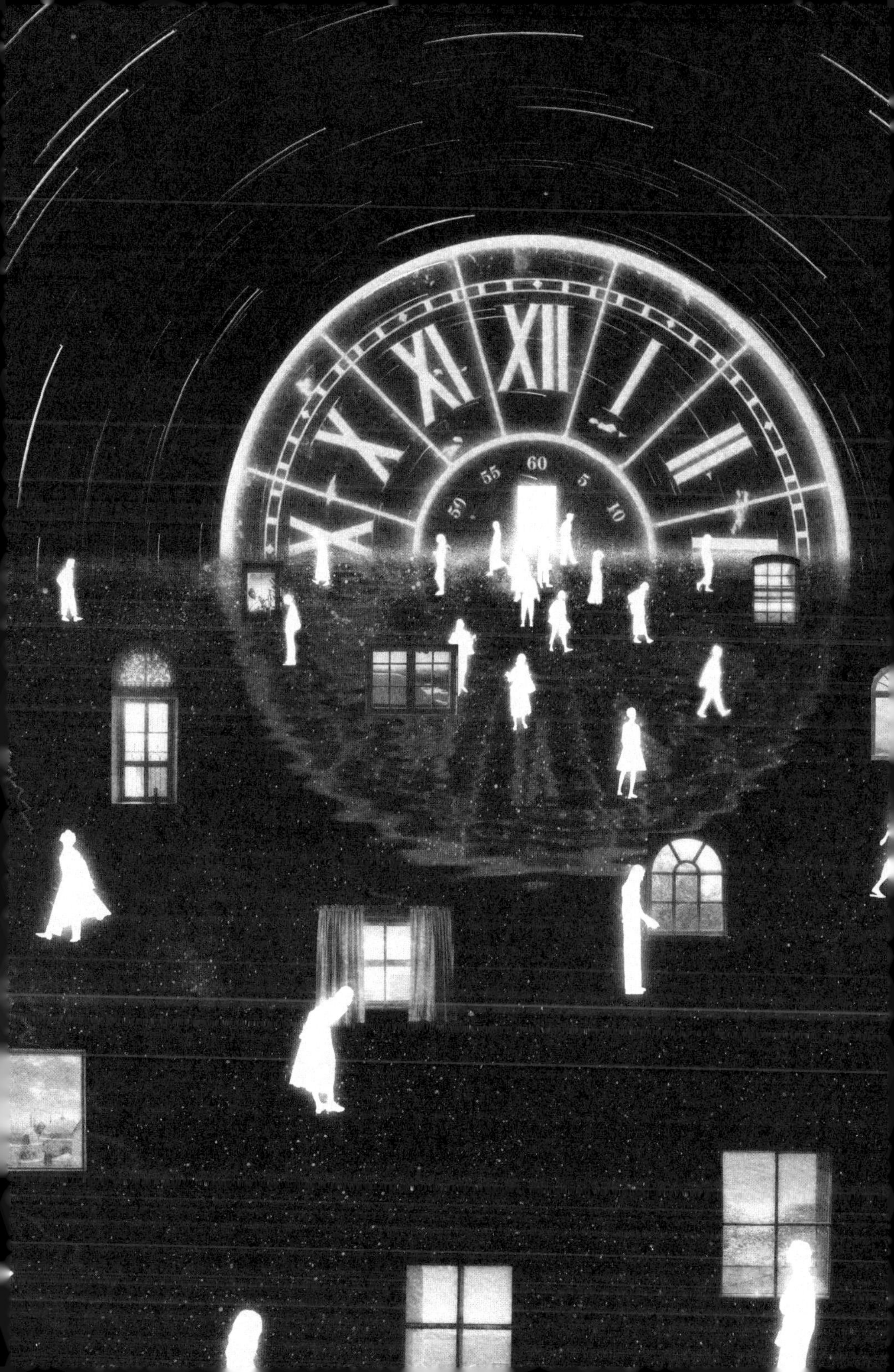
XII
XI
X
I
II
60
55
50
5
10

一种境况 *09*

一位女性在银行工作十一年的抗争史

文 | 路晓晓

　　长河路支行的门口是一个平坦的大广场，风景很好。晚上亮灯的时候也非常安静，路旁边种满了樱花树，每到 4 月都是一场此起彼伏的演出。那是一个并不太忙的新开的网点。我在这里工作了两年零四个月。

　　记得那天我高烧到 41 度，差点用爬的姿态上了公交车。到医院急诊挂上号以后，我全身已经被汗浸透了。医生没说什么，问了我一句："还喂奶吗？"我有点懵，还能喂奶吗？他用我看不懂的字写完了所有药单，要做皮试，如果有问题，记得来换药。毫无疑问我的皮试没过，我是个过敏体质，换了三种消炎药，所以换到第四个，医生说："没办法了，得断奶了。"我点了点头，已经没有力气拿着药单，我想着家里嗷嗷待哺的宝宝，想着还要去结账拿药，再从一楼急诊室爬到二楼急诊吊水的地方，内心就很崩溃。

　　我拨了我先生的电话，拒接。

　　他用微信回我，在开会。

　　我在医院的椅子上靠了一会儿，泪水止不住地往下流。从网点出来的时候，许行长就一直皱着眉头，我拿着温度计给他看，他还是那个语气，说："请假要走程序。"我说可以，我现在打120把我拖走，我要去医院。请假其实很简单，员工APP点了请假，审批就可以了，但是批准是行长的权力。我的判断没错，是急性乳腺炎，一种在哺乳期很正常的病痛。我把医生的诊断结果从员工APP上传，回想着领导的表情，把自己的眼泪往肚里咽。等喘上一口气以后，我在厕所里把鼓得像铁锤一般沉重的乳房里的奶水挤出，发现自己已经把嘴皮咬破了，居然都没有感觉，皮肤因为高烧红肿发烫。

护士帮我换了身病服，轻轻问我："有人来接你吗？会不会冷？"那是我感觉在头晕目眩的一天里面，听到过的最动听的语言。

不记得怎么考进银行的，笔试题我还记得有一道，问："老吾老，以及人之老"出自于《孟子》的哪一篇？每年各大银行统招的题挂网上都会上热搜。银行是一个家长都认为非常好的工作去向。

按照银监局的规定，如果没有岗位变化，同岗位的人员必须轮换网点。一般柜员是两年，产品经理是两年或三年，客户经理是五年，行长是三年。到期不轮岗系统是直接下预警的，所以，我自从接到要轮岗的消息以后，内心就很纠结。跟着老刘干了两年半，在一个纯对私的八个人网点，连续两年所有指标都是全省第一。没有人愿意离开他。每个人他都问了一遍，轮到我的时候，我说，可能我有计划生宝宝。

于是，我轮岗去了长河路支行，比之前网点的规模更大一点点，有对公业务，加行长九个人，没有对公客户经理。报到第一天，许行长就洋洋洒洒地说，我们长河路的STM机替代率比你们行高多了，你要多站站大堂，尽快适应环境。我就笑笑，不说话。

我的岗位还是产品经理，所有人的B角（替代角色）。一个特别尴尬的角色，但这就是产品经理的岗位职责。我是属于那种干了活不讲话的性格，所以对比另外一个产品经理，我要吃亏得多。

我的搭档小唐已经35岁，银行默认的规则是35岁是一个职等的门槛。换句话说，如果爬上不去就这样了。

她喜欢化很浓的妆，涂正红色的口红。高跟鞋在大堂的地板砖上发出噔噔的声音，很空旷。她有着很丰满的曲线，还喜欢喷很浓的香水。许行长外出坐她的车，吃饭拖着她去喝酒，开会把她放在离他最近的距离，晨会表扬最多的是小唐今天的妆。我有时候怀疑，自己是不是也要涂个口红抹点粉才算个女人。

后来许行长把我叫去办公室谈话。

他问我："信用卡分期进件为什么不尽快扫描？"

我说："退票了。我在办对公业务，一个开户一个半小时左右，扫描机又不是就一台，但是我手里的业务也不能停的，我哪有空再去看信用卡是不是退了。"

他很生气："就是说，你是故意的？"

我说："领导，我再扫描不就是了？"

他说："你不知道4S店的这个分期几乎占了我们中收（中间

业务收入的简称）的一大半吗？"

我的脑袋在他的质问下放空，他的窗口有一盆兰草，随着风，左右摇摆把花都吹没了。

我听着窗外呼呼的风声，闻得见的紧张气息，察觉到不对，于是我闭嘴了。如果换做老刘，他不会说我没干活，而会把扫描的工作交给其他没有事、闲得无聊的同事。我没说别的就离开了他的办公室。他把我看成了不干活的员工，我把他看成了眼瞎的领导。

印象中的阴天，长河路支行门前的广场是没有人的。

我还是用我的工作去证明一切，不喜欢说太多话。

几个季度下来，我的业绩一直都是行里的第一。然而，许行长并没有对我好一点。有一次行里抽服务录像，他说得很清楚，因为我的服务比较好，很标准，交上去可以少扣点分，整个网点都得救了。如果抽小唐的录像，他的绩效也会打折。结果是把我交上去以后，服务检查扣了2600块钱，都扣我一个人身上，最后我拿的钱还是最少的。发绩效的时候，小唐居然哭了，一哭就梨花带雨的。我想着，我比你们少这么多，我还没哭呢，你哭什么。

在长河路支行的每一天都像是闹剧。

在得知我意外怀孕的消息以后，小唐就更加变本加厉地把活往我身上推。高柜数钱我要去，站大堂也是我，她可以坐在低柜看小说玩手机，也不会起身来替我。行里就我们两个是产品经理，互为替补，而其实大部分的活都是我一个人默默地做了。领导看不到，我累出了问题，三个月产检指标都很差，盆底积液大概有

25mm×50mm，加上我一直都没改观的中度贫血状态，家里所有人都让我请病假，休息。

我申请了一个月的病假，再上班岗位就只剩下高柜的现金柜员了。许行长的理由是我不能站大堂，行里考虑到我的身体情况，让我坐柜台。其实高柜还是一个不费脑子的体力活。十月份过了以后，银行网点都是差不多临近年末，越是天气冷，人越多。

银行有个不成文的规则，越到四季度，越要休年假，特别是很多年假十五天的老员工，都会赶鸭子上架把假休完。我上了高柜以后，好几个人轮着休公休，很长的一段时间，我就是一个人在高柜。吃饭、喝水、上厕所都没人换。我关了柜口去上厕所，就会有客户在砸玻璃，问："什么东西？怎么还要关柜口上厕所，人呢？"

等我回来，他们发现我是个孕妇，好几个老头子又开始道歉："对不起啊，不知道你怀孕。"后面的老奶奶又开始骂："你家行长呢？太不道德了，让一个孕妇在柜台上，从早坐到晚的。"我不知道他听没听到，我只能笑着，继续举手说："欢迎光临，请问您办理什么业务？"即使内心再怎么起伏，我都要站好岗位，此时此刻。

印象中，钱最多的一天收了20捆的大钞，一箱子大概50万。在长河路支行坐高柜的时间，我的手因为皮肤过敏，患上了过敏性皮炎、湿疹。一到冬天就开裂、出血。医生说得很简单，治不好，只能缓解。我也害怕用那些有激素的药物，怕对宝宝有影响。后来好几次产检，医生都说这个宝宝发育不好，腿短，心跳也不太好，需要继续观察。我的体重开始越来越重，贫血的症状让我

最好朝南

上厕所有眩晕的现象。坐久了,每天胳膊和腰都直不起来。

有一天发生了一次错钱,少了一千块。

零钱多了就很容易错,主管陪我看监控看到晚上九点,怎么找也找不到。我那时候才知道,长河路支行的360度监控居然没有计数器。错钱都是要自己赔的,多了是要上交算差错挂账,少了也是自己的失误。扣钱就不说了,最重要的是这个季度可能就是白干了。我下了决心,要请假,回家休息。

在银行请假是很难的一件事。母亲因为担心我的身体,从家赶过来等我生产。医生开了病假条,我送到行里去,跑了第一趟,然后主管打电话说请假单的日期不对,我跑去换单子,这是第二趟。接着,主管再跟我打电话,说人力资源部说的,需要开医院的病假证明,需要医院的公章。我跑了第三趟。最后,许行长跟我讲,错过了大行长在行里的签字时间,让我跑第四趟。

时值11月底,温度要么不超过4度,要么就是零下了。我拖着我的大肚子一趟一趟从家往外跑,就为了一张请假条。母亲特别生气,说:"你们家的领导未免架子也太大了。难道,就这样能阻止一个孕妇不请假吗?"我在那样的风雪天等许行长,等他很久。他大笔一挥,我就笑笑,说:"您这一个字,太金贵了。"

他也笑笑说:"挺好的,赶紧请假,我好有个借口找领导要个得力的人。"

我走过网点的地板砖,没有客户,安静得只能听见我自己越来越沉重的脚步声。我拿起电话问我们人力资源部的同事:"是不是我必须真的要自己再跑一趟支行人力部,找大领导签字?"他的回答是:"不用啊,你家许行签完,你寄给我就行。你都快生了,来回跑干嘛?"

比我更难过的是母亲,她一路抱怨,为什么要选择离开家到外地工作,没有关系,没有人,不就是受欺负的。

我告诉自己,不能哭。如果人生重来一次,可能我还是会这么选择。在那样的时间,那样的地点,收到了银行的正式 offer。如果没有那张录用通知书,我将与我先生分手,三年异地恋的结局就是分手,就没有现在的这个家。没有重来,也不能后悔,所有选择都将付出代价。而年轻的好处就是,如果错了,至少还应该拥有重新出发的勇气。

那些在家养胎的日子里,我天天都在思考:我要不要换个工作?我有没有勇气辞职?让我继续坚持在银行上班,我的初心是什么?知乎有个回答说,银行是个欺软怕硬、弱肉强食的地方,因为每天离金钱和权力特别近。

我是独女,从小父亲对我特别严格,甚至在我的眼睛里就是苛刻。我一直想离开家,证明自己,希望能靠自己的力量过得很好。考入银行大概是一个意外,公务员没有合适的岗位,我的专业很难找到对口的工作。在银行只是养家糊口,我问自己:你得到了什么,又放弃了什么?

我先生说,每个行业每个单位都一样,有人的地方必然就有江湖,有争斗,有妥协,必然存在不公和扭曲。而你只能做你自己,没有别的选择。

窗外的雪越来越大,白茫茫的一片。家里煮着火锅,窗户上蒙着一层薄薄的水蒸气,我随时准备去医院待产。天黑尽的时候,我见红了。我故作镇定地洗澡,把头发吹干,换了一身宽松的衣裳。心跳慢慢开始加速。我先生把我送到医院的时候,他拍拍我的肩膀,没关系,不要紧张。其实我的手冰凉冰凉的,止不住地颤抖。哪个妈妈临到分娩,不慌?是不可能的,半只脚插进了死神的口袋。

我交完住院单,在候诊室。一个长得特别清秀的男医生走进来,脸上没有表情,他戴上一次性乳胶手套,说,脱裤子。他的手就这么进去,一个拳头压住产道,用力往下按压了好几次。然后退出来,说,产道很松,准备顺产。

我一个踉跄,从候诊室下来,温热的血液在体下鼓动。只觉得自己像一只在案板上随时待宰的生猪,连叫的权利都被剥夺了。宫口开到三指,我就进了产房,我先生帮我准备了红牛,可是那种甜蜜的味道,我喝不到咖啡因的振奋,只觉得恶心。

产房有三个跟我一样张开腿躺着的孕妇,我闭着眼睛不敢看。宝宝的胎心监测呼呼的声音也很可怕,我告诉自己要坚强。我家宝宝仿佛是个急性子,我还没太用力,只觉得疼过了一瞬间,他就出来了。但是护士在下面叫:"哎呀,太快了,三度撕裂伤,一会儿怎么缝?"时针只过去了一个小时,我的心跳在机器里滴滴地叫。

护士拉响了警报。"大出血,十四楼,十三楼,剩余值班的人都来二号手术室,快点,止不住了……"我只听见她们在叫我,别睡,千万别睡……

等我回过神来,只感觉到肚子特别疼,很多双手帮我按压肚子，据说我的呼吸差点就没有了。宝宝在旁边安静地睡着，很健康，我却是在产房里待得最久的产妇，脱光的下半身特别冷，已经被冻得没有知觉。护士冰冷地报着指标，人工抢救一次，产后大出血 1000 毫升，产妇中度贫血，血小板凝血功能差……看了看我，说："月子好好坐，再观察会儿才能出去，让家属准备红糖姜汤。"

我听着产房的时钟，滴滴答答的，时间刚过凌晨 4 点。我鼻子里的氧气没有拔，那是像雨后彩虹的味道。

在这个宝宝出生之前，先生跟我在同一家银行，岗位是对公客户经理，专门负责给企业放贷款。他是 985 毕业的研究生，名校招聘，应届生进的银行。别人看上去那是个非常光鲜的岗位，因为他手里能接触到市场里最牛的企业，经手的基本都是大项目，比如国际业务、外汇结算、同行拆借等。

那年夏天，我们行领导决定搞 ETC（无感不停车缴费设备）百团大战，走社区，进加油站，在小区门口拦车办 ETC。那年他也同样被拖去办 ETC，白天见客户，晚上写合同，凌晨 12 点系统都结账了，被行长拖去加油站办 ETC 信用卡，做做样子然后打车回家。来回折腾了一个月，他天天都是一两点才到家。那一年，网上有个段子，说没被我们行 ETC 大战训练出来的优秀员工，没有跳槽的资格。很多人在那年辞职。

他也辞职了，辞职走得很艰难。大行长告诉他，这期基层行长后备没有他，都内定好的，下一批也不知道什么时候了，如果他不愿意干客户经理，感觉自己不适合干客户经理，可以去当柜

最好朝南　　311

员。那一瞬间他觉得自己那么多年书白读了。他后来告诉我，他录了音，大行长甚至威胁他会在他的任职档案里留下案底，让银监局的同学禁止他在行业里生存。他问我："我没做错事，也没有不良贷款，更没有收受客户礼金，什么叫做案底？"

我先生在那段时间精神状态很不好，下班坐公交车回家，坐过了站，把客户的抵押材料和开户许可证落在了公交车上。我们两个人从晚上 7 点半开始，找遍了所有的 157 路公交车。恐惧，焦急，我第一次发现他的绝望，跟那些找不到的资料一起被掩盖在夜色里。我们没有争吵，也没有眼泪，只剩下无止境的沉默。

晚上 12 点多，我们终于在末班师傅收车的交接清单那里找到了遗失的客户资料。回家以后，一晚上我们辗转反侧，都没睡着。

我 2009 年大学毕业，我先生 2012 年研究生毕业，都在银行那几年大举扩招的政策下误打误撞进了银行。我们没有关系，没有背景，在银行干得异常艰难。我问自己，难道，上天就不会眷顾我们这样所谓的寒门学子吗？难道，所有离财阀最近的门，才是通往上升的路？

产假结束，我算着日子，有两年零四个月十一天，再次面临轮岗。许行长问我走不走，我说我走。他笑了笑，问："你怎么不求我，留下来？"我也笑笑："留下来做什么？继续做现金柜员数钱吗？"

离开长河路支行的时候，我们行的一把手大行长也到期轮岗。很多人都感觉岌岌可危，人心惶惶。都说一朝天子一朝臣，不知道他们在担心什么。我没有倚靠自不用担心，谁来都一样，日子继续过。我就做好自己的事。新行长来了以后，第一个大手笔就是换了一群客户经理，包括我。他说，老大走的时候还不同意我换岗，是因为觉得我先生的辞职跟我有莫大的关系，我不劝，反而怂恿我先生离职。

我很惊讶，距离我先生辞职，已经快三年过去了，而我跟前任大行长见面说话不超过三次。但这样就不难理解，为什么先生离职的这三年内我面试过四次客户经理，四次面试都没成功，而我自己在 2013 年就是客户经理后备，一直备到了现在。

他的话很简单，说："感觉你是个干事的，好好干，过去的事就都过去了。"

几个月以后，我写着不良资产报告，以前的许行长（他调离了基层去后台部门做不良资产处理）给我打电话说："小路，你的这几次不良处理得特别漂亮，我们特别申请了一笔奖金 3000 元当做奖励，发到你的卡里，注意查收。"

我在电脑前面打着打着字，眼前就模糊了起来，我不知道泪水是流给谁看的，而卡里多出来的那些钱其实是你看不见的工资（因为绩效是混着一起发的，也没有工资条，所以无从证明他说的是否属实）。好像自己曾经走过的路，都白费了。

二胎生完以后，我一周三跑，从半个小时就走不动，到现在能坚持一个小时跑完十公里。每次长跑我都问自己一次，你还坚定地相信你自己吗？

行里流传着一个段子，说我身体不好，喜欢请假，而大部分的领导都是很讨厌请假的员工。不管谁来当领导，我都笑笑，不说话。我还是继续做我自己的工作，业绩从来没跌出过前三，每次拿到领导的奖励，要求分享经验，下面的人都抬起头啪啪鼓掌。我也带了徒弟，有了自己的团队。

回首往事，只记得长河路支行门口那排樱花树，在 4 月的春天，有粉红色的，白色的，簇拥着，竞相盛开。风还是那样柔软，花瓣轻抚着，空气中都是潮湿的泥土味道。没有人记得以前发生过什么。

作者后记：

一直想把这段时光用某种方式记录下来，应该是我职场生涯里最黑暗的一段日子。尝试过短篇、长篇，最后定格在非虚构。并非想为女性朋友们申述什么，可能也无法改变目前职场里面临生育期的女性现状，只是想记录下来。

一个境况 10

35 岁未婚女性跳槽，新公司可能会视之为"不稳定因素"

文 | 木子玥

我打开 Excel 很久了。这个 Excel 上面的表格一共 46 行，每一行，都是一个员工的离职资料，申请离职时间、离职日期、离职原因……离职原因没有意料之外的内容，这些理由我看了不止一个月了。而这里面，有不少我熟悉的名字。

我一行行地点进去看，看着看着就入了神。

不知道从什么时候开始，我所在项目的人离职的离职，调动的调动，大家好像约定好了一样，争先恐后地离开这里，美其名曰"为了个人发展""个人职业规划""家里考虑搬去其他城市"，实际上依然是"加班""压力""薪酬"。这个社会行业千千万，然而，当你要辞职的时候，所写的理由不外乎就那么几个，心知肚明。

鼠标无意识地在表格上面点击，我的心思已经不在这个上面了，因为同事 Y 的问题突然闯入我的脑海："你呢？是不是也在考虑走？"这个问题像生了根一样，紧紧拽着我的思绪，翻搅着将我这段时间的挣扎犹豫都摊开在面前。是的，我在心底说。

我当然考虑过，但是，想走就能走吗？

30岁我第一次跳槽的时候，别人的看法是：趁还年轻，去闯一闯也好。现在我35了，朋友对我想要跳槽的看法是：你这个年纪，难！

仅仅相差五年。

那天早上，办公室的人拖拖拉拉的还没上班，同事L坐在电脑桌后面吃早餐，她是我在办公室内吐槽倾诉的对象。"我在考虑要不要走。"我有些犹豫地说，偷偷看了L一眼，然后低下头，盯着手上的一支笔，那支笔不知道有什么魅力在吸引我，我可能一直盯着它，也可能什么都没看。

"正常，能走赶紧走。"L很淡定地接上我的话。我猛地抬起头，看了她一眼，假装在开玩笑："我在考虑要不要回我原来的公司。"

"能回就回吧，"L抬头看着我，"但是你要想清楚，这次你再走，那就是你最后一个公司了。"

我刚想说怎么就最后一个公司了？话没说出口，我猛然意识到什么，又咽了回去，只是含糊着应了声，结束了这个话题。我算是一个对年龄非常不敏感的人了，经常会忘记自己的年纪，比如我一直觉得我在这个项目待了三年，可是实际上我已经待了将近五年。再怎么不承认，岁月也照样悄悄溜走，回过头，年纪已经变成了不好宣之于口的存在。

35岁，其实应该是一个黄金年纪，但现实中却是一个尴尬的年纪，公务员有"35岁门槛"、国家青年项目申报有"35岁限制"、高校教师有"35 岁一道坎"、互联网大厂通常只要"35 岁以下年轻人"……35 岁的年龄限制在这个社会已经是一种令人焦虑的现状。

大家好像在默认一个事实：35 岁，如果你还不是一个中层管理者，那么，你很可能一辈子赶不上年轻人，即使从头再来，你的起点也必定低于现在。职场对于 30 岁以上女性，尤其是 35 岁以上的女性，仿佛天生就带有比一般人更多的偏见与审视。

我所在的行业是客服行业，这是一个偏向于年轻化的行业，人员流动性大，进来的都是年轻人，而留下来的人，都要跟比你更年轻的人竞争。即便我的岗位是行政岗，对于年龄的限制不大，但是这样的竞争依然存在，并且持续存在。

我 30 岁时到这个项目，跟我同一年进入这个项目的还有一个女孩，刚毕业。这个女孩刚来的时候就在我的团队，领导和同事也很热心帮助她，并寄予厚望。半年不到，她已经成为一个新成立小组的实际负责人，并且顺理成章地在没有公开竞岗的情况下成为这个小组的主管。

而我，在项目工作满一年的时候，项目领导 A 找我谈话，让我去竞聘这个团队的主管，分担我原本主管的工作。在我竞岗成功之后，领导 A 又一次找我谈话："你还缺乏一些管理者的思维，实际上你还没有达到作为主管的标准。"我当时脑子有些空白，没有达到主管的标准，那为什么又让我竞岗成功呢？

"你其实进来的时候，工资是比一般同事要高的，这个你知道吧？"A 先是看着我说话，但在问完后垂下了眼睛，看着手上的笔记本。我点点头，招聘的时候我是提了工资要求的，但我不明白领导想说什么。

"因为你已经拿了比较高的工资，所以这次升职，我们就不给你加工资了。"A说完，又抬头看了我一眼，我不知道他想从我的态度中读出什么内容。"等你能力达到要求的时候，工资方面会考虑的。"紧接着，他又补充道。

"好的。"我垂下了头，试着微笑了一下，然后走出谈话室。

竞岗结果出来，我的主管前面，加了一个"副"，考察期一年。

在非私营企业，当你一直在里面工作的时候，你是很难感觉到年龄带来的偏见的眼光的，除非你是"新来的"。

社交上有两个场景最尴尬，一个是多年未见的同学聚会，一个是跟联系不多的前同事吃饭。前者几乎成为了拓展人脉拉关系的著名场景，最怕被问到工作和婚恋状况，看着对方一脸惊讶地对你说："怎么可能！""你现在年薪还没到××万？""你以前如何如何，现在怎么就？"后者最怕的就是前同事总以为你到的都是更好的公司，只要见面一定会说的场面话就是："你现在舒服了。拿很多钱吧？"说实在的，人往高处走，但是跳槽真的不一定跳得比前公司要好。

我可以在这个项目继续做下去，年龄，或者说在这个项目的年限，就是我的资历。但当我想要再次跳槽的时候，年龄就会变成另一家公司严苛考核我、观察我的重要因素之一。

而另一个重要因素，就是婚姻状况。

在国内职场，30多岁的年龄与婚姻状况是永远分不开的。

可能面试官不会明着问你"如何兼顾工作与家庭""有没有考虑过近期结婚""有没有考虑过近期生孩子"，但一定会斟酌考虑你的婚姻状况，比如在面试期间跟你拉家常，判断你的家庭情况，又比如直接表示公司有加班文化，咨询你是否可以接受。

我所在的客服行业女性员工占比更大，按道理来说对女性会更加友好，但是这两年工作压力越来越大，加班越发频繁，各种关于"某某又请产检假""某某才生完又有了""某某哺乳假早退""大着肚子我都不敢叫她干活"之类的抱怨时常听见。在这种情况下，女性因生理原因减少工作量成为了一种职场上的"罪恶"。一方面公司领导层认为女性员工因生理问题而请假让人头疼，一方面又看不得单身员工在面前走来走去。我至今未婚，就因此遭受过不少职场上的"牵线搭桥"。在他们眼里，好像只要未婚，不管合不合适，都可以凑成一对，内部消化。

曾经我就被"安排"给一位未婚的经理送生日花束，借口是全部门的人一起帮忙庆生，但当我意识到不对的时候，原本跟我一起送礼物的同事全都站在了我对面。"米米米，一起拍照留念！""安排"我的领导直接将我推到那位经理面前，还把花重新塞到我手中，让我摆拍送花。我从来没有面对过这么有深意的笑容，即使我知道没有恶意，但也 阵恶寒。那大概是我职场生涯最尴尬的场景之一了。

作为35岁未婚的女性，对于一个新公司来说一定属于一个不稳定因素，因为他们不能确定你是坚定的独身主义还是很快就会投入家庭。

如果在 35 岁跳槽，我可能要面临的不仅是年龄的考量，还有对于婚姻的考量。不难想象，应聘的公司一定会尽可能"斟酌考虑"，甚至我更可能在招聘须知上就已经不符合要求了。

我在想，现在应聘一家公司，是不是要给这些条件排个名？第一是年龄，因为年纪小还可以学；第二是婚姻状况，因为没结婚还能拼？第三才是你能做什么、想做什么。

我能做什么？这是一个很虚幻的问题，我可以做很多事，但不一定是公司需要的。

而且，不同的人不同的时间看到的都不一样。当你刚毕业的时候，公司看重的是你的专业；当你实习的时候，公司看重的是你的学习能力；但是当你跳槽的时候，简历上的内容才是你的资本。可并不是你的每个能力都能够体现在你的简历上的。这个社会看人的能力好像大部分都是通过证书体现的。读法律，就要通过司法考试；读英语，要有相应的专业四级、八级甚至翻译证书；读工程，建造师等级才是衡量薪资的标准；负责项目，就要看项目获得了什么奖项……但是，更多的人只有工作经验。

作为一个文科生，我没有各种技能证书，但我拥有非常好的行政写作能力，拥有管理能力、沟通能力和运营能力，有公众号运营经验，负责过智能产品的设计，组织过开发工作，还自学过一部分 PS 和视频剪辑。但是体现在简历上的，可能只有我行政工作的经历，因为所有的附加能力都只是我行政工作上的"隐形"能力，既没有时间长度证明，也没有奖项证明。

我刚开始工作的公司是工程行业，第一次跳槽的时候，回复我简历的都是工程行业的公司，但我想要应聘编辑，因为当时我其实做过一点相关的兼职工作。然而，当好不容易我有机会坐在一家杂志社面试编辑的时候，面试官在简单地面试了我对于编辑方面的认识后，跟我说："我们看过你的简历，公司有个对外联系接待的岗位可能更适合你。"

当时的打击我至今记得。新公司看到的永远都是我长期在同行业或者同类岗位的工作经历，跨行业找工作非常困难。在职场上多得是我这样的人，我们不是没有能力，只是我们不知道除了这份工作，我们还能做什么。如果我要跳槽，我要继续在客服行业做行政岗位吗？如果我不想继续在客服行业工作，我还能去哪里？

"我能去你们公司吗？"我坐在餐厅的卡座前，对面坐着我前一家公司的经理，现在他已经在另一家公司就职，依旧是工程行业。"我可以推荐你到办公室工作。"他耐心地跟我说，看到我有些失望的眼神，又补充道："不然你还能做什么呢？你又不能考建造师。"

是的，我心底一凉，又是这个。建造师的报考条件有一条就是必须是工程或工程经济类专业，而我是个文科的法律专业。"如果我要回去办公室，那我当初为什么要走呢？"我扯了扯嘴唇，有点无力地对他说。

我毕业后就在一家工程公司上班，在办公室工作。很多公司都有这种部门，不一定叫办公室，可能就叫综合室、后勤室或者秘书室，其实做的工作大同小异，都是制定规章制度、处理各类文件、档案印章管理、后勤杂务和领导行程安排等。这个部门是上下连接的纽带，却也是最不受欢迎的部门。因为我们不涉及经营业务，不能为公司带来盈利，所以所有部门都可以对我们指手画脚，觉得我们处处卡流程，处处不行方便。然而一个公司如果没有了这种部门，没人制定规章制度，没人执行流程，那跟一个小作坊有什么区别？

部门得不到重视，里面的员工自然也不会好过，招聘新人需要跟人力资源部门打好关系，报销费用需要跟财务部门打好关系，公司分红拿得最少，两边受气却是常态。办公室对人员的专业并没有太多要求，但非工程类专业不能考取相应证书，也就一直拿不到高工资。

拥有一级建造师的证书，除了基本的工资每年还有上万的补贴，更不要说拿到一级建造师证书的人，大部分都拥有二级建造师和其他工程类的证书。每次看到有同事拿着证书，完全不需要晋升就可以拿到比中层管理人员还要高的工资，我就异常羡慕。

那时我之所以想要跳槽，就是因为我在那家公司没办法考取专业证书，而我也不想一直做这种年复一年、日复一日的文书工作，我的人生好像直接看到了头，每天的工作都可以预知，连工资水平都可以预知。所以当年的我义无反顾地走了。

如今，我还要回到原来的工作领域吗？继续那种一眼看得到头的生活？那我离开又有什么意义？哪怕是换个部门呢？

从毕业到现在，我工作了十二年，从一个跟人面对面坐着可以不说一句话的胆怯害羞的人，变成了现在只要有必要跟陌生人都能聊上几句的社会人。我换过两家公司,从一个什么都不懂的象牙塔里的大学生,变成了一个熟悉各种职场工具的打工人。有什么是没经历过的呢?

当我坐在电脑前,Excel 表上好像有 46 个人在跟我吐槽、抱怨,呼唤我跟他们一起。我思来想去,诱发我想要辞职的是什么原因?工资吗?前程吗?周围"动荡"的工作环境?还是,都有?然而最重要的理由是什么?在经过了工作环境"变动"的焦虑、考虑辞职的蠢蠢欲动、自己对跳槽前景的各种分析、到最后尝试跳槽却回到原点后,我才开始审视我自己的内心。

我一个人站在江边的围栏旁,看向夜晚缤纷的灯光映照在黑暗而平静的水面上,泛出斑驳的色彩。日益增加的工作压力,低迷的工作氛围,再次让我陷入了死水一样的工作状态,跟眼前黑暗中的水面重合在一起,与当年我一眼看得到头的工作生涯好似并没有什么不同,同样令我无法忍受。

我朋友曾经劝我:"不要想着找什么工作有意思、感兴趣,有钱就有兴趣。"然而,人生在世难道就只为了安稳的一辈子吗?

不,我想要新鲜感。

我不喜欢一成不变的工作内容,我渴望成就感,希望学习新鲜的事物,尝试不同的经历。我来到这个项目,学习到了很多以前没有尝试过的东西,而我想要离开,同样是为了尝试更多可能。在女性"安稳就好""平凡就好"的普遍社会认知中,有多少人与我想的一样呢?或许大家都想要跳出千篇一律的"围城",却又总是因于各种客观或主观的束缚。当我意识到我想要离开的最本质的原因后,耳边那些嘈杂的、关于各种不满、抱怨和彷徨的声音都消失了，心底有种不甘心的火焰烧了起来。

我好像突然知道应该怎么走下去。

"我活这么大还没活明白呢。"一旁的表弟耙着自己的头发，嘟囔着对我说，语气略显烦躁。他也在烦恼着要不要换工作，去学习自己更感兴趣的工作内容。

"你要想好自己以后要走的路。"我说。

"我也不知道自己想怎么走，我自己都没想明白。"

"有时候'明白'就是，在这一瞬间，你的眼前没有其他犹豫彷徨，只有那一个方向吧。"我想了想，回答道。他叹了口气，看样子还不怎么理解。每个人到这个阶段可能都是迷茫的，我没说出口的是，当你顺着心去做，不后悔的时候，也许你就算是"明白"了。

35岁是一个尴尬的年纪，也是一个恰好的年纪。我能够非常清楚地了解这个社会的现状，非常了解这个年纪的困境，也能够非常理智地剖析自己的内心，从而清楚自己想要走的路。

我喜欢设计智能产品，我就把工作重心放在这一块上，努力取得成绩；我喜欢写作，我就开始寻找能够提高写作能力的方式；我对某个专业感兴趣，我就考研，深入学习这个领域……我开始一步一步为我的未来储备资历和能力。而且，谁又规定一定要按部就班地寻找一家公司呢？我还能寻找成为自由职业者的可能。

我正暗自蓄力。

作者后记：

写下最后一句话的时候，我没有想到我能够完成这一篇故事。

写虚构的故事容易,非虚构的故事非常难,挖掘自己的经历和剖析自己的内心,都是一种煎熬。尤其在写的过程中,我不仅是在回忆曾经的经历,而且正在经历所有的挣扎。然而当我完成的时候,我也随之理清了很多想法,这让我感到释然。这个故事完整地记录了我这段时期的彷徨、摇摆、思考与决定,希望能够让有同样经历的人有所启发。生活中总有困境,同样也总有出口。

一种境况 11

45 岁未婚未育，我愿意一直独居

文 | 淑伶

那是在太鲁阁"国家公园"，我和 Bryan 在沙卡当步道走着走着，他突然转向我，单膝跪地，问是否愿意嫁给他。忘了他手上是否有拿任何代替戒指的东西，因为他后来说，这个求婚还不算太正式，应该要有个"proper ring"（合宜的求婚戒指）。我当然还是开心的，记得那天天气很好，沙卡当步道宝蓝色的溪水映照着天空，阳光闪耀。

这是 2009 年 1 月的事。后来的一切并没有发生。没有一个"更正式"的求婚仪式，更没有婚礼。在聚少离多、后来更分隔两地交往了三年多之后，他提出分手。那是我目前为止最后一次正式交男朋友，距离分手已经十一年。

我们在澳大利亚认识，交往期间，我比他显得更渴望结婚，他一度表现出对这种压力的反感，而我除了在焦虑和学习不在乎之间摆荡，也没有更好的办法，直到 2008 年 8 月，我打工度假签证到期必须回台湾。几个月后，他利用工作假期来到台湾，见我的朋友家人，顺道旅游。隔年春天我们还一块儿去了越南旅行。

一起旅行是可以的，但是恋人们无法在没有未来规划的情况下交往。他在澳大利亚的工作是负责原住民事务的公务员,当时因应特别任务搬到沙漠地区,如何"安家"是个问题,但也不是不能解决。也许他认为需要变动的生活内容太多了,而他对婚姻的恐惧也一直存在,所以才会年长我十五岁却一直没结婚。总之,很难讨论未来,他说"当朋友比较好",恋情就此结束了。

分手那年我34岁,对单身女子来说已经是正常生育的临界线了。要从一段曾论及婚嫁的感情走出来得花很多时间、精神,我反而逐渐从婚姻与家庭的想法中解放出来,在不排除任何可能性但也不积极追求婚姻的情况下,心理上逐渐预备好"一个人到老"。

当然,你很难说自己真的预备好了什么,也不是都预备好了才决定做或不做什么事,很多想法与状态本身就是不断调适的过程。

我一直是个可以一个人看电影、逛书店、看表演的人,自认不像一些人,是因为害怕孤单而去找另一半。这方面来看,似乎是很适合单身。多年前看一档日本真人实境的节目,记录那些离群索居或在乡下自立生活的人,其中一位是离婚退休女性,女儿大了,她坚持自己一个人开始山居岁月。我甚至想,那样的生活状态蛮好的,平静,有时间思考与漫步,我应该也可以。

生命中没有一段可以提升彼此的、深刻的亲密关系,难免会觉得遗憾。但是看到自己经常吵架的父母、身边同事不稳固的婚姻以及在感情中体会到自身的很多性格缺点,又觉得其实不结婚也还好。人生不可能把各种经历都活过一遍,能依照自己的生命轨迹,活出使命,并对别人的生命发挥正面影响力,就值得了。

婚与不婚，肯定是生命中最有冲击性的事之一，却不一定是最重要的事。

"等我们老了，我们可以住在一起或附近。"一个女性朋友跟我说。我笑笑，觉得挺温暖的，但没太认真。

去年5月，在跟着中介看了七八间房后，确认了自己的财务状况只能在台北市区买间小套房。如果要大一点就得跑到新店、木栅或北投，但我不想在通勤上花太多时间，最终在市区捷运站附近买了套房，可以走路上班。

买房前也有过挣扎。毕竟如果真是那种怎样都要买房的人，以我现在45岁的年龄，至少应该提早十年就要想办法投入房市，相反，我很怕因为买房失去"自由"：离职的自由、一年不工作的自由，更恣意享受包括旅行、饮食、艺文等生活品质的自由。然而，不知不觉间，我在现在的公司待了十二年，薪水也在增加，买房成了合理的考虑。但是近期，我的挣扎成了另一种：没有后代可以继承，人生又过了一半，值得花个人民币150万到200万元去买房吗？

"有房产不等于是遗产。"朋友听了我的疑问，用简讯传来这么一句，让人茅塞顿开。其实那阵子和房产中介聊后，很多观念已经在改变。以前坚决反对炒房，认为买房就是自住，对房产其实挺保守，觉得就是欠银行一大笔债然后老老实实付房贷直到缴清。现在认为，房子虽然是自住，但是也要好脱手，将来退休了说不定就转手，它就是一个手上可活用的资产。至于我所有的资产身后要留给谁，那确实是可以好好考虑的。现在除了每月奉献给教会,也有固定捐款给公益机构,这些资产我倒愿意留给公益机构,而不是哪个亲戚晚辈。

哎,买个房,就直接想到人生终点去了。那倒是。单人床搬进来定位的时候,感觉像是一个尘埃落定:这是一个人的房子,"一个人的老年"。

"确定不会结婚要一个人住了吗?"内心仿佛有个声音问自己。

"确实要有一个人老去的准备。所以买了电梯房啊!"另一个声音回答。

"如果……如果之后遇到了觉得很想一起生活的人呢?"

"那也没关系啊,如果需要两人合资住在新的地方,到时候再卖掉这个房子就好了。"

这就是中年,你不再能等待一个结果(譬如结婚)来决定自己生活的形态,如同二十几岁人的想法。你得决定了就走下去,路上遇到不同的风景时,再来安排。也许遇到转弯行动会比较慢,但平常走得比较稳。

参考身边同事的建议,我申办的是三十年的房贷。在四十年前我父母买房的那个年代,多数台湾家庭采用的都是二十年房贷,平均实际还完房贷的时间则少于二十年。造成这种现象的原因很多,主要是现在房价高、利率低,而且越来越多银行推出三十年房贷产品。三十年后,我都70多岁了,反正一点一点还。"到时候,如果还没还完人就不在了,那最好,不用管;如果还完,那也是应该的。我都跟家人说,银行多赚点利息是应该的,因为银行承担风险,时间就是风险。"年龄相仿的同事说。这大概也能算是单身中午者的从容。

"新居"（其实是二手房）打理好后，陆续邀请过一些朋友来坐坐。某天晚上，本来答应了朋友要拿书给他，突然觉得疲累懒得出门，他得知我住的地方后说，不远，几个公车站而已，他过来跟我拿书。

　　这位朋友，姑且称之为 A 君，来自大陆，其实我们不算太熟，见过几次，包括演讲活动、友人聚餐等。新闻工作之故，我会认识一些这样的人。

　　从邀请他这么晚也上来坐坐，应该就能猜到我是单身，并不是说对他有什么意思，而是比较没有拘束。一进屋看到这样的大小、单人床，那就不用问也坐实了。他称赞屋子里舒服的木头地板，从阳台望去从马路延伸到台北车站的车流灯景，一切不消三分钟就看完。然后他坐在小屋子最最舒服的单人休息椅上，面前是刚煮好的茶，聊这段时间正忙着申请可以永久在台居留的身份。

　　A 君说自己这些年为了符合居留规定在台湾内外往返，一方面自己不够积极，一方面听得出申办居留过程也有些委屈。我想起许多电影里那些为了拿美国绿卡无所不用其极的故事，觉得这种人生真难，有些人是自找的，但也有些人是不得已的。

　　"其实留在台湾最简单的方法就是结婚。"他忽然这样说。空气里飘着一丝丝的尴尬，两个单身男女共处一室聊这个，而且还不算特别熟。但他是个不拘小节的人，大概不觉得有什么。A 君年约 60 岁，有点名士派作风，从他的过往经历来看恐怕也很难积累什么财产。我笑着回："结婚应该是最简单也最难的吧？"他立刻说不难，还说遇过愿意和他结婚的人，"只是年纪比较大"，"如果真的是为了居留权而结婚，心里也会觉得怪怪的"。

那几分钟，脑海中飞奔过许多念头。坦白说，爱幻想的我，不是没想过自己的婚姻也能成为某人的"帮助"，有点"英雄救美"故事的翻转版，就是让自己的爱情故事更有浪漫化的情义元素。这种很不切实际的想法，反而是中年以后才有的，因为年轻时结婚的可能性高，会比较"务实"。

但也就是在那一晚，这么逼近"结婚签证"的话题后，仿佛被敲醒：对我来说，婚姻就是婚姻，哪怕是"助人"目的的婚姻也还是婚姻，对另一半的期待想法不会减少，对两人相处的怀疑担忧也始终存在。

我们这个工作单位有十一个人，年龄从 30 岁到接近 60 岁都有，七男四女，结婚的只有三人，我不是年龄最大的单身者。

在台湾的职场中，不婚或者有婚但无子女的人很多，自己都不觉得中年单身有什么太特殊的地方，很容易就能找到另一个单身的朋友或是结了婚但孩子大了的朋友一起吃饭聊天看展览，以至于我都很少意识到，有孩子的人，话题以及人生的重点相当程度集中在子女身上。

第一次强烈感受到这点，是 27 岁时和妈妈去美国旅游三周、拜访亲戚。大我二十岁左右的表哥表嫂还有我的一个小阿姨坐在小厨房里，"我们家 Bruce 念医学院，他……""我们家儿子现在在××工作，女儿刚去加州念博士班……"其实都忘了他们聊的详细内容了，只记得满满的全是儿女的动态，他们的读书工作，他们的男女朋友，他们的学费生活费，他们的生活与搬迁，他们他们他们……

最好朝南   331

记得看过一篇报道，一位女作家婚后因为怀孕，把烟给戒了，写的文学作品也变得更有烟火气，会关心教育公平、校园霸凌这些话题。其实我并不觉得有小孩的人话题就一定窄，反而他们会关心社会议题多是透过孩子这个窗口；只是有儿女的中年人们，生活中满满的话题都是孩子，疲累感与成就感与此相关，仿佛"没有自己"。

另一次深有所感是 2007 年在澳大利亚打工度假期间。那时在 Bryan 居住的西澳省城市 Kalgoorlie 认识了四个拿技术人才工作签证的中国人。他们从 30 来岁到 40 来岁，妻小都在国内，自己只身赴澳。大概有三个月时间我和他们密集相处，白天在他们工作的工厂当翻译，晚上负责教他们英文。

因为熟了，我们也会彼此邀请吃饭。根据观察，这几个"伪单身汉"休假最重要的活动是上超市采买，下班后就是做饭。其实他们就像农民工，去广州工作跟去澳洲工作本质上没有太大差别，可能都是一两年见家人一次。只是语言不通，更为寂寞。澳洲的日常休闲生活像是去酒吧这些可能更无聊，中国人也很难融入。"如果只是为了赚钱，我不用来澳大利亚。来这里，是希望有机会把家人带过来。"他们中年纪最长的老张这样告诉我。成家的人，好像做什么都会考虑家人。那年 30 岁的我又是为什么来澳洲？为了旅行、为了体验人生，想的是如何丰富自己的生命。

他们的另一个平日重要活动是打电话和家人聊天。聊什么？聊孩子最多，小孩好不好？听话吗？学习怎么样？三十出头的小刘和太太讲完电话后跟我说，他小孩学钢琴，是省里面表现不错的。

有一回请他们到 Bryan 家用餐，小刘看着电视柜下方一整个抽屉满满的音乐 CD，说："这么多！很花钱吧？"这是 Bryan 的兴趣，我兴致勃勃地介绍着："反正他单身，钱就会投在自己的爱好上。"那时 Bryan 已经 46 岁了，没结过婚。小刘很不以为然地说：人不结婚生子要干吗？

场景切换到前年某日，在上海搭出租车时我与中年司机聊天。我说："孩子长大了嘛，这一行如果那么辛苦，不一定要做吧？""孩子虽然工作了，可是他们的孩子还小，看他们生活压力很大，我们能帮多少就尽量。"他有点不好意思但也理所当然地说，"中国人的父母都是为子女而活的。"

于是，不需要为子女而活的我，尽管绝大部分时间都没有无子女的遗憾或焦虑，却不免去想：我是为什么而活呢？

坦白说，在台湾社会，做个中年不婚的女性，至少在都会中是不用承受什么异样眼光的，有没有异性伴侣都一样，这点得感谢时代。年纪与我相仿且同样未婚的外甥女在大学教书，她的妈妈告诉她，不婚可以，但是不要一个人过，最好找别人一起住。除了不寂寞，万一身体不适或怎样，也比较能及时发现。"你妈妈说的一起住，包括男朋友吗？""当然啊。"连我都不免为表姐的"开放、通达"暗暗吃惊。

但是在心理上，我确实会觉得单身未育者对社会理应有更多"责任"。因为我们比养小孩的人有更多时间甚至金钱，可以去关心自己的朋友、家人、信仰上的兄弟姐妹，甚至是社会上的弱势。那些人际网络及彼此关怀，为的不只是让自己不孤单而已，而是希望能去实践自己相信的价值观——建立爱的连结。

我们会在这样的关系中被安慰、被激励，也会被伤害、受挫折。这些或许不像与家人的关系那样纠结，但不至于完全失去这类情感能力，更何况我们仍然有家人，只是没有孩子。

"我自己都没想过，有小孩会那么好。"妈妈坐上轮椅，扣好安全带，确认带上了拐杖，我们三姐妹轮流推她出门，"但也要你们没结婚才行啊！"她补了这么一句。

去年8月妈妈出了车祸，断了两只半的脚趾，休养大半年后，得好好练习走路，但也无法一次走太久，于是轮椅登场了。这场车祸虽然没伤到五脏六腑，大小腿也都没事，但光是每天在家换药避免感染就是个大工程，由学医的大姐来执行。

"她水肿有点严重。"某次好不容易出门聚餐一个下午后，细心的大姐发现妈妈的脚水肿，从此除了注意老妈有无按时吃药、督促她练习走路外，每天还要帮她按摩小腿、要求她抬腿一定时间。大姐脾气不小，有时也会大声说："你自己按，知道吗！"但袖手旁观没几分钟，她又会自己认真按了起来。

过去的八个月，多亏两个姐姐先是轮番到医院照顾老妈，后来是轮流在家做饭或买便当、帮妈妈洗澡这些。我在台北上班，基本上定期回家省亲老妈就开心了。是的，两个姐姐都住家里，我们三个都没有结婚。即使是在中年单身不奇怪的台湾，三姐妹都未婚仍然是少见的，反正我们都过了亲戚邻里会想催婚、为我们介绍的年龄了，所以也没人说什么。反而是偶尔聊起"我们老了怎么办"的话题时，家庭友人，一位七十几岁的阿姨说："那有什么问题，你们三个互相照顾啊。"而我总是半开玩笑接话：

"活最长命的那个最倒霉。"

过去每年春天扫墓时，妈妈和婶婶都会大老远从台湾西部跑到东部花莲。因为疫情，她们连续两年都没有去扫墓。偶然联系堂哥，才知道婶婶住进照护中心已经一年多。84岁的她，其实身体还算健朗，只是几年前出现失智现象。

不久前，天气很好的周六下午，在堂哥安排下我们终于见到了婶婶。我不去问她"还记得我吗"这种傻问题，而是开心地握她的手，问候她。其实她是轻度的，一看到我们就忍不住想哭，也许是因为年纪大了情绪激动，也许是因为想多跟家人在一起不免伤感。她有三个儿子，即使堪称孝顺，但他们都有自己的家庭，各自在中年奔忙着，婶婶的晚年多少是不由自主的。

对于"老了以后该怎么办"的问题，我其实没那么有迫切感。担心又有什么用呢？其实人到晚年大约都是不由自主的，谁敢说一切能操之在己。

明知自己的晚年不大可能像妈妈那样得到细致的照顾，明知中年的自己思维与身体的灵活度都在变慢和变差，但从现在往后的人生，仍然令我期待，期待生命中还有突破自我的可能。

作者后记：

我的工作本来就和写报道有关，但写新闻和写自己的故事还是不同，后者尽管是非虚构写作，但更像是一个"创作"，从主题到编排，过程中有不一样的快乐。

这几年，"中年感"很强，那是一种知道自己的限制、知道自己包括记忆力和体力都没有以前好但却更能安于这种状态的心境。重点不在争胜，而更多在寻找生命的意义感。于是决定写跟中年相关的题目，写着写着，很自然先聚焦在自己中年未婚未育的状态。

一种境况 12

女人一定要有一间自己的房间,最好朝南

文 | 佳钰

一百年前,伍尔夫说,女人要有一间自己的房间。这么多年过去了,我想告诉她,这间房最好朝南。

我也是最近才意识到房子朝向的重要。朋友说,尤其在北方,南北房间温差极大,租房还无所谓,买房千万别考虑朝北的,到时候想卖都不好出手。

当时我也没在意。可那天晚上,我把自己过去五年在北京住过的所有房子在脑子里过了一遍,发现它们竟然无一例外都是朝北的。

我心里突然有点不平衡,也开始问自己:我为什么从来没有住过朝南的房子?

答案似乎很明显,朝北的房子便宜。因为我总找那些房租便宜的房子,所以跟人合租的时候,我住的都是朝北的小次卧;好不容易一个人住了,一般的小户型开间也都朝北。

这当然也不是什么大事,只是对那天晚上的我来说是个不小的冲击。因为尤其是这一两年,我不断告诉自己,五年前我离开家来北京的决定是对的,我现在过得越来越好,做了喜欢的工作,

赚了更多的钱……可是，为什么，为什么我明明觉得自己现在过得可好了，可我却从来没有住过一间朝南的房间？

我当然不是具体有多渴望一个朝南的房间。我更想表达的是，突然意识到自己这些年是不是过得并不好，我自我感觉那么良好，会不会是我给自己编织的一个假象？我为了要证明离开家是对的，所以不断给自己强化——你看，你看，我现在过得可好了。

而我再一想，发现自己从小到大睡过的朝南的房间，就是家里。

我家就在南方。这季《乐队的夏天》第一轮达达演《南方》，彭坦开场一飙武汉话，我就绷不住了，泪直往外涌。我第一次听《南方》的时候还在大学，人在武汉，从没离开过家，也没什么特别的感触。这回一听，完全受不了。作为在北方待了这么多年的南方人，在2020年这个夏天听《南方》，实在有太多感慨。

五年前，我在武汉混不下去了，工作没了，感情没了。我两眼一抹黑，拖个行李箱就来了北京。

第一份工作是坐办公室，朝九晚五，到点上下班，对房子的惟一需求就是离地铁近。我运气不错，租的前两个房子离地铁都不过五分钟，下雨没带伞也不怕。当时还是心气高，虽然挣得不多，也不觉得有什么，知道反正一切都是暂时的。卧室小点就小点，床够大就行；窗外正对着垃圾堆，没关系，窗台上放束花就是了。

我在一个不到七平米的小房间里住了整一年，那年我28岁。生日前，我下定决心要给自己换份工作，因为看见小区大门口贴了一张讣告，上面别的信息都没注意，就记住人家"享年56岁"。我一算，自己马上就过一半了，得赶紧做点真心喜欢的事。

半年后，我误打误撞成了一名记者。还是在那个不到七平米的小房间里，我连夜完成了人生的第一次采访，还写出了人生第一篇整版登报的文章。出刊那天，我一大早骑车去报亭买了五份报纸。我跟卖报的阿姨讲，今天这上面登了我的文章，阿姨笑了，让我指是哪篇。我打开报，专门指给她看，还特意强调，这中间两整版都是我写的。

那之后，每天的记忆就是写写写。伍尔夫说，一个女人想要写作，就要有一间自己的房间，我信了。2017年3月，我终于完成了这个宏愿，在北京的正北边住上了一间视野超好的高层小开间。虽然只有一年的使用权，但这对我来说足够了。我知道，至少在这一年里，它属于我，而且只属于我。

我完全沉浸在一个人拥有整间房子的喜悦之中，并不介意北边高层的风大，或是坐在飘窗瓷砖上会觉着凉。我在窗台铺上厚厚的毛绒毯，还在毯子上架起折叠的懒人沙发。天冷的时候，我不坐就是了，让我的灰龙猫、红狐狸、粉猴子们坐成一排，夕阳西下，阳光洒在它们脸上，也很美好。

为了彰显我是这房子的主人，我还打印了好多自己和家人的照片，用彩色小夹子把它们一张张错落地夹在白色的网格架上，挂在床头，做成照片墙。好多年前买的圣诞小彩灯也被我翻出来了，绕着架子边缘缠了一圈，天色暗下来后点亮它，好像看到一颗颗星星映在墙上。

可是，新鲜感似乎没有持续太久，我的生活就被一篇篇稿子淹没了，对那个房间的记忆也只剩下眼泪和鼻涕。

那年春天，我妈来北京看我。返程那天，我因为有稿子没弄完，也没心思送她去火车站，只是看她上了地铁就自己回了家。可能还是那会儿压力大，一到家我就一个人干嚎了一场，好像给自己演了一场戏。只不过，没哭几嗓子，我就停下了。当时心里很清楚，哭没有用，有那时间，还不如擦干眼泪，擤完鼻涕，一个字一个字老老实实把剩下的稿子写完。

印象中那年冬天特别冷。本来从地铁到家的路上要穿过一条六七百米长的小道，但就在那个冬天，几乎一夜之间，路两侧的店全都搬走了，卖小商品的，卖水果的，卖干货的，还有平时支在路中间卖麻辣烫、烤冷面和煎饼果子的小摊。有的店门就那么敞着，屋里地上也只有碎玻璃碴。春夏那会儿，这里还好热闹。我妈第一次路过的时候，就被街边光着膀子满臂刺青的大哥惊着过，我也看过拌着凉菜的老板几句话不对付就放下饭盆出门跟人干仗了。可是有一天，这里所有的烟火气，连同扩音器里循环往复播放的叫卖声，和师傅们愤愤按下喇叭而此起彼伏响起的哔哔声，说没就没了。

一年后，我不想再住在城外，没有安全感，就又搬回了城里，住进一个老社区。城里一居租金太高，我只能又住回朝北的次卧。北面窗外的树比站在五楼的我个头还高，叶子伏在窗前，伸手就能摸着。

其实，这个社区最吸引人的是楼下就有一排卖菜的，推着自行车打他们身边过，总能看到绿油油的小青菜和水灵灵的大萝卜。

这些都是正规摊位，头顶有棚子，面前有石板，晚上收摊的时候，细心的老板还会用雨布和砖头把摊位盖好。我是真没想到，没过几个月，那一溜摊位竟然又没了，变成了一棵棵新栽的树。我甚至都不知道他们具体是哪天没的，因为我并不需要天天打那儿过，但当我后知后觉地发现我再也见不到他们的时候，心里还是很难受。

我又换工作了。一个从天而降的机会，正好当记者写不动了，转去做编辑。半年后，我还是觉得合租不方便，大晚上洗完澡想吹个头发都怕影响别人，于是下定决心还是要自己住，就找到现在的这个房子。

这个房子我住了快两年了，是我在北京待得最久的地方。在此之前，我几乎每年都搬一次家，可搬到这里，突然搬不动了。

当然，第一次见面，我就看上它了。三楼一开间，面朝小区里，立立整整，几乎没有浪费的面积。但我真正对它产生感情，还是要到2018年年底爸妈来住过一个月以后。因为他们住过，让我觉得这个房子不一样了，像是开了光。

事实上，我第一天搬来的时候，妈妈几乎和我同时到。我是一大早跟着一辆装着行李的金杯车，从城里往东开了四十来分钟，直接被拉到小区楼下。妈妈则是前一天从武汉上的火车，睡了一宿，再自己搭地铁，拉着她的小推车，找到我在五环外的家。

妈妈是想来帮我收拾屋子的，但她刚来一周就病了。一开始我们都以为是肚子痛，后来挂了急诊，吊了两瓶水，还是不管用，医生才想到有可能是急性阑尾炎，需要做手术。当初打车找医院的时候，我怎么也想不到还有开刀这一出，就用手机地图搜了搜家附近的三甲，弹出来第一条就是它。车程显示二十分钟，我想成吧，打个针嘛，三甲总不至于太差。

谁想到这一路黄沙。车越开，周围越荒。我在车后排攥着我妈的手，没说话。初冬，大中午，天空浑浊，东边稍许透着红光。

我住的地方已经在五环外了，这条道明显通往更偏的地方。大路坑坑洼洼不说，最后还拐上一条小道，再开个三四百米，才看到一栋白色三层小楼，孤零零地杵在水泥地上。附近大概是刚拆迁完，房子都给推平了，就剩下这医院没动。路对面一个土包接一个土包，上面还罩着绿色的网兜。

说真的，还没进医院大门，我心里已经有点不是滋味儿了。要是在武汉，我们出门五分钟就能到市里最好的医院。如果不是我来北京，我妈为啥要跟我来这种地方受罪？

我爸也是因为我妈要开刀才专门来的北京。他前一天在电话里嚷嚷，不能开刀，保守治疗，我们没理他。结果第二天早上他五点从家出发，坐第一班高铁，十二点到北京西站，再折腾了快两小时才到的医院。他估计到了也很不适应，不是来大北京吗，怎么坐两小时车又被拉到这么灰头土脸的地方？

好在手术很顺利。一周后，我们回了家，三口人在这个三十平米的小屋里挤了一个月。爸爸负责每天买菜做饭，妈妈后来好些了，又开始张罗着晒被子洗床单。

因为爸妈的缘故，我对这个房子平添了些眷恋。今年上半年疫情时，这里也让我感到安全。当时就觉得庆幸，首先是自己单独住，而且小区也不错，买菜供货什么的都安排得挺妥当。最难的时候，想象中所有不好的事情最后都没发生，让我又觉得好像跟这个房子一起经历了什么，像是一个战友，或者说是一个战壕，它为我提供过庇护。

这其实就是一个方正的开间，也没有客厅和卧室之分，沙发和床自然区隔出了两部分。一进门，左手边是个大衣柜，右手边是个长餐桌。餐桌上现在被我铺满了，一边放着我干活儿用的电脑，一边放着我鼓捣脸的瓶瓶罐罐。桌上还放着一筒酒精湿巾，这是今年新添的。我进门洗完手摘完口罩就从筒里抽一张，先把我的钥匙擦一遍，再把门把手擦一遍，最近擦得倒是没那么勤了。

我都在沙发上吃饭，碗碟放在沙发前的茶几上。沙发是紫色的，有点笨重，靠背垫子拿掉可以变成一张床。我爸妈来的时候，我就睡沙发，这地方只能我睡，大小刚刚好。

我一般在沙发上看电视，尤其是今年上半年，说我长在沙发上都不过分。一到吃饭的时候，我就想打开电视，好像没有电视搭配，这饭就好像忘搁盐似的。从年初到现在，这个家除了我就没有别人来过。我就在这里，像一颗土豆一样，窝在沙发上，没有发霉，没有发芽，倒是长了个疙瘩。

片子上就是这么显示的，一节一节骨头都透着亮，就有一块黑色的暗影，不合时宜地卡在脊椎的曲线上，大夫说，这就是突出。我恍然大悟，原来我得的就是腰椎间盘突出。

我这个腰不是第一次疼了，但真要往回倒，好像也还就是这两年新添的毛病。这次犯病到现在三个月了，一直没完全好。最近的情况是，早上起来不行，身子硬的，右后方还是疼，但到了快中午就自动好了,好像身体活动开了,不知不觉疼痛感就消失了。

今年七月,我才第一次回武汉。错过了过年,错过了清明,错过了端午。回到家的时候,发现好像什么都没有变。该吃吃,该喝喝,跟之前的日子无缝对接。大家好像都默契地忘了过去的几个月。

坐火车回去的路上,我还很谨慎,心中感慨万千,觉得为了回趟家可太不容易了。结果回到家,发现自己的戏好像有点过。一切还是原来的样子。人没有变,家没有变,就像那些过去日子留在我们心中的执念一样,隐而不发。

是,跟过去的自己比,我确实每一步都比过去好,每一份工作薪水都比上一份高,住的每个房子都比上一个贵。我老说,如果遇见五年前的自己,她要是知道我现在做的事情,一定会很羡慕。但我想告诉她,即便我实现了她五年前的全部梦想,今天的我仍然觉得很挫败,觉得自己的世界随时会崩塌。

疫情是,腰也是。我就觉得我撑不住,它随时会折,即便我意识到我的身子是歪的,我也无法自我调整,它不受我的控制,这种失控感让人很绝望。

所以我才会有这么大的反应吧,为了一个朝南的房间。就好像这个事儿给了我一个信号,告诉我说,你醒醒吧,你看你,即便往前走了这么多步,可你还是活得很糟糕,要不怎么会连一个朝南的房间都没住上?

挫败感。对,这种挫败感,好像当年我已经在我能力范围内盛装出席了一场聚会，但仍然觉得自己是最黯淡的那一个。我就觉得我望尘莫及，不是不想追，可我真的已经在家捯饬了好久，觉得自己今天可以扬眉吐气了，然后一到那个场子，发现周围所有人都在发光，而自己的衣服好像廉价朴素到不值得出现在他们身边一样。从那之后，我就彻底不爱打扮了。

有时候，为了回避这种挫败感，即便知道眼前是一个泡泡，我也想待在里面，不愿意戳破它。当年，我可能只花了一个下午去打扮去赴一场约，结果发现自己是最黯淡的那一个；现在，我花了五年时间，离开家，离开南方，结果一个朝南的房间让我发现自己到头来还是什么都不是。

我也不知道怎么说这五年，我觉得，我在跟自己和解，对那些莫名其妙愤愤不平的事同自己和解。我一直跟人说，我特别害怕冲突，也不会表达愤怒这种情绪，只会远离。但我突然意识到，我会对自己愤怒，我所有的愤怒都指向了自己。因为永远离开不了自己，我只能和自己和解。

就像这个朝南的房间一样，其实也是在跟自己置气，至于为什么，我也不知道。

图书在版编目(CIP)数据

最好朝南/三明治著.—上海:上海译文出版社,
2023.4(2024.5 重印)
(译文纪实)
ISBN 978-7-5327-9248-1

Ⅰ.①最… Ⅱ.①三… Ⅲ.①纪实文学-作品集-中国-当代 Ⅳ.①I25

中国国家版本馆 CIP 数据核字(2023)第 056677 号

最好朝南
三明治 著
责任编辑/刘宇婷 装帧设计/邵旻 观止堂_未氓 内文插画/luyang

上海译文出版社有限公司出版、发行
网址:www.yiwen.com.cn
201101 上海市闵行区号景路 159 弄 B 座
上海盛通时代印刷有限公司印刷

开本 890×1240 1/32 印张 11.5 插页 2 字数 189,000
2023 年 5 月第 1 版 2024 年 5 月第 3 次印刷
印数:18,001—20,000 册

ISBN 978-7-5327-9248-1/I•5761
定价:58.00 元

本书版权为本社独家所有,非经本社同意不得转载、摘编或复制
如有质量问题,请与承印厂质量科联系,T:021-37910000